立原道造の夢みた建築

種田元晴

鹿島出版会

「無題［浅間山麓の小学校］」鳥瞰図（1935 年春頃）

未発表のパステル画「荷車」（1930 年 6 月）

立原道造の夢みた建築

目次

第四章　田園を志向した建築観……123

第五章　想いの結晶・芸術家コロニイ……175

〈凡例〉

一、本書では、角川書店版『立原道造全集』（全6巻、1971-1973）および筑摩書房版『立原道造全集』（全5巻、2006-2010）のふたつの全集を確認しつつ、適宜引用・参照している。両全集に共通して掲載されている事項については、すべて最新版の筑摩書房版を典拠として注釈することとした。

一、注釈では、角川書店版『立原道造全集』は『角川全集』、筑摩書房版『立原道造全集』は『筑摩全集』と略し、これに巻数（角川版は漢数字、筑摩版は算用数字）をつけて表記した。各巻の発行年は初出の注釈にのみ記した。

一、ノート名や作品名等は、筑摩書房版での表記に従って記述することとした。なお、原典には題名がなく、全集編者によって適切な仮題をつけられたものは補遺括弧［　］でくくって表記した。

一、漢字については、新字体を用いることとし、用字は原典のままとした。

一、仮名遣いについては、原典どおりとした。

序　一枚のスケッチから

立原道造が生まれて、すでに百年が過ぎた。二四年の短い生涯を駆け抜けた立原と関わった人も、彼が生きていた頃のことを知る人も、もうほとんどいない。それでも立原は、教養高く多才な抒情の詩人として、今も多くの人々を魅了してやまない。

立原の作品は、その褪せない魅力のために何度も全集にまとめられてきた。そのおかげで、彼の作品は忘れられることなく、我々の手の届きやすいところに今もある。そして近年、その建築家としての成果が整理された新装版の『立原道造全集』が筑摩書房より刊行された。これによって詩人としてだけでなく、建築家・立原道造としての全容をも我々は知ることができるようになった。

この全集の前に長らく決定版として愛されてきた、一九七〇年代に角川書店から発行された六巻本『立原道造全集』は、立原と親しかった作家らによって編まれたものだった。この各巻に付録された「月報」には、立原と親しく付き合った人々が知る彼の癖や性格、あるいは初めて会ったときの強い印象などが、思い出深く語られている。

ある者は彼の第一印象を「可憐な仔鹿のよう」だという。別の友人は彼を「どことなくミゼラブル」と評していた。また、別の友人は、初対面の折に「王子様が剣を持って歩いているようだ」と声を掛けられたという。

彼らの言葉は、抒情的な作品を残した立原の、作家でないひとりの青年としての姿に迫っている。立原道造は、詩人であり建築家である前に、激動の時代を生きたひとりの青年だった。

作品は作家から生まれてくるものであり、そして作家の一部である。作家を知ることによって、作品への理解はより一層深まってゆく。これは詩も建築も同じことだ。

彼らが見た立原道造は、愛らしく、痩せこけて、孤高で、酒を飲まず、物怖じせず、素直で、どこか子どもっぽくて、恥ずかしがりな、背の高い、学生服を着た、やさしい好青年だった。

＊＊＊

立原道造とは、筆者が塾講師をしていた学生時代に「国語便覧」を通じて出会った。国語便覧は、複数の出版社から出ているが、現代文、古文、漢文のそれぞれについて、文法の基礎と代表的な文学作品がフルカラーでビジュアルに図解された資料集である。教科書の補助教材なので、発行部数も多く値段もお手頃だ。その巻末には、著名な日本の作家が顔写真付きで列挙されている。名鑑や系譜を好む者にとっては楽しい読みものである。

作家たちの表情とその一文紹介を次々と味わっていく。皺の刻まれた白髪頭、メガネ面、着物姿が並ぶなか、突然に端正な若者が登場する。かなりやせこけた頬にやさしく下がった目じり、なにかもの言いたげな口元、ボリュームのある髪を押さえつけるように真ん中で分けられた頭、ぶかぶかな背広から伸びる細長い首。ただ若いという以上に目を引く姿がそこにあった。その人物の名は立原道造といった。二四歳で亡くなってしまったとある。ちょうど私と同年齢であったことから、その人物像にも食指を動かされた。

紹介文には、「抒情的な作風の詩人として活躍し、建築家としても才能を発揮した」とある。(ほう、建築家か)、と同業を志した私はいっそう関心を抱きつつ、しかし、「建築家としても」と書かれた部分になにか引っかかっていた。あくまで詩人が〝主〟で、建築家が〝従〟といったニュアンスを感じたからだった。若気に任せ、「そんなことがあるものか。建築を余技でやるなどという話は聞いたことがない。たとえ聞いたことがあったとしても、それはたいてい取沙汰されるほどのものではない」と、ひそやかに呼気を荒げた。もちろん、文学の世界に身をおく人の記述であるがゆえにそのような書き方となっているのだろうことは百も承知である。しかし、建築の側からすれば、どうしてもこれは引っかかるひとことだった。

立原は、国語便覧に載るくらいなのだから、詩人としては一流だったのだろう。そのことはまず認めよう。しかし、「建築家としても」というのでは、こちらの才はいかほどのものだったのだろうか。少ない紙面にもかかわらずわざわざ触れるほどなのだから、もしかしたら建築家としても一流だったのかもしれない。だとすれば、本業は建築家であり、詩が余技であるはずだ……。そんな具合で、少々鼻息荒く一人問答を巡らせながらこれを読んでいた。

この時をきっかけに後日改めて調べてみると、この人物はやはり正規の建築教育を受け、著名な建築設計事務所に勤めたエリート建築家であったことを知った。しかし、一般的には詩人で通っているらしい。分厚い全集が何度も刊行されていた。しかし、それは詩人としての全集だった。

「え、立原道造って建築やってたの!?」とは、教養ある建築関係者からさえも度々聞かされる常套的な応答である。あくまでも詩人として立原道造は人々に受容されてきたのだ。

それでもやはり、建築を生業と定め、傍ら詩にも才能を発揮した人物だったのではないか、と思えてならない。それは建築に関わる側の贔屓目だろうか。

立原は、建築家としての時間をほとんど持てずに夭折してしまった。そのために、詩も建築も、その作品の大半は学生時代のものであったのだった。にもかかわらず「建築家としても」認知されていたのである。建築家としての側面がますます気になってきた。建築家であるならば、その職業柄、言葉だけでなく手先も達者であったことだろう。案の定、立原道造は絵もうまかった。

古代ローマ時代より「詩は絵のごとく」といわれるように、詩と絵とのあいだには互いを補完し合う姉妹関係があるらしい。詩人が建築の絵を描くと、果たしてどのようなものになるのだろうか。

建築は時として、建てられたものよりも、建てる前に(もしくは、建てられることなく)描かれた絵の方が美しい。建築家の「こんな建築をつくりたい」という想いは、スケッチを繰り返すことで煮詰められ、その最終的なイメージは透視図によって示される。紙の上にしかまだ建っていない透視図のなかの建築は、現実の喧騒や制約に縛られることなく、理想とする風景のなかに、最も魅力的なアングルでその姿を見せつける。

風景に抒情をのせた立原の建築も、透視図をじっくりと観察することできっとその想いが見えてくるにちがいない。そのように直感的に思って新しい全集を眺めてみると、実に情念豊かに表現された透視図の数々が、次々と目に飛び込んで来るのだった。そして私は、そのなかになぜか気になる一枚のスケッチを目にすることとなる。

それは、山の麓に計画された建築の絵だった。水彩によって、山の姿が雄大に、鮮やかに描かれている。ぼんやりとしながらも力強い、不思議な魅力を持った絵だ。このスケッチの不思議な魅力は、一体何に由来するものなのだろうか。この不思議な魅力の正体をつきとめてみたいと、そう強く思ったのだった。

本書では、まず、この一枚のスケッチから、建築家であって詩人でもあった立原道造が、一体どのような想いで建築と向き合っていたのかを追究してゆく。そして、この一枚のスケッチから培われた立原の建築に対する想いが、立原に近しい建築家たちにどのように影響しているのかを、これまで言及されることのなかった事実に触れて、じっくりとひも解いてゆく。

立原道造の学生証（東京帝国大学建築学科三年次，1936 年 21 歳）

第一章

出会った建築、焼きつけた風景

原風景の獲得

われら　天に飛ぶ鳥となり
イオニアの紋ある列柱に羽根やすめ
高らかにうたひなむ　うたひなむ
われら　おごりたかきさすらひの武士(1)

＊＊＊

コリントの柱の上に
りつぱな禿鷹が翼をやすめ
はるかな海の方を眺め
とほい旅立ちを思ふために(2)

＊＊＊

私は石の柱……崩れた家の　台座を踏んで
自らの重みを　ささへるきりの
私は一本の石の柱だ――乾いた……
風とも　鳥とも　花とも　かかはりなく

(1)　立原道造「春のごろつき」（一九三六年二月）より抜粋、『筑摩全集1』（二〇〇六年一一月）四一五頁
(2)　立原道造「かろやかな翼ある風の歌」（一九三六年九月）より抜粋、『筑摩全集1』四六八頁

私は　立つてゐる
自らのかげが地に
投げる時間に見入りながら(3)

建築は、飛ばず、旅せず、そこに立ち続ける。

立原のうたった建築は、かつての栄華が刻まれながら、廃墟となった今もなおそこに無言で立ち続けている。一方、大地と一体となった不動の「柱」とは対比的に、飛来する「鳥」の眼は建築の外に広がる世界を見据えている。使われるものとしての建築と、ただそこにあるだけの建築、主役はどちらであろうか。建築が使われるものとしての役割を終えたとき、それは自然の一部となれるだろうか。

建築は敷地に建つ。敷地は周辺環境を持つ。周辺環境は建築の個性を左右する。隣は家か、ビルか、あるいは公園か。寒いところか、暑いところか。都市なのか、田園なのか。

建築家にとって、敷地はたいていあらかじめ用意されている。与えられた条件で何が設計できるかが求められる。しかし、求めに応じて設計を行うことだけが建築家の役割ではない。すなわち、これからの社会のために建築の新しい可能性を自ら示すことが、一方で望まれる。自らのビジョンを示すためには、ときに、自由に敷地を設定することがある。かといって、建築自体は現実に資するものであるべきだから、まったく架空の場所でいいというわけにもいかない。現実性を帯びさせるためには、自らの知っている現実と照らし合わせて計画を行うこととなる。

敷地を自由に設定できるとき、建築家はどこか知っている環境を思い浮かべながら、自分

(3)　立原道造「石柱の歌」(一九三七年七月)より抜粋、『筑摩全集1』一八六頁

の設計する建物はどこに佇むのが望ましいか、その地に建つとしたらどのように機能するか、といったことを想定して計画する。そのとき思い浮かべる環境は、それまでにどこで育ち、どこを訪れたかに大きく関係するはずだ。

　地方出身や下町育ちの優れた文学者の多くは、郷里の豊かな風土への思い入れを「原風景」として自己の深層意識に持ち、そして、この「原風景」が作品の原点となっているといわれる[4]。下町に生まれ育った立原は、ここを自らにとっての「原風景」としていたのだろうか。立原は、建築を学び始めるのとほぼ同時期に、浅間山麓への往復をはじめる。以来、毎夏決まって訪れるほどにこの地をこよなく愛した。そのためか、立原の建築図には、浅間山と思しき山岳が背景に描かれたものが少なくない。これらの建築図に示された敷地は、他者の要求に応えた場所ではなく、自らが望んで設定した場所である。詩の多くも、浅間山麓での暮らしを通じて生みだされた。詩にも建築にも浅間山麓が色濃く描かれた。

　しかし、課題と授業と試験に追われる多忙な大学生の身であった立原は、浅間山麓に住み着いていたわけではなかった。一年の大半は東京の実家で過ごしていたのだった。生きた教科書ともいえる銘の打たれた建築のほとんどは都市部に存するものであったので、建築を学ぶ環境としても浅間山麓よりは東京の方がよい。先人に続くべく、名建築を生み出そうと鍛錬する当時の建築学生たちにとって、建築をつくることは、すなわち都市をつくることであった。建築を構想する敷地としては、田園ではなく、都会を想定することが常識であったことだろう。

　都市に住み、都市の建築を学びつつ、しかし立原はひとり田園の建築を志向した。

なぜ立原は都市を敷地とするのではなく、山麓を敷地に選んだのだろうか。立原が浅間山

(4)　奥野健男『文学における原風景―原っぱ・洞窟の幻想』(集英社、一九七二年四月)参照。

(5)　『角川全集第六巻』(一九七三年七月)五七五―六四七頁および『筑摩全集5』(二〇一〇年九月)六三三―七三四頁の年譜を中心に、両全集の全巻を適宜参照して記述。

(6)　一九三八(昭和一三)年に立原が恋人・水戸部アサイに渡した案内図(小川和佑『立原道造・愛の手紙』(毎日新聞社、一九七八年五月)口絵所収)。

(7)　全集の年譜では、立原の生家の住所(東京市日本橋区橘町三丁目一番地)は昭和九年に「日本橋区橘町五番地一号」に表示が変更になり、ここは現在の「東京都中央区東日本橋三丁目五番一号」(『筑摩全集5』六三三頁)であるとされているが、これは立原の記した地図と比較すると齟齬がある。当時の掘割の跡や、当時と変わっていない生家周辺の区画などを鑑みると、生家の現住所は正しくは「東京都中央区東日本橋三丁目九番二号」であると考えられる。これについて中央区に問い合わせた結果、「橘町五番地一号」は、一九七一年の四月一日に「東日本橋三丁目九番二号」に住居表示が変更されたとのことであり、こちらが正しい現住所であることが確認出来た。

麓に魅せられていくのは、どういった心境からだったのだろうか。あるいは、本当の故郷である都会の風景をどのように捉えていたのだろうか。

これらを探るには、住んだところや旅したところなど、立原がどのような風景を体験し、感受してきたのかを一通りなぞってみる必要がありそうだ。

立原の描いた建築図の特徴を語る前に、まずは、年譜をひも解きながら立原の「原風景」を探ってみたい。(5)

水と親しかった幼少期

立原道造は、一九一四（大正三）年七月三〇日、旧東京市日本橋区橘町三丁目一番地にて生まれ育った。立原は生前に自宅付近の地図を描いていた(6)（図1-2）。その地図によれば、かつて鞍掛橋を走っていた市電の馬喰町駅（現在の江戸通り馬喰町交差点）が、立原の生家の最寄りの駅だった。そして、ここから南側に進み、四つの交差点を渡って左側の街区に立原の生家はあった。地図の左側には、掘割が描かれている。

現在のこの場所を地図で探してみると、そこは都営地下鉄新宿線の馬喰横山駅と浅草線の東日本橋駅にほど近いところに位置していた(7)。いわゆる下町の問屋街である。すぐ東側には隅田川が流れている。この地で立原家は荷造りのための縄むしろや木箱を製造する商店を営んでいた(8)（図1-1）。

立原道造の父の父と母の父は兄弟だった。つまり、父と母はいとこ同士だった。しかし、両親は別の家に養子に出され、異なる姓となっていた。立原という姓は母方のものである。その高祖には、水戸光圀の傍らで『大日本史』を編纂した立原翠軒や南画家の立原杏所がお

図1-1　現在の立原道造生家付近

(8)　立原の生家の現状は、「東京紅團」(http://www.tokyo—kurenaidan.com/)というウェブサイトでも詳しくレポートされている。このサイトには、著名な作家らの足跡を歩いてなぞりながらその想いを追検証した記事が数多く蓄積されている。立原についても、この生家の他、追分や紀州旅行、そして最晩年の盛岡、長崎の旅等で訪れたところについて、実際に歩いた実感を踏まえて詳しく検証されている。本章での立原の原風景の探索は、筆者自らが全集等の一次資料を参照し、地図を見て検証し、実際に訪れた実感を交えて記したものでは勿論あるが、その妥当性を確認するべく、「東京紅團」も閲覧させて頂いたことを断っておく。

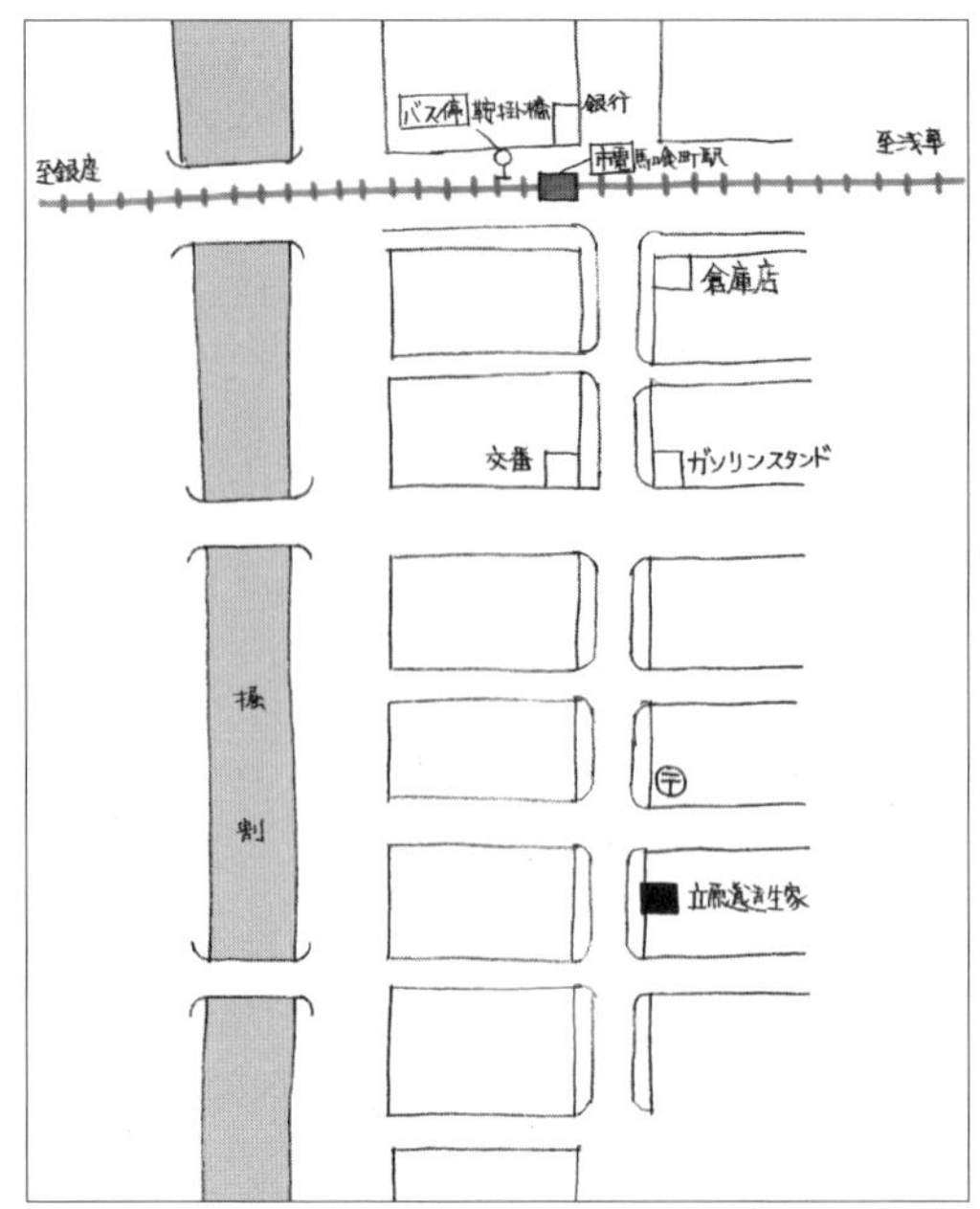

図 1-2　当時の立原道造生家付近（立原による手描き地図を模写）

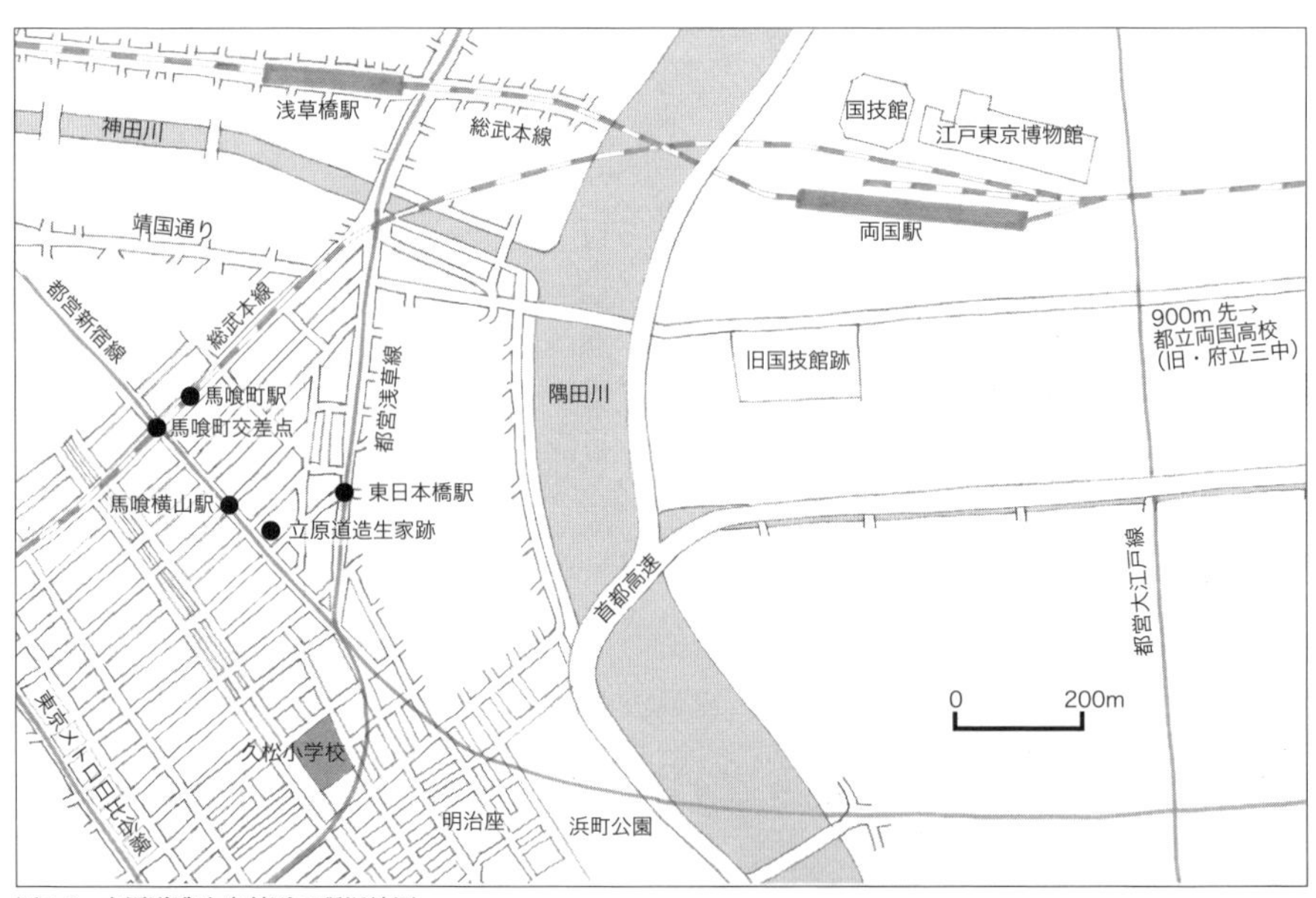

図 1-3　立原道造生家付近の現況地図

り、道造の文才と画才のルーツがここに見出される。父は道造が五歳になる年に他界してしまった。以降、母を頼りとして生きていく。家督は道造が継ぎ、店名は「立原道造商店」となった。店は母が切り盛りし、弟がやがてこれを継いだ。

立原の生家から少し東に歩けば、すぐに隅田川に行きつく。四歳の頃には、大川端（隅田川下流右岸一帯、立原の生家のある側）の浜町にあった養徳幼稚園に通う。通学路に立つ電柱の広告を気に留めることも多く、文字への興味を早くに抱いていたという。当時幼稚園に通えたのは裕福な家庭の子女であったようなので、家業は繁盛していたらしい。

隅田川とは生家をはさんで反対の西側には、神田川から南下して隅田川下流へと注ぐ掘割があった。ここは後に埋め立てられてしまって、現在ではビルが建ち並んでいる。今でもビルとビルの間に細い路地が通っていて、これを頼りにかつての姿をおぼろげに想像することができる。

七歳より通った久松小学校は、この掘割に面したところにあった。自宅からは歩いて五分ほどの距離と近かったが、掘割沿いを行き帰る際にはここで道草を食ったことだろう。幼少期の立原を育んだ環境は、都会の水辺だった（図1-2、3）。

身体の弱かった立原は、四歳から亡くなる直前まで、夏場を避暑地で過ごすことを常とした。最初の避暑地は、千葉の館山あたりの那古海岸だった。ここには関東大震災の年まで毎夏訪れた。立原にとっての避暑地は、都市での日常とは異なる第二の原風景となってその心象に刻まれていく。

関東大震災に罹災し、実家を焼失したのは九歳の時だった。冬にかけての三ヶ月程、千葉県新川村（現・流山市）の親戚宅に一時的に疎開した。新川村では小学校へも通学し、東京の都会とは異なる田園の日々を体験した。

一〇歳の夏より、奥多摩の御岳山麓での避暑を恒例とする。以降、旧制高校卒業までの一〇年間、ほぼ毎夏、ここを訪れる（図1-4）。避暑地が海から山に変わったのは、立原の健康に山の方が適しているとの配慮からだったようだ。この頃よりクレヨン、鉛筆、水彩等による風景画を多数手掛けるようになってゆく。絵画の創作意欲は、山への避暑に変わって掻き立てられたものなのかもしれない。そういえば、立原が海を描いた絵は見たことがない。

この当時の尋常小学校の修業年限は、現在と同じく六年間であった。卒業を控えた一二歳の立原は、修学旅行で関西に行く。主な目的は伊勢参宮であったらしい。しかし、この旅行では、伊勢以上に、帰りの汽車の左窓に望む富士山の壮観な姿に大いに感動していた。[9]その夏は、御岳には行かず、千葉の那古海岸を久しぶりに訪れた。

図1-4　青梅線沿線（白丸駅）から望む現在の御岳

(9)　『筑摩全集4』（二〇〇九年三月）「美しい国」読後、四八二頁

御岳、ツェッペリン、望遠鏡、天守閣

一九二七（昭和二）年、一三歳になる立原は、旧東京府立第三中学校（後の都立両国高校）に進学する。敬愛する芥川龍之介（一八九二—一九二七）や、詩の師となる堀辰雄（一九〇四—一九五三）、大学の指導教官となる建築家・岸田日出刀（一八九九—一九六六）らを輩出した名門校である。

揚々と入学した年の七月、芥川が自死した。この訃報を知った立原は大変なショックを受けて、次のようにその末路の心境を慮った手紙を三中の漢文教師、橘宗利に宛てていた。

併し、どうしてあんな偉い先生が、またどうして自殺なんかなさつたのでせう。さうはいふもの、偉い先生だから人生の奥底までみつめられ、人生といふものに対して或る淋しい感、自然と比べて短い命を嘆かれああいふことをなさつたのでせうか[10]

この手紙は立原の残した書簡の中では三番目に古い。その前のふたつの手紙は、いずれも御岳に避暑に行った際に母に送ったものであるから、これが初めて他人に送った手紙ということになる。送った相手の橘は、後に立原の短歌の師ともなる文学者である。それを意識してか、この手紙の文体にはひとつの文学作品のような味わいが醸し出されている。

立原は、短い生涯にもかかわらず七百通近くにものぼる膨大な数の書簡を残した。その書簡は、立原による一種の文学作品として全集にまとめられている。手紙をしたためることを通じて、立原はその文才を鍛えたのかもしれない。そんな立原による数々の文学的な書簡の端緒は、初めて他人に宛てた、芥川の死を嘆く強い思いの反映されたこの手紙に見出されるのだった。

さて、立原の通った府立三中は、自宅から三キロメートルほど離れた現在の錦糸町駅のすぐそばにあった。ここはその後の学制改革で都立両国高校となり、現在も同地に存在している。立原は、市電に乗ればすぐに着くところを徒歩で通うことが多かったようだ。

その道すがらの心象が、一三歳の夏の終わりに綴った先の橘への手紙（芥川の死について書いていた手紙——この手紙はとても長い）の中で、つぎのように記されている。

暑い日向を学校から家へ足を運ぶ時にはよく、夏といふ言葉から、夏の長い休みさう

（10）『筑摩全集5』一九二七（昭和二）年八月三一日［水］橘宗利宛書簡、九頁

して其の間有り相な事を連想したのでした。両国橋から、隅田川を眼下に見下し、川の上を吹く割合と涼しい風を受け乍ら、時々波がキラリキラリと光るのを見ては、去年那古の海を訪れ一夏を過した事等思ひ浮べ、さうして今年も行かれるだらうと考へ、頭の中をいつぱいにしてゐた事も、もう遙か彼方に過ぎ去り、早や夏休み、長いと思つた夏休み今日はそれが終わらうとしてゐるのです。(11)

下校の際に渡る両国橋から隅田川の水面を見下ろしながら、前年に訪れた那古海岸の風景を懐かしむ様子が記されている。しかし、この年には那古には行かなかった。立原にとって通学は、単なる移動の時間ではなく、感動の時間として愉しまれた。

中学時代の立原は、首席を貫くほどに勉学に秀でていた。その傍ら、部活動にも熱心で、博物部、音楽部、雑誌部、談話部、絵画部に所属した。

博物部では、精緻極まる蛙の骨格標本を展示して周囲を大いに驚嘆させたことがあった。この頃に蛙の鉛筆画も描いているが、これには立原の観察眼がいかに鋭かったかがよく表れている。音楽部ではハーモニカに興じた。小学時代より唱歌は不得手であったが、ハーモニカは上手であったらしい。雑誌部では『学友会誌』に戯曲や文語定型短歌を発表し、文芸家としての歩みを始めた。談話部では弁論発表を数度行うも、これはあまり得意ではなかったようだ。絵画部員としては、中学入学当初より、パステル画に夢中に取り組んだ。度々通った御岳の山なみや自宅周辺の街並みなど、多くの風景画を描いた。立原の絵画は、卒業時に表彰を受けた。立原はひとたび集中すると、とことんまでのめり込む性分の持ち主だった。

ウォール街で株価が暴落した一九二九(昭和四)年、世相は慌ただしくなってゆくが、中

(11) (10)に同じ

学三年となった一五歳の立原少年も忙しかった。七月には例年どおり、御岳に避暑に赴く。八月は、霞ヶ浦に立ち寄っていた世界一周中のドイツ飛行船ツェッペリン号の見学に出かけている。この時に観た飛行船のイメージは、後に二枚のパステル画に描き留められる。

やや脱線するが、飛行船といえば宮崎駿の映画が想起される。そのひとつに宮崎の長編引退作『風立ちぬ』(二〇一三)がある。『風立ちぬ』は、航空技師・堀越二郎と立原の師であった詩人・堀辰雄の両者へのオマージュとして作られたものである。タイトルは堀辰雄による同名の小説から借用されている。

この映画の冒頭には、少年時代の主人公が夢の中で日本に飛来した巨大な飛行船に出くわすシーンが登場する。絵コンテには、これは、鉄十字(ドイツ軍の紋章)をつけた飛行船・ツェッペリン号であると示されている。[12] 堀越も堀も、ツェッペリン号が来日した時にはすでに大学を卒業した青年だったので、このシーンのエピソードモデルは立原少年のこの時の体験だったのかもしれない。坊主頭の少し細身な主人公の姿も、立原の少年時代を彷彿とさせる。

なお、劇中には、堀をイメージした主人公が富士見高原サナトリウムに入院するシーンがある。堀は、現実にここに入院しているが、その時、実は立原が見舞いに訪れていた。そして堀から多くを学んだ立原は、後年、師・堀辰雄からの決別を表明するかのように、小説『風立ちぬ』の批評を著すに至る。

ところで、宮崎はこの映画の制作中、立原道造を偲ぶ催事「風信子忌」(二〇一一年三月二六日)において立原について講演をした。東日本大震災直後のことである。宮崎は講演の依頼を受けないことで知られているが、この講演は引き受けた。これにたまたま参列していた

(12) 宮崎駿『スタジオジブリ絵コンテ全集19 風立ちぬ』(徳間書店、二〇一三年七月)二三—二四頁参照。

筆者は、その場で宮崎の立原へのひとかたならぬ思いに触れた。本章冒頭に挙げた立原の「天に飛ぶ鳥」への憧れに、宮崎は共感を抱いていたのかもしれない。

映画『風立ちぬ』の主人公には、堀と堀越の他にもう一人、ひそかに投影された三人目の人物がいたのだ。そう思ってみていると、主人公が製図板に向かうシーンすらも、立原もきっとこんな具合に図面に取り組んでいたのだろうなあと、つい重ねて見えてしまう。


立原の生い立ちに話を戻そう。中学三年の九月、立原は短歌の師・橘に連れられて、北原白秋宅を訪問した。これは立原にとって、これまでの石川啄木調の短歌から白秋の影響を大きく受けた作風へと転じる恵まれた契機となった。

一〇月、自宅が震災後の仮設だったものから本設に改められ、二階の三畳の間を自室とした。新しい自宅にできた二階テラスから望遠鏡をのぞいて天体観測に耽り、三鷹の天文台まで足繁く通うなど、天文学への興味が強くなった。

また、通学にも慣れて、移動の時間を楽しむ思いが一層高じたのか、市電乗り換え切符の収集にも熱中した。

旧制中学は五年制であった。まだ三年生だったこの時期は、受験や進路の模索などといった将来のための準備に着手しなくてよかった。この時期の立原は、時間の限り純粋に好奇心の赴くままに活動の幅を広げていけたことだろう。

一九三〇(昭和五)年、中学四年生となる。その六月、立原は一週間の関西修学旅行に参加した。二日の夜に東京駅を発ち、まずは名古屋へ。名古屋城と名古屋放送局を見た。名古屋城は屋根の緑青と天守閣が、名古屋放送局はアンテナのみが印象的だったようだ。ずっと空を見上げて歩いていたのだろうか、建物の本体よりも頂上付近に関心が向いている。

続いて、伊勢、二見、鳥羽に赴く。伊勢、二見には、四年前に小学校の修学旅行ですでに訪れていた。このときの日記には、以前と変わらない風景とは対照的に、自身の心は大きくなったことが綴られている。(13)

翌朝、奈良へ。古都の印象はとくになく、空ばかり見ている。翌日には雨の中、法隆寺を見学した。駅から法隆寺へと歩く道すがらの心持ち、宝物殿の匂い、仏像の表情など、これまでの旅路についてのそっけないメモにくらべて、法隆寺については全身で感じた印象がかなり詳しく書き残されている。法隆寺の見学がこの旅の主目的だったかのようである。

法隆寺に関しては、夢殿、金堂、五重塔などの建築美も存分に堪能した様子が綴られている。立原の建築への関心がこの頃にすでに芽生えていたことがうかがえる。

法隆寺をひとしきり堪能した後は、大阪、京都をまわって夜行で帰京した。

修学旅行から戻ってきた翌週には、模擬試験を受けている。この模試は、四年生、五年生、そして浪人生が一斉に受けるものであった。上級生も含めて「全体の一三番」(14)の成績だったというので、この頃にはすでに相当な秀才であったことがわかる。成績の優秀な立原は、中学を飛び級で卒業することとなった。

模試のすぐあとには期末試験がやってくるが、その試験前でも立原は歌舞伎や映画や演劇を見に行くほどの余裕っぷりである。試験が終わって夏休みになると、この年は、夏は御岳に行かずに受験勉強に費やした。しかし、ずっとこもっているのは性分に合わず、映画鑑賞、野球や相撲観戦にもよく出かけていた。後の横綱、武蔵山が好きだったようだ。この年は、よく学びよく遊んだ年だった。田園よりも都会に親しんでいた年であったといっ

(13)　この旅行については、「［一九三〇年　その日その日日記］」（『筑摩全集3』（二〇〇七年三月）六〇一―六〇二頁）と随想「奈良より法隆寺見学―六月五日」（『筑摩全集3』一七九―一八〇頁）に詳述されている。随想の方は、参加した一三人の生徒が分担して『学友会誌』の「紀行」欄に寄せた見聞録のひとつである。

(14)　前掲「［一九三〇年　その日その日日記］」七月三日、六〇七頁

てもいいかもしれない。

寮生活の鬱屈

一九三一（昭和六）年四月、一七歳になる立原は、受験に成功し、旧制第一高等学校理科甲類に入学する。一高は、当初は、現在の東京大学本郷キャンパス弥生地区（農学部）に存在した。一九三五（昭和一〇）年に現在の東大駒場キャンパスにあった農学部と敷地交換をし、その後、一九五〇（昭和二五）年の学制改革により、東大教養学部となって現在に至る。

高校入学当初、立原は中学時代に引き続いて短歌に勤しんだ。しかし、その作風は、「一高短歌会」での近藤武夫との出会い、そして前田夕暮の主宰雑誌『詩歌』への所属を通じて、それまでの文語定型のものから口語自由律へと転じることとなる。やがて二年次の夏以降は、短歌からも離れ、詩作をはじめるようになってゆく。この頃から文学に専心するようになり、パステル画もしだいに描かなくなっていった。

「一高短歌会」では、ひとつ上の学年の杉浦明平（みんぺい）（一九一三―二〇〇二）と出会い、以降、密に付き合う親友となる。杉浦は、立原の詩集を編むなど、詩人・立原道造の功績を後世に伝えた重要な一人だ。

立原が在学した一九三一（昭和六）年～一九三四（昭和九）年当時は、一高はまだ本郷に校舎があったので、自宅からの通学距離は府立三中に通っていた当時とそれほど変わらないものであった。しかし、一高は全寮制のため、遠い近いに関係なく寮生活を余儀なくされる。

一高の寮生活は、学校側の管理体制によるものではなく、学生の自治によって運営されていた。学生自らが取り決めた自律的な規約に従い、先輩・後輩、文科・理科等の別なく幅広く友情と教養を培う場として機能した。[15]

こうした知の交流自体は魅力的であっただろうが、通学の道すがらを楽しみとし、転地の避暑を常とした立原にとって、ひとところに閉じ込められての暮らしは苦痛だったようだ。ここで一年半ほど生活したところで耐えられなくなった。しかし、母子家庭や病弱であることを理由に、異例の自宅通学者となることを許された。

立原はどのような気分で高校生活を送っていたのだろうか。入学してからの一年間は、受験後の解放感と失恋による絶望感から、手柄も過ちもなく無気力に日々を過ごしてしまったと自戒している。しかし、これに悔いはなくむしろ幸福だったと、青い空と白い雲を仰いでは、そこに自らの心境を重ねていた。[16]

夏には、御岳でひと月を過ごし、「青い空ばかり見て暮してゐた」、「青い空は僕の故郷だつたのかしら？[17]」とぼやく。秋には、軍事教練のために修善寺、三島に赴き、またも青空ばかり眺めていた。寮ぐらしが軟禁のごとくに嫌だったからなのか、夏休みを迎えた頃から、立原はやたらと空にみとれて過ごすようになる。

かつて、水に親しんでいた頃の立原の視線は、水平線より下を向いていた。通学という楽しみのあった中学までは、橋の下を流れる隅田川を愛で、休みになれば那古海岸で潮の満ち引きを見つめた。避暑地が海から山に変わり、ツェッペリン号がやってきて、名古屋城の天守閣を仰ぎ、古都の空を見上げ…とやっているうちに、いつのまにか上を向く癖がついてしまった。さながら、水を泳ぐ鳥が、あとを濁さずに飛び立たんとするかのようである。

あゝ青い空！僕の愚かしいちつぽけな、こんな楽しさ

(15)　一高自治寮立寮百年委員会編『第一高等学校自治寮六十年史』(一高同窓会、一九九四年四月)を参照して記述。
(16)　『筑摩全集3』「一年を顧みて」二七九―二八〇頁参照。
(17)　同右、二八〇頁

クレオン画の飛行船に乗つて、お魚みたいに時間が流れる[18]！

視線が上向きになったこの頃から、風景へのまなざしが一層強くなっていった。寮生活の憂さを晴らすかのように、一年次の夏から冬にかけて、御岳の山なみを描いたパステル画が繰り返し数多く描かれるようになってゆく。

ところで、『伊豆の踊子』は、若き一高生であった川端康成（一八九九―一九七二）による、伊豆への旅の実体験をもとに書かれた名作である。発表から四年後、一高生となった立原はこれを読む。立原は、この作品がとても好きだったようだ。

――伊豆の踊子を売つちやつたのかい？
――ああ、仕方がなかつたもの。
こんな夢を見た。
それ程、僕は貸した本が気になつてゐたのである[19]。

寮ぐらしも一年が経とうとしていた。もう居ても立っても居られなくなっていた立原は、とにかくどこか遠くへ行きたかったことだろう。そんな矢先に、『伊豆の踊子』の旅情に魅せられてしまった。川端が作中で吐露した孤児根性の憂鬱に寮生活への嫌気を察したのか、あるいは、作中の父なき旅芸人の一座に亡父から継いだ実家の商店を重ねていたのか、無

(18) 立原道造による短歌「詩歌第十二巻十二号」（一九三一年一二月）より抜粋（『筑摩全集1』（二〇〇六年一一月）二七〇頁）。

(19) 立原道造の日記「［一九三三年ノート］」（一九三三年六月）より抜粋（『筑摩全集3』四六六頁）。

旅に出た。

気力に過ごした日々を回収するかのように、立原は、寮友とふたりでこれを歩いてなぞる

川端康成といふ人の(御存知かも知れませんが)《伊豆の踊子》といふのを、読んですつかりすきになつて、その通りの道をやつぱり同じやうに徒歩で行つたのです。[20]

中学の先輩であった芥川への想いと同様に、ここでも立原は自身の同窓の先人に強く思い入れている。己の進むべき道を模索するべく、自身のルーツを求めているかのようだ。

寮生活時代には、毎週末の帰宅を楽しみにしていたという。その体験は、翌年に詩集『日曜日』となってまとめられ、母に献じられた。といっても、これは母恋しさが綴られた詩集ではない。中学時代の通学を想い起こして、道すがらの出来事を目いっぱい楽しんだ想いの綴られた詩集とみるべきであろう。これを母に献じたのは、店を切り盛りするためにずっと家にいる母に宛てて、そんな家路の楽しみがあることを伝えたかったからではないか。寮生活に嫌気がさしたのも、ホームシックの類の感情からでは決してない。

自転車に乗れなかった立原は、下町の風情を感じつつ、友人と話しながら歩くのが好きだった。[21]家と学校とのあいだを散策するそのひとときが、立原にとっては大切だったのである。

三年次の夏は、六月下旬〜八月上旬と同月中旬〜九月上旬までの二度にわたって長期に御岳に滞在し、多種多様な文学作品を読み耽って過ごした。これが最後の御岳滞在となった。

このときにはもう、御岳山を描こうとはしなかった。新しい表現、新しい風景を求めてい

(20)『筑摩全集5』一九三二(昭和七)年五月二七日[金]金田正吉宛書簡、三五頁

(21) 立原の近所に住んでいた一高の友人・猪野謙二のもとに、後年立原の弟・達夫が訪ねてきたときのことを、猪野は次のように回想する。「立原は歩くのが好きで、浜町公園や人形町のあたりだけでなく、本郷と日本橋の間もよく一緒に歩いたと僕がいったら、兄はいくら練習してもどうしても自転車に乗れなかったんです、と言われました。これは初耳だった。そのことが立原道造のためにはよかったんですと僕は言ったんだけど……。あのころは東京の下町にも、ゆっくり話し合ったり考えたりしながら、歩くのがたのしいようなところがまだありましたからね」(猪野謙二『僕にとっての同時代文学』(筑摩書房、一九九一年一一月)九頁

たのかもしれない。なお、八月に一度帰京したのは、関東地方防空大演習を見物するためであった。ツェッペリンに続き、空飛ぶ機械を見上げている。(22)

屋根裏部屋と浅間山

一九三四(昭和九)年、立原は、三月に旧制一高を卒業し、四月、東京帝国大学工学部建築学科に入学する。それまで情熱を傾けていた天文学から、一転、得意な絵の資質を生かせる建築へと路線変更したのだった。それに伴って、星空の見える二階テラス脇の三畳の部屋から、製図板を広げられる屋根裏の十二畳ほどの広いスペースに自室を移した。

暗くはなったが広くもなったマンサード屋根裏の空間を「バー・コペンハーゲン」と名付け、ランプの吊り方や装飾、家具の配置などのインテリアに凝った。屋根裏部屋の様子は、『四季』の同人であった高橋幸一の追悼文に如実に書き表されている。

> 屋根裏といつても床に古びたテエブルや椅子を置き、針金を渡して黒いきれを下げた仕切りの向うに木箱や寝台の置いてある本格的な屋根裏部屋で、表に面した窓の擦り硝子に堀さんの「硝子の破れてゐる窓　僕の蝕歯よ・・・」の詩が楽書きのやうに鉛筆で斜めに書いてあつたり、梁に古風な吊りランプが下つてゐたり、屋根の裏側の真ん中から両方へゆるやかに傾斜してゐる垂木に、面の単調を破るためであらうか、外国雑誌のゴチツク活字のペエジが二個所ほど斜めに貼りつけてあるといふ風に、部屋の隅々まで立原君の屋根裏の美学によつて設計されてあつた。(23)

(22)　立原道造は飛行機に関する知識を、一高での親友・松永茂雄(一九一三—一九三八)から得ていた。「ぼくが飛行機の爆音に耳をすまして、あの中にだってエンジン設計者の個性が現れているのだ、とまことしやかに話すのを彼は熱心に聞いていた。ぼくは彼に軍艦と飛行機と児童文学の知識を与え、彼はぼくに短歌と詩と浅草と隅田川の話をしてくれた。軍事評論家と詩人とはだんだんお互いの理解を深めて行った。」(松永茂雄「立原道造」、松永茂雄・松永龍樹著、和泉あき編『戦争・文学・愛—学徒兵兄弟の遺稿—』(三省堂、一九六八年一一月)七二頁(初出:『ゆめみこ』第八号、一九三六年四月)　立原が寮を出る頃、松永は一高を中退し、立原が一高を卒業する頃、松永は兵役に就く。そして立原が武漢三鎮陥落に万歳する頃、松永は上海で病に冒され、そのまま生きて帰ることはなかった。

(23)　高橋幸一「屋根裏の立原君」、復刻版『四季』七月号 立原道造追悼号(四季社、一九三九年五月)四二頁

建築家を志すとひとたび決めれば、それにとことん打ち込んだことがうかがえる回想である。その内装には、大学で学んだモダニズムの原理とは逆行した、アマチュアリズムと言えるような手製の感覚を好んだ様子が見受けられる。また、詩を添え、活字を貼るなど、文学者としての半身を生かした独自の内装を施していた。

大学では、住宅、アパート、図書館、小学校といったものの他、家の門、地下鉄の入口、記念碑など、大小さまざまな建築の設計に取り組んだ。もともと絵を描くのが得意だった立原の図面は表現豊かなもので、たびたび辰野賞を授与された。

辰野賞は、現在では、東京大学建築学科の卒業設計に与えられる賞となっているが、当時は、年度末に一年間の課題を振り返って上位数点を表彰し、最優秀に銀賞を、優秀作に銅賞を授与する賞であった。立原は、一年次の小住宅、二年次のホテル、そして三年次の卒業設計に対してそれぞれ辰野賞銅賞を三年連続で受賞した。

辰野賞についてもう少し述べておくと、ひとつ下の学年で学んだ、戦後日本を代表する建築家・丹下健三（一九一三―二〇〇五）は卒業年次に一度のみ銅賞を受賞した。また、丹下と同級のライバルで立原の友人でもあった建築家・大江宏（一九一三―一九八九）は、一年次と三年次の二度銅賞を受賞していた。

丹下も大江も、自身の学生時代を振り返るときには、必ずと言っていいほど立原について語っていた。その語り口には、いつもほのかな羨望が醸し出されている。戦後の建築界に大きな足跡を残した丹下や大江ですら、その学生当時には、学内での評価は立原に及ばなかった。立原の辰野賞三年連続受賞は、彼がいかに建築の才に秀でていたかを物語っている。

一方、大学時代の立原は、堀辰雄や室生犀星（一八八九―一九六二）の指導を仰ぎつつ詩人としても大きく成長し、文壇の寵児となってゆく。立原が上級生になった頃、指導教官だった岸田日出刀は、室生犀星の書いた文章に立原が登場するのを見て、はじめて立原が有名な詩人であることを知ったという。(24) 建築学科での立原は、あくまでもひとりの建築学生として、自らの活躍ぶりをむやみにひけらかすようなことはせずに建築と向き合っていたのだった。

そして、大学に入学した年の夏、立原は浅間山麓を初訪する。浅間山麓では、別荘地としてにぎわう軽井沢ではなく、学生の勉学村であった旧宿場町の追分の「油屋」を常宿として滞在した。以降、生涯を通して、毎夏を追分で過ごすようになってゆくのだった。

製図室の仲間たち

東京帝国大学建築学科において立原の一級下で学んだ大河原春雄（一九一六―一九九七）は、その学生時代を次のように振り返っている。

> 今考えても非常に良かったと思うのは製図室が一年、二年、三年全部が一室に纏められていて、三年間に全部で四年間の同窓生と親しくなれたことであった。(25)（中略改行）製図室が学生のたまり場で、そこで自由に討論もでき、先輩、後輩とも自由に議論ができ楽しかった。(26)

また、大河原の同級生で立原とも親しかった大江宏は、「一九三五年、大学の建築学科に入ってみたら、もうみんな製図室にたむろしていて、そこへ東光堂が外国雑誌をかついでくる。（中略）そして、みんなで、よってたかってむさぼるようにそれを……」という日常があったと

(24) 岸田日出刀「立原道造のことども」、前掲『四季』五七頁

(25) 同室で三学年が三年間過ごすと、上級二学年、下級二学年、そして同級の計五学年と付き合うこととなるはずだが、ここでは「同窓生」には同級生を含めずに、これを除く「四年間」としたものと思われる。

(26) 大河原春雄『建築行政三十年』（相模書房、一九六九年五月）四―五頁

回想する。(27) また「CIAMというのがひじょうに新鮮な魅力を持っていた。ミースとか、グロピウスとか、コルビュジエとか、ギーディオンだとか、そういう人たち」(28)とも語っている。

立原や大江らは、学年の垣根なく製図室でともに学び、外国雑誌を通じて、本場の最先端の近代建築をむさぼるようにして学んでいたのだった。

彼らが学んだ当時の東京帝国大学建築学科では、建築構造を専門とする内田祥三(よしかず)（一八八五―一九七二）教授を筆頭に、同じく構造の武藤清（一九〇三―一九八九）、計画原論（環境工学）の平山嵩（一九〇三―一九八六）、建築史の藤島亥治郎（一八九九―二〇〇二）、都市防災の浜田稔（一九〇二―一九七四）、そして建築計画の岸田日出刀らが教官を務めていた。

立原の指導教官だった岸田は、一九二七（昭和二）年にオーストリアの建築家オットー・ワーグナー（一八四一―一九一八）について書き、「欧州近代建築史論」を学位論文のテーマとするなど、近代建築思潮を日本に積極的に紹介した人物として知られる。それまでの建築学科の教官は、歴史的な建築様式に精通し、これを学生に習得させるべき教養の第一義と考えていた。しかし、岸田は、この流れを変え、近代建築を主軸として設計教育を行った。(29) 立原の受けた設計教育は、様式建築ではなく近代建築の規範を学ぶものであった。

立原も、製図室を通じて同窓同級の多くの友人をつくった。同級生は三八人いた。とくに、生田勉（一九一二―一九八〇）、小場晴夫（一九一四―二〇〇〇）、柴岡亥佐雄（一九一一―一九八八）の三人とは多くの手紙をやりとりした。立原を含むこの四人は、互いに親しく付き合う仲だった。

一番多く書簡をしたためた相手は、生田勉だった。生田とは、一高時代からの同級生だった。

(27) 大江宏『大江宏＝歴史意匠論』（大江宏の会、一九八四年一〇月）二三頁

(28) 同右、二四頁

(29) 東京大学百年史編集委員会編『東京大学百年史 部局史三 工学部』（東京大学、一九八七年三月）一〇八―一五二頁参照。

寮も席も遠かったが、階段教室の授業で隣となり、頻繁に手紙のやりとりをして仲良くなった。[30]一高を卒業後、生田は東大の農学部に進んだ。その後、立原の誘いを受けて一九三六（昭和一一）年に建築学科へと転学したため、大学では立原の二年後輩となった。立原が世を去るまでの八年の間にほぼ毎週会い、別れればすぐ手紙を送って、親愛の情を示し合った。生田が建築学生となった年の夏は、追分で毎日を共にした。毎日を共にすれば、お互いを煩わしく思うこともある。この夏、生田は「立原との深刻な喧嘩と、その後の感激的な和解[31]」を経験した。

生田はその後、東大の教員となって翻訳や研究を行う傍ら、滋味豊かな木造住宅を手掛ける建築家としても活躍する。最初の作品「栗の木のある家」（一九五六）は、立原との共通の友人・国友則房（一九一一―二〇〇二）の自邸であった。そのインテリアの構成は、立原のヒアシンスハウスを思わせるものであったという。生田は、立原の作風を継承し、これを体現した人物だったと評される[32]。

次に手紙が多い小場晴夫は、学期が終わらぬうちに追分に行ってしまう立原の課題を提出してあげるなど、ずいぶんとよく世話をしてくれた同級生である。他の三名とは異なり、建築構造を志したが、卒業設計「ホテル」では辰野賞銅賞を受けるなど、意匠にも秀でていた。後輩である生田の卒業設計を手伝ったりもしている。立原からの手紙にも、製図課題の進捗報告や、学校の様子について小場に尋ねているものが多く、立原が小場を頼りにしていたことがうかがえる。

小場は、大学卒業後、建設省の役人として勤める一方で、建築専門誌『新建築』の編集にも携わった。立原が歿した翌年には、小場が中心となって『新建築』誌上に立原の追悼特集

（30）生田勉「立原道造のことども」前掲『四季』四六―四八頁参照。
（31）生田勉『杳かなる日の―生田勉青春日記一九三一～一九四〇』（麥書房、一九八三年七月）昭和一一年九月一四日〔月〕の日記、二二五頁
（32）津村泰範「昭和建築伏流史」『新建築住宅特集』一九九六年一一月号（新建築社）一一四―一二一頁参照。

を組んだ。立原亡き後、建築家としての功績が広く世に知られたのは、生田と小場に依るところが大きい。

小場は立原との付き合いを「よく会っては東京市内を歩き、芝居をみ、そばをくい、食事をし、映画をみては語っていた[33]」と想い起こしている。また、「級会のとき酒を飲んでとろんとした彼が思い浮かぶが、二人でアルコールを飲んだことは一回もない。何かを見たり聞いたあとは、必ず喫茶店で語り合った[34]」とも回想する。立原にとって小場は、東京での日常を共に過ごす誠実な聞き役だった。

小場に次いで多く文通した同級生、柴岡亥佐雄は、一高での立原の先輩でもあった。大学に入学したばかりの頃の立原は、「他の人達は怖いから[35]」といって、柴岡のそばにいることが多かったという。

立原がはじめて追分に行ったその夏に、追分からの立原の手紙に誘われて、柴岡も追分に行く。そこで柴岡は、立原が想いを寄せて「エリザベート」と呼ぶ女性と会った。このエリザベートは、偶然にも柴岡の遠縁にあたる人だった。そのため、柴岡への手紙には、エリザベートへの恋慕の情を綴ったものなど、抒情的で詩的な文が多い。端的に整然と要件を伝えた小場への手紙とは正反対だ。立原は、自らの苦悩を受け止め、これをなだめてくれる兄貴分として柴岡を慕っていた。

当初立原を敬遠していた小場に、立原と話すきっかけをつくったのも柴岡だった。「一高の先輩で、チェロを弾き、絵も画く柴岡君に彼は兄事していた」と小場は回想する[36]。

柴岡は、卒業後、清水建設に入り、やがて独立して住宅作家として活躍する。

(33)　小場晴夫「立原のこと」中村真一郎編『立原道造研究』(思潮社、一九七一年一二月)四四一頁

(34)　小場晴夫「立原のこと」『立原道造全集月報6』(角川書店、一九七三年七月)一頁

(35)　柴岡亥佐雄「追分を訪ねて」、前掲『立原道造研究』四三四頁

(36)　(34)に同じ

西方への旅

一九三六(昭和一一)年、立原の建築学生生活は三年目を迎える。この年、二・二六事件が起こり、軍による統制が加速しはじめ、世相はだんだんと暗くなりはじめていた。東京の他は専ら追分に行っていた立原であったが、その夏は、関西を存分に周遊した。

とはいえ、追分にももちろん行っていた。この夏、立原は七月、八月、九月と三度追分を訪れている。このうち二度目の追分滞在の際、この地で大きな失恋を経験し、立原は、「追分の風景はもう記号にすぎなく、何の心のひかれるものはなくなりました[37]」と言い捨てて、約二週間の紀州の旅に出ることとなる。

まずは、尾鷲にある友人宅に汽車で行き、そこから大阪へと船で向かった。京都にいた一高時代の友人・田中一三(一九一四―一九四〇)を訪ねたものの会えず、すぐに大阪に引き返し、一高の先輩・伊達嶺雄宅に泊まった。追分を知る以前からの友たちに会って、自らを省みようとしていたかのようである。

その後、立原は、奈良へと向かう。奈良に来たのは、中学の修学旅行以来である。東大寺の三月堂、中宮寺、法隆寺を回った。中学の頃、立原は法隆寺を見て、その建築に感動していた。建築を学ぶようになって、改めて、当時の感動を想い起こすかのように、再び立原は法隆寺へとやってきたのだった。

そこから名古屋の生田勉宅に立ち寄って、渥美半島の先端・伊良湖岬にある一高時代の友人・杉浦明平のもとへたどり着き、しばらくして東京へと帰った。

追分と決別するかのように出かけた紀州旅行の六日後、立原はまた追分に向かっていた。この夏三度目の滞在である。立原はやはり追分を離れられなかった。しかし、この時は、い

(37)『筑摩全集5』一九三六(昭和一一)年八月二五日[火]田中一三宛書簡、二六一頁

つものように油屋には泊まらず、軽井沢にあった室生犀星の別荘に身を寄せた。

一〇月になって、立原はまた奈良へと旅立った。奈良を少しだけ散策して、その日のうちに京都へ移動し、今度は京都をじっくりと見ている。まずは、京都大学構内を散策し、山本治兵衛、山口半六らによる初期の煉瓦造建築や、武田五一、森田慶一らの表現主義的な鉄筋コンクリート造建築などを見てまわった。

また、関西きっての建築家として活躍していた村野藤吾（一八九一—一九八四）が「日本風を加味せる近代式」[38]として設計した「ドイツ文化研究所」（一九三四）や、「新日本主義的新興形式」[39]を標榜し、古都の中心に巨大な壁画の塊を出現させて物議を醸した「京都朝日会館」（設計：石川純一郎／竹中工務店、一九三五）なども訪れている。ともに、新築されたばかりの、京都の最新建築だった。この旅の途中、立原は級友・柴岡に「ドイツ文化研究所に大へんに心打たれた。朝日ビルもやつぱりすきだ」[40]と書き送っている。

立原は、村野藤吾の建築が好きだった。東京で立原が最も親しんでいた建築は、村野が手掛けた、黒タイルとポツ窓が特徴的な「森五商店」（図1-5）だった。[41]生田勉は後年、「ぼくなんかにも、何かといえば『森五の前で待ってろ』とか（笑）とにかく森五というのは、彼の意識の一部を形づくっているみたいなところがあった」[42]と、述懐している。京都にやってきたのは、村野の最新作をなんとしても見たいと思い立ってのことだったのかもしれない。

さらには、少し足を延ばして、その年に竣工したばかりの、大学の指導教官・岸田日出刀の設計による「白亜の殿堂」[43]と呼ばれた「日本赤十字社滋賀県支部病院」（一九三六）も見ていた。

この旅の主な目的は、京都にある近代の建築を見てまわることだった。一方で、銀閣、南禅寺、比叡山僧坊、高台寺など、古都の寺もしっかり巡っていた。

（38）『建築雑誌』第四九巻五九九号（日本建築学会、一九三五年五月）六七七頁

（39）『建築雑誌』第四九巻六〇四号（日本建築学会、一九三五年一〇月）一二五三頁

（40）『筑摩全集5』一九三六（昭和一一）年一〇月二七日［火］柴岡亥佐雄宛書簡、二八〇頁

（41）生田勉の証言による。生田勉「立原の〈建築論〉について」、『角川全集第四巻』（一九七二年一月）四四四頁参照。

（42）生田勉—立原道造「近代建築の正統な規範のかげにあった日本浪曼派の、現在にまで及ぶ『血と土』」、磯崎新編『建築の一九三〇年代—系譜と脈絡』（鹿島出版会、一九七八年五月）四四頁

（43）大津赤十字病院ホームページ、沿革、https://www.otsu.jrc.or.jp/about/outline/history（二〇一六年二月閲覧）

図1-5　「森五商店東京支店」(1931)

日本の伝統を確認し、そこに根付いた最先端の建築の在り方をも知ったこの一〇月の京都旅行は、軍靴の足音に警戒しつつ、心身を強く保ちたいと願った立原にとって「僕の転生と、あたらしい我の発見とは、やつと　あの旅のひとときに　僕の身に　ふりかかつた[44]」と言うほどに、その観念の持ち方に大きな影響を与えたものだった。

石本喜久治と立原道造

京都への旅から半年後、大学を卒業すると、立原は、建築家・石本喜久治（一八九四―一九六三）のもとに弟子入りする。当時の東大生の就職先は、自分の行きたいところを好きに選ぶというのではなく、原則として、指導教官の推薦により斡旋されるものであった。当時の多くの東大生は、官公庁や大手の施工会社へと就職するのが一般的であった。しかし、立原は、個人が主宰する設計事務所に就職する。

立原の師・岸田日出刀は、先輩である石本より、設計の堪能な人物を紹介するよう求められ、躊躇なく立原を推挙したという[45]。岸田は、なぜ躊躇なく立原を候補に選んだのだろうか。石本とはどのような人物だったのだろうか。

ここで、立原が入所するまでの石本喜久治の仕事に少し触れておこう[46]。

石本は、神戸に生まれ、大阪に養子に出され、京都の旧制第三高校を卒業し、東京帝国大学建築学科に入った。大学を卒業する一九二〇（大正九）年、六人の同級生らと分離派建築会を結成した。

分離派建築会は、当時の構造と旧来の様式を重んじた母校の風潮に物申し、展覧会等を通じて表現の重要性を問うた、日本で最初の建築運動であった。

（44）『筑摩全集5』一九三六（昭和一一）年一〇月三一日［土］小場晴夫宛書簡、二八一頁

（45）岸田日出刀「立原道造のことども」前掲『四季』五六頁参照。

（46）石本建築事務所編『50年のあゆみ』『50年の軌跡』（石本建築事務所、一九七七年）参照。

石本は、卒業したその年に催された第一回展覧会に卒業設計「涙凝れり（ある一族の納骨堂）」（図1-6）を出品した。スリットの穿たれた膨らみのある細長い等脚台形がシンメトリーに立ち並んだ、今にも飛び立とうとする戦闘機のような立面である。

一目見て、建築は、型にはまった構造物ではなく、自由な立体造形であるべき、との思いを強烈に訴えかけてくる。この作品は、分離派の作風を端的に表すものであった。立原が就職する一七年前のことである。

卒業後、石本は竹中工務店に入社し、縦長連窓とアーチ窓の組み合わさった特徴的な正面を持つ「山口銀行東京支店」（一九二三、現存せず）や、面取りされた五角形の平面形状に表現豊かな窓が穿たれた「東京朝日新聞社」（一九二七、現存せず）などを担当した。いずれも、分離派として活躍した石本の表現豊かな作風が引き継がれた、初期の代表作であった。

竹中工務店に奉職して七年後（一九二七）、日本橋の「白木屋本店」の設計を機に石本は独立する。関西出身の石本は、当初は、関西建築界の重鎮・片岡安（一八七六―一九四六）の力を借りて事務所を共同経営した。白木屋完成後は片岡の手を離れ、合理主義的な作風に転じた商業建築を数多く手掛ける。その経営手腕も相まって、やがて、事務所は大規模化されてゆく。

白木屋は、後の日本橋東急百貨店（現・コレド日本橋）の前身で、三越や大丸と並ぶ大店だった。関東大震災で店舗が全壊し、「東京朝日新聞社」を見て惚れ込んだ白木屋の社長が、再建の依頼を石本個人に委嘱したのだった。因みに、石本が活躍した分離派建築会は、再建前の白木屋で度々展覧会を開いていた。

当時、石本は京都に住んでいたため、白木屋の設計担当は山口文象（一九〇二―一九七六）に

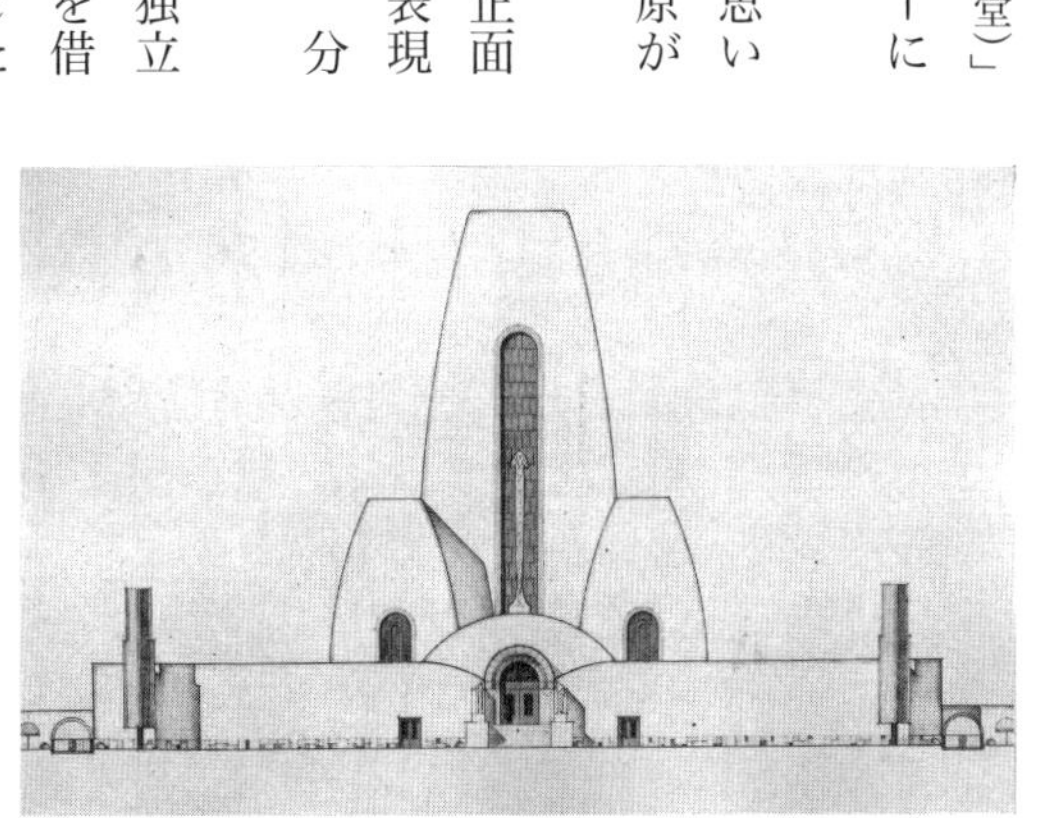

図1-6　石本喜久治「涙凝れり（ある一族の納骨堂）」(1920)

託された。山口は、当時、建築家が帝大卒のエリートばかりであったなか、職工からはじめて一流の建築家となった人物として名高い。山口は、竹中工務店で石本の「東京朝日新聞社」を手伝っていた。白木屋の仕事を機に、石本の独立に付き合って一緒に辞めた。一九二八（昭和三）年に一期工事（西館）を終えてしばらくの後、山口は退所し、渡欧した。

白木屋の二期工事（東館）は、のちに「憲政記念館」（一九六〇）の設計者で知られる海老原一郎（一九〇五―一九九〇）が担当した。海老原は、片岡の手を離れた新生石本事務所の所員第一号で、立原の入った一九三七（昭和一二）年の末まで勤めていた。

当時、百貨店の多くは、高級品を扱う商業施設であることから、貴族趣味的で装飾豊かな様式でつくられていた。そんななかで、石本は、幾何学的で合理的でありながらも曲線を用いた表現豊かな意匠をここで実現した。白木屋は、それまでの百貨店のイメージを一新する画期的な建築となった（図1-7）。

かくして一九三一（昭和六）年に白木屋は新装開店した。しかし、喜びも束の間、翌年のクリスマスシーズン、電飾が原因となって白木屋は燃えてしまう。火災後の改修も石本事務所が手掛けた。図らずも、この大火は、防火・避難に関する法整備を進める契機となった。

石本事務所は、白木屋の設計以降、大きな建物を数多く手掛け、戦後は大手の設計事務所として成長していった。石本喜久治の晩年には、市庁舎や社屋などの業務施設の設計が多くなった。それに伴って、当初の表情豊かな造形から、端正で合理主義的な意匠へと、その作風も転じていった。

立原が入所したのは、上海事務所も設けられ、会社の規模が大きくなっていこうとする頃だった。立原は、当時としては比較的規模の大きい、創生期の組織設計事務所に勤めてい

図1-7　「白木屋本店（第一期）」（1928）

たのであった。

ところで、立原の未発表論考に「建築衛生学と建築装飾意匠に就ての小さい感想」というものがある。これは、一九三六（昭和一一）年三月中旬頃、すなわち、立原が大学二年次を終えようとした頃に書かれたものと推定されている。この中で、立原は、建築学は人間が住むところを取り扱う限り、建築構造学よりも、機能と快適を追求する建築衛生学こそが重要だ、と述べる。

建築衛生学とは、今日では、建築環境工学と呼ばれるもので、熱、光、音、風といった環境を科学し、給排水、空気調和、電気、音響などの設備を計画する分野である。この建築衛生学と建築装飾意匠との協同によって、建築学は純粋芸術とは区別されつつも、単なる工学でないものとなる、と立原は主張する。さらに、「算式の氾濫した建築構造学には、既に今日以後にその進歩と寄与を期待しません[47]」とまで述べて、構造一辺倒の状況はもうやめるべき、と訴える。この主張には、石本らの分離派建築会に通ずる志向が見て取れる[48]。

この論考の内容は、いまだ構造学に重きを置いていた当時の大学を非難するやや過激なものとも捉えられかねないため、冷静な親友・小場晴夫によって提出を差し止められたという経緯がある。そのため、師である岸田は、この小論自体は見ていなかったと思われる。

しかし、この小論に書かれた主張は、レポートのためのその場しのぎの思い付きではなく、日常の勉学を通じて思い至ったことであったはずだから、この想いは、日頃より立原から滲み出ていたにちがいない。小論を読まずとも、この立原の考え方を察していた岸田日出刀は、石本と立原ならうまくやれると踏んで、躊躇なく推挙できたものと考えられる。実際、

（47）『筑摩全集4』一九八頁

（48）この論考は、長らく小場晴夫の書斎に眠っていて、一九九八年になって発見された。これを機会に立原道造記念館で開催された企画展の図録『立原道造・建築家への志向』（立原道造記念館研究資料室編、立原道造記念館、一九九九年七月）には、直筆の原稿が掲載されている。また、同図録に所収の佐々木宏による論稿「新たに発見された立原道造の建築論―講義ノオトとの関連およびその背景」（一四―二九頁）で、立原によるこの論考の問題点と意義について詳細に考察されている。

いう。石本は立原によく目をかけ、自邸の計画には、新人ながらもその設計に深く関わらせたと

硝子の牢屋

立原が通勤していた当時の石本事務所は、数寄屋橋交差点に面した「マツダビル」の五階にあった。

「マツダビル」は、佐藤功一（一八七八―一九四一）の設計により一九三四（昭和九）年に竣工した。低層部に連続する扁平アーチ、外壁に並ぶ縦リブ、中央にそびえる塔屋など、佐藤らしいネオゴシック調の外観を持つ九階建てのビルであった。角地を生かした正面を持つシンボル的建築として、数寄屋橋の夜景を彩っていた。立原の入社時には、まだ完成して三年ほどの新築であった（図1-8）。

立原の自宅から事務所までは、市電に乗れば一〇分ほどの近い距離であった。思い返せば、立原の都会ぐらしは、幼稚園から社会人に至るまですべて近距離でまかなわれていた。都会の風景ばかりをずっと見てきたのだった。

避暑のひとときにだけ触れる田園風景は、立原には非日常の新鮮な世界だったのだろう。さまざまな避暑地を転じてついに落ち着いた追分も、単なる転地療養の場ではなく、日常でため込んだストレスを放つ場ともなっていたにちがいない。

立原は、与えられた仕事を心底愛し、徹夜もいとわずに熱中する一方で、病気がちで欠勤も多かった。石本の「ハウスを作るのは易しいが、ホームを作るのは難しい」[49]といった

図1-8　「マツダビル（共同建物）」（1934）

（49）『新建築』第一六巻第四号「立原道造追悼特集」（新建築社、一九四〇年四月）一七八頁

言葉を愛するなど、師からの学びにも努めていた。ここで同期入所した武基雄（一九一〇—二〇〇五）と出会い、隣に机を並べて仕事をした。

武とは、仕事以外でも親しく付き合った。仕事が終わると、ともに銀座の街へ繰り出したりした。その際、立原は、仕事を終えた足で遊びに行くことを嫌ったため、一旦互いに帰宅して、それぞれにめかし込んでから再び落ち合っていたという。[50] 立原と武は、芝居や絵を共に見て大いに語りあった。

しかし、都会にカンヅメにされた立原は、だんだんと「硝子の牢屋」にいる気分になった。[51] 大学生の頃の立原は、詩も建築も、自らの表現の対象と考えていた。詩にも建築にも、自ずから溢れ出るものをたよりに構想し、つくっていきたいと意気込んでいた。しかし、建築を本業と決めてその実務に携わるようになると、表現の機会としてばかりでない側面は避けられない。

決して創作的でない作業にも多くの時間を費やさねばならなかったことは、立原にとってストレスだったのだろう。勤め始めて早々に、「事務所では　まだ仕事らしい仕事はしないのだけれど　何やかや　へまをしてしまひ　かへりにはかなしい　いやなきもちになつてしまふ（中略）　そして　僕の耳のそばでは　しよつちゆうタイプライターが騒ぎ　電話や大声で相談する声がきこえてゐる」[52] とこぼしている。

さらには、立原の席が事務所に導入されていた冷房装置の真下にあったために、夏風邪をこじらせ、結核の初期症状を患うようになってしまった。[53]

やがて身も心もやつれ、追分への旅情を募らせる。学生時代のように長期の休暇はなくなったので、週末の小旅行を繰り返すようになった。そして、田園風景に親しめないでいるス

(50) 武基雄「展覧会の絵」、前掲『立原道造研究』四四二—四四三頁参照。

(51) 前年の京都の旅で世話になった親友・田中一三に「僕は　ずつと東京で　数寄屋橋のそばにあるビルデイングのなかに　くらします　信濃路のことばかり　おもひながら　硝子の牢屋にはいつて　磨かれた窓に移る雲をぬすみ見しながら　くらす　夏なのです」（『筑摩全集5』一九三七（昭和一二）年七月一九日［月］田中一三宛書簡、三三六—三三七頁）と宛てている。

(52) 『筑摩全集5』一九三七（昭和一二）年四月三日［土］小場晴夫宛書簡、三二九頁

(53) 杉浦明平編『立原道造詩集』（岩波書店、一九八八年三月）解説、四三二頁参照。

トレスを解消するかのように、これまでの信濃路への追憶の数々が、詩集『萱草（わすれぐさ）に寄す』にうたわれた。

建築家の詩集

『萱草に寄す』は、一九三七（昭和一二）年五月に、大学卒業を機に立原がはじめて刊行した詩集である（図1-9）。その構想は、卒業設計に取り組んでいた頃にはすでにできあがっていた。ここには、立原が得意としたソネット（十四行詩）形式の一一篇の詩が収められている。そこにうたわれた情景は、いずれも浅間山麓を想起させるものである。

数多くの詩を残した立原であったが、詩集として刊行したものは、これと、その約半年後に出版した『暁と夕の詩』の二冊のみであった。立原の詩のほとんどは、『四季』をはじめとする雑誌を通じて知られたものだった。

この二冊の詩集は、すべて立原の手づくりによるものである。詩を音楽にみたて、楽譜を模した大型の判型とし、レタリングやレイアウト、装丁など、そのデザインはすべて立原自身が手掛けた。制作にあたって、その見本となる楽譜は、チェロをたしなんだ建築の学友・柴岡亥佐雄から借りていた。立原は、自身の詩への作曲を頼むほどに柴岡の弾くチェロの音が好きだった(54)。

『萱草に寄す』は私家版としてつくられ、『暁と夕の詩』は四季社を発売元にして売りに出された。いずれも、著者、発行者ともに立原道造であるが、その印刷を請け負ったのは下出源七（一九〇六―一九八六）だった。下出は、建築専門書の出版社・彰国社の創立者であった。詩集であるのに、建築関係者によって印刷されていたのだった。

図1-9　詩集『萱草に寄す』

(54)　柴岡は「彼が初期に出した楽譜の体裁を持った詩集『暁と夕べの詩』は私から借りた楽譜を印刷所へ持っていって作ったものだ」と語っている（柴岡亥佐雄「追分を訪ねて」、前掲『立原道造研究』四三六頁）。『暁と夕の詩』が編まれたのは一九三七（昭和一二）年一二月だが、この年の五月～翌年の八月まで柴岡と立原のやりとりした書簡がないことから、この時期には互いに仕事を始めたばかりで忙しく、会う機会もあまり作れなかったと思われるので、楽譜を渡したのは、大学在学中かその直後の頃だと考えられる。そうだとすると、同じく楽譜の体裁でその頃に編まれた第一詩集『萱草に寄す』も、柴岡に借りた楽譜を見本として作った可能性が高い。

立原の刊行詩集が、形式のある定型詩を題材とし、自らの手でデザインされたことに、その建築家らしさが顕れていることはよく指摘されている。しかし、そればかりでなく、この詩集は、柴岡や下出など、建築をやっていたからこその伝手を頼って実現されたものだったのである。もしも立原が建築をやっていなかったとしたら、これらの詩集はこれほどまでに印象深いものとしては現前しえなかったであろう。

追分の喪失

立原は、病弱ながらも実によく働いた。夜なべもいとわず仕事に励む傍ら、詩集を編むなど、自らの創作にも精を出した。しかし、大学を卒業して半年が過ぎた頃、立原はついに過労で倒れ、自宅療養を強いられることとなった。

ひと月ほどで身体はほぼ回復したが、精神はまだだった。立原の足は自然と、数寄屋橋ではなく、追分へと向かっていった。一一月の半ばだった。追分に着くと、いつものように油屋(図1-10)に泊まり、予後を養った。安らかな日々も四日目を迎えていた。

昼過ぎ、西風が強く吹き荒れていた。突然、隣家の豚たちが悲鳴を上げる。なにごとかと思った次の瞬間、くつろぐ立原を火の手が襲った。風に煽られた炎が容赦なく勢いを増してゆく。煙の中を必死に逃げ惑うも、炎が先回りする。ついに階下への路を失ってしまった。絶体絶命の立原は、窓の格子戸を破り、絶叫した。聞きつけた地元のとび職により、辛うじて助け出された。間一髪だった。

脇本陣として三百年以上の歴史を誇った油屋は、ものの三〇分で跡形もなく焼け落ちてしまった。立原の愛読書の数々が灰になった。愛用の黒い背広、緑のネクタイも失った。「硝

図1-10　焼失前の追分油屋(入口手前の浴衣姿は立原道造)

子の牢屋」への復帰を前に、英気を養いに来たはずだったのに、さらに大切な多くを失ってしまった。

　その日に避難した藤屋旅館は、高校時代より敬愛した川端康成が常宿としていた宿だった。『伊豆の踊子』をなぞる旅以来の川端の追体験は、打ちひしがれる立原を少しばかり救った。

新しい風景

　油屋炎上から一ヶ月が経ち、立原は職場に復帰した。一九三七（昭和一二）年もすでに年の瀬を迎えていた。大本営が設置され、軍靴の響きも騒々しくなってきていた。心癒えぬまま仕事に戻った立原の胸には未だに、都会ではない遠くのどこかへの憧れが悶々と湧いていた。やがて、追分に居場所をなくした立原は、浦和の別所沼のほとりを新たな拠点と見定める。別所沼の近くには、兄事した詩人のひとりである神保光太郎（一九〇五―一九九〇）が住んでいた。しばしば神保を訪ねていた立原は、大学生の時分より「別所沼のふじや、アンゴラ兎[55]」と戯れていた。この頃より、この地に、自身の小別荘「ヒアシンスハウス」を構想し始める。

　年が明けた。職場に復帰したものの、失意と孤独に耐える日々に精神は限界を迎えつつあった。北欧の建築雑誌の購読を始め、仕事への没頭すらも、遠くのどこかへの夢想となるよう段取った。屋根裏部屋と硝子の牢屋。ふたつの密室を、ほんのわずかな散歩を挟んで往復するのみの生活が窮屈だった。別所沼のほとりでの暮らしも、もはや単なる夢想に留めておけない。そう考えた立原は、ヒアシンスハウスのための土地取得に本格的に乗り出した。具体的な設計図もこしらえ始めた。

（55）『筑摩全集5』一九三六（昭和一一）年六月一四日［日］神保光太郎宛書簡、二三一頁

一九三八（昭和一三）年の春、相変わらず、心身ともに立原は疲れ果てていた。同僚の武基雄や、服部時計店裏にあった前川國男（一九〇五―一九八六）の建築設計事務所に勤め出した後輩・丹下健三らとの談話の時間に、日々の鬱屈を些か解き放った。

そんなお勤め生活に、いいことがあった。事務所のタイピスト・水戸部アサイと付き合うようになったのだ。牢屋ぐらしにも少しだけ希望が芽生えた。五月、六月の日曜日には、水戸部とふたりで追分に日帰り旅行にも行った。ここで立原はプロポーズした。しかし、それでもやはりどこか遠くへ行ってしまいたいという憧れはぬぐいきれなかった。

どこかとほくとほく、知らない光と色とにほひの世界へ行きたいと灼きつくやうにねがひます。[56]

七月、追分の油屋が営業を再開し、久しぶりにここへ赴いた。この頃、弘前の小山正孝（一九一六―二〇〇二）や福岡の矢山哲治（一九一六―一九四三）らの若き詩人を知り、新たな同人誌『午前』を構想し始めていた。北と南に友を持ち、追分と関西以外の遠くへ、東北と九州へも行ってみたいと思った。月末、ついに休職を申し出てしまった。肺尖カタルとの診断によるものであったが、そればかりではなかった。今度はもう、復帰するつもりはなかった。

休職後しばらくは、大森馬込の室生犀星邸にて静養することになった。ちょうど前年の同じ頃にも室生の別荘に出かけている間の留守番を兼ねてのことだった。室生一家が軽井沢邸の留守番をやり、そこから職場に通ったことがあった。大森の室生自邸は「魚眠洞」と名付けられていた。室生自身の設計による、さまざまな表情を持った庭のある、立原にとっ

（56）『筑摩全集5』一九三八（昭和一三）年四月上旬、深沢紅子宛書簡、三八九頁

ての癒しの場だった。

立原は、はじめはこの庭を愛でながらひと夏をのんびりと過ごすつもりだったのだろう。しかし、体調が安定してくると、じっとしているのも退屈になってきたのだろうか、もう一度、追分の夏に暮らしたい衝動に駆られる。そして、八月半ば、信濃追分に新築された油屋にて転地療養することにした。これが最後の追分となった。

この頃、追分の近所には、室生一家や新婚の堀辰雄夫妻をはじめ、萩原朔太郎、加藤周一、中村真一郎（一九一六―一九九七）などの立原と親しく付き合った文学仲間も滞在していた。途中、水戸部も東京からやってきて、ここで皆に婚約者であることを紹介することとなった。さらに、建築学科の友人であった生田勉や浜口隆一（一九一六―一九九五）、入江雄太郎（一九一三―一九六三）らもやってくる。もう二度と会えないかもしれない人々に会えるだけ会っておきたいとの想いがあったかのような、賑やかで実に楽しい村ぐらしとなった。

追分では、その後の身の振り方をいろいろと思案した。再び勤めに出ようか、あるいは建築雑誌の編集などもいい、はたまたさらに遠くのどこかへ行こうか…と。堀辰雄をはじめとする身近な面々は、病を思う立原を気遣い、無理をせずにこのままじっと一冬を追分で過ごすよう諭したが、立原は心身を鍛えたいといってこれを振り切り、盛岡、長崎へ旅立つことを決意する。

最期の旅

追分とその周辺の他には、関西くらいしか旅したことのなかった立原は、その人生の最期に、北と南の遠くへと旅に出る。

北へは一九三八(昭和一三)年の九〜一〇月に、南へは同年一一〜一二月にかけて、それぞれひと月ほどずつ旅をした。旅行中に見聞したことは、それぞれ、手記「[盛岡ノート]」および「[長崎ノート]」に詳しく書き連ねられている。これらのノートに従って、旅程を追ってみよう。

九月一五日の朝、立原は上野を発って、山形を経由し、楯岡へと至る。楯岡では、帰省中だった『四季』の同人・竹村俊郎(一八九六―一九四四)の家に泊めてもらった。街は防空演習の最中で、サイレンが鳴り響き、家々は皆明かりを落としていた。翌日は、疲れ果てて一日中寝起きを繰り返した。合間に、二度ほど外に出て、夕空の鳥海山や茅葺の民家を見て歩く。一七日には、雨の中、山形市内を歩いた。時計台や病院などの古風な洋風建築や放送局の鉄塔が霧雨に浮かぶ姿が印象に残った。夜は上ノ山温泉で葡萄酒を飲んだ。芸者を相手に飲んだ酒は、下戸な立原に小瓶半分をも空けさせた。しかし、ここの一夜はつまらなかったと回想する。

一八日には、仙台まで行く。ここに一泊して市街を見て、翌一九日は石巻へと北上する。石巻では、ここで中学教師をしていた一高同期の友人・江頭彦造(一九一三―一九九五)に再会し、彼の下宿に立ち寄って、百八十度太平洋が見渡せるその窓からの眺望を褒めたたえた。夕刻には江頭と石巻名物の釜飯を食べてから、またすぐに会えるとでも思わせるように笑い合いながら別れ、そして盛岡へと向かう。盛岡に着いたのは、深夜だった。

盛岡では、『四季』の挿絵などを手掛けた画家・深沢紅子(一九〇三―一九九三)の父が構えた別荘「生々洞」にて、静養を目的とすることを条件に世話になる。ここは、盛岡駅から中津川に沿って北東に少し行った愛宕山の麓にあった。ここから盛岡の街が一望できた。背後の小高い愛宕山を登れば、北には石川啄木の愛した姫神山と岩手山が、駅のむこうには宮沢賢治の愛した南昌山がそれぞれ望める。立原の旅は盛岡までで、この生々洞にその後ひと月ほど滞在した。

あたり一帯に広がる果樹園には、林檎や葡萄が豊かに実っていた。樹木のあいだに、街へと飛んでいく鳶の姿を見た。立原は、鳥の飛翔への憧れを失わない。盛岡の市街にも繰り出して、デパートの屋上に登り、鳶の視点になって街を見渡した。厨川柵址に立って前九年の役の時代に思いを馳せたりもした。かつて敬愛した石川啄木の郷里を訪れ、宮沢賢治について新しい友と語り合うなど、当地の文学を肌で感じた。

それから、建築家らしく建築の姿をじっくりと眺めつつ街を散策した。ポプラの木に包まれて建つ薄緑灰色のミルクプラントを「この市でおそらくは唯一の、僕たちの意味で、新しい建築です[57]」といって、屋根、壁、窓枠などに施されたモダニズムの意匠を詳細に観察している。郵便局や電話局、公会堂、役所などの公共建築の古風な佇まいにも酔いしれた。

「北の国で　僕はもつと孤独にと　かんがへた[58]」立原であったが、実際には、多くの人々に囲まれた賑やかな滞在となった。深沢の両親や伯母、そして近所に住む詩人らに愛され、深沢の知人も多く紹介された。滞在の後半には、東京から突然、『四季』の後輩で堀の弟子である野村英夫(一九一七―一九四八)がやってきて、ともに暮らすこととなってしまった。弘前から小山正孝も訪ねてきた。一方で、愛宕山で見つけた叢は、誰にも知らせず、ひとり物思いにふける場所とした。

そして、一〇月一九日、「ちひさい病気[59]」の悪化によって帰京を余儀なくされ、夜行列車で家路につく。盛岡への旅は、新しい風景とともにさまざまな交友を温める機会となった。

(57)『筑摩全集5』一九三八(昭和一三)年一〇月一九日[水]入江雄太郎宛書簡、四五八頁
(58)『筑摩全集3』「[盛岡紀行]」九〇頁
(59)同右、一〇九頁

一方で、「いろいろなことを計画してこちらに来たのだつたかも知れないが、みのりはじつに乏しく、何もなくてここを立ち去ります[60]」と言うように、存外の疲労によって心身の衰えを痛感することとなり、新たな創作への飛躍を急がねばとの焦りが募った旅でもあった。

東京に戻ってからの一週間は、誰にも会わずに自宅で安静に過ごした。一一月になって、いくつかの友の大事な催事に立ち会い、恋人・水戸部アサイとなるべく沢山出かけ、そして堀辰雄の家に別れを告げにゆく。「ひよつとしたら、僕は死に近いのかも知れない[61]」との不安が、いよいよ立原に迫ってきていた。その焦りのために、体調が万全でないままに、やり残していた南への旅を強行する。

一一月二四日、夜行で東京を発ち、翌二五日の昼に奈良に着く。唐招提寺の金堂を見て、薬師寺の境内で日記を書きはじめる。小場晴夫の好んだ秋條寺のアットホームな美しさに浦和の風景を想い起こし、東大寺の二月堂から見下ろす晩秋の風景に無限の時間を感じながら、しかし、尽きゆく自らの生命の限界を想う。旅は、「この眼にうつくしくながれる古代の白い雲と明るい空とすべてをかがやかせる太陽を今この土地で見てさへ僕の心はむなしい[62]」との心境で始められた。夕方には京都へと向かい、旧制三高の教授だった日本浪曼派の代表的人物・芳賀檀（一九〇三―一九九一）のところに泊まる。

二六日は、百万遍の京都大学あたりを散策して、西芳寺に茶室・湘南亭を訪れ、南禅寺で湯豆腐を食べた。二七日には京都を去り、山陰経由で長崎へと向かった。まずは、舞鶴で建築学科の同級生・波江貞夫を訪ねる。

翌二八日、極度の疲労から切符を失くしながらも、一日汽車に揺られてなんとか松江まで

（60）前掲入江雄太郎宛書簡、四五九頁
（61）『筑摩全集5』一九三八（昭和一三）年一一月一一日［金］小山正孝宛書簡、四七三頁
（62）『筑摩全集3』「［長崎紀行］」一一九頁

たどり着く。橋から見た掘割のめぐらされた水の都・松江の街並みに「日本の都会のタブロオ[63]を完成してゐる」様を見出した。松江城の天守閣にも登って、やはりここでも街を一望している。石本事務所の先輩にあたる山口文象が手掛けた「小泉八雲記念館」（一九三三）にも訪れ、これを「白く小さく力強い作品[64]」と評した。

宍道湖や大山に、これまで味わった風景とは異色のものを感じ、「風景の基調色は赤だ[65]」と、絵の描き手らしく配色の豊かさに感嘆する。

一二月になって、松江を発った。宍道湖沿いに出雲大社へ参り、そのすぐ北の島根半島突端にある日御碕で、日本一の高さを誇っていた洋風の石造灯台に登る。真昼の曇り空の下に暗く美しくひらける日本海に、疲労困憊な自らの暗澹たる気持ちを投影させた。「ウミネコといふ海鳥の群れる岩があるが、冬のせいか　一羽も見えない[66]」と、鳥の不在を残念がる。

夜中には下関に着く。駅前には、日本初のステーションホテルとして名高い「山陽ホテル」（辰野葛西建築事務所、一九二三）があったが、ここは高くてとても泊まれない。下関ホテルという安宿に泊まろうとタクシーに乗ったが、しかし別の侘しい旅館に連れて行かれてしまった。それでも侘しいなりのドラマがあって楽しめた。数ヶ月前に石本事務所で製図した下関市庁舎案については、とくになにも想い起こさない。

翌日には関門海峡を越えて、門司、小倉を経て九州北端の若松へ行く。ここでは、前年に石本事務所が手掛けて竣工した「丸柏百貨店」が「微笑で迎へてくれた[67]」。丸柏百貨店は、石本事務所に同期で入社した武基雄が関わっていた物件だった。武の苦労を真横で見ていた立原は、建物の随所に「久しぶりで不意に親しいものに出会つたやうな感じ[68]」がした。

その日の午後には博多へ向かう。その途中で見た北九州の工業地帯に心打たれた。八幡製

（63）完成されたキャンバス画という意味のフランス語
（64）『筑摩全集5』一九三八（昭和一三）年一二月三〇日［水］武基雄宛書簡、四八三頁
（65）（64）に同じ
（66）『筑摩全集5』一九三八（昭和一三）年一二月一日［木］杉浦明平宛書簡、四八四頁
（67）前掲「［長崎紀行］」一三九頁
（68）（67）に同じ

鋼所あたりの巨大な工場建築は、力強い技術力の象徴として、心身の衰弱していた立原を激しく羨望させた。

元気だったころの立原は、工場よりも住宅に、都会よりも自然に、建築よりも山に憧れていた。しかし、この頃には、工場の迫力に圧倒され、「そのあとの山々の自然のみすぼらしくあはれに見えたこと！」[69]と、もはや自然を謳歌する力はなかった。かつて人工物よりも自然を愛していた立原は、その人工物ですら、圧倒的なものとして肉眼の前に立ちはだかるとこんなにも魅力的なものとなるのはなぜか、と思い至る。これについては、「浜口たちと語りあひたいテーマだ」[70]と、後に建築評論家となる博覧強記の後輩・浜口隆一に納得できる説明を期待した。

博多では、「博多株式取引所」（一九三四）や「三井銀行福岡支店」（一九三七）など、石本事務所が手掛けたいくつかの建物を市内電車の車窓から確認し、喫茶店の中から、川のあちらに福岡県庁を見た。久留米のデパートにも行った。それから、以前に『九州文学』を送ってくれて知っていた矢山哲治と対面し、彼らと共に、かつて私淑した北原白秋の故郷・柳川へと赴く。

一二月四日、柳川で矢山らと別れて、発熱に病みつつ立原は佐賀へ向かう。市内を少し歩いて、昼過ぎには汽車に乗り、有明海や島原湾を走り過ぎて、長崎に向かった。いよいよ疲れがひどくなってきていたが、途中、カトリック教会専門の棟梁・鉄川与助（一八七九―一九七六）の手掛けた浦上天主堂が見えてくると、これに感動している。

たうとう僕の眼は、浦上の天主堂が丘の上に、ちひさい花のやうに赤く建つてゐる

（69）前掲「［長崎紀行］」一四〇頁
（70）（69）に同じ

のを見た。……それからあとは汽車は一層早く長崎にいそぐ。……ああ僕は、つひに、着いた！[71]

長崎では、武基雄の生家に泊まり、武の父に世話になった。そして立原は、南山手にある大浦天主堂近くの古い洋館を新しい暮らしの拠点とすべく、検分に出かける。だが、その洋館はあまりにも荒廃しすぎていた。長旅の疲れと病状の悪化とによって限界に達していた立原の体力は、この洋館での異境ぐらしを許さなかった。しかし、それはどこか初めからわかっていたことのようでもあった。ついに寝込み、「旅行が出来るやうになつたらすぐにでも東京へ向けて旅立ちたい[72]」と思い至って、やがて絶対安静の身となってしまう。

……風景は明るい、しかしすべてが何か否定的ではなからうか、ただ僕が北方系であるためにここで異質を感じ、自分が否定されるにすぎないのだらうか。[73]

北方気質を自認する立原[74]は、南方の風土はやはり自分を受け入れてはくれなかったことを悟る。「みのりはじつに乏しく、何もなくて」と帰京の直後に感じていた北方・盛岡への旅は、すでに、多くの新しい出会いを経験し、愛されて過ごした美しい思い出となっていた。

あの北方があまりに僕によかつたので、ついどこもさうだと錯覚したのだ。しかし今はもうどこがよいのかどこにも信じられる土地はない。よいところなどはないやうな、かなしい索漠とした気持になつて来る。[75]

(71) 前掲「[長崎紀行]」一四八頁

(72) 同右、一五三頁

(73) (72) に同じ

(74) 立原は、「ぼくはしょせん、北のコジキでね。北国の人間は観念的で、文学とか哲学とかには向いているが、造形には適さないね」と、丹下健三に語っていた（丹下健三『一本の鉛筆から』（日本経済新聞社、一九八五年八月）一四頁

(75) 前掲「[長崎紀行]」一七三頁

追分と東京のふたつに濃い居場所を築きつつ、やがてその濃さが煩わしいしがらみのようになっていた。しかし、まだ見ぬ遠くの異境を求めることは、同時に、誰にも何にも愛されない孤独な場所への自主的な流刑でもあったことを思い知ることとなった。

僕は愛されてばかり生きて来た。――ほんとうにわがままに！　愛されないことなんかゆめにもおもはなかつた。いまここでどうだらう！　だれも僕を知らない。知らない者を愛することなどだれにも出来ない。……僕はひとりぼつちだ。[76]

北への旅で新たな出会いを獲得し、南への旅を手記にまとめて文学の英気を養いつつ、歴史を刻む建築や次の時代を予感させるあたらしい建築を渉猟して、建築家としての下積みを得るグランドツアーであるはずだった。

しかし、旅の成果がその建築に生かされることは、ついになかった。

(76)　前掲「［長崎紀行］」一五三頁

第二章
透視図に込められた物語

詩と建築の両立

立原道造の本業は、建築設計である。世間一般には詩人として名高いが、職業として選んだのは建築家であった。立原は、なぜ建築に関心を持ち、そしてどのように建築と向き合っていたのだろうか。

中学の頃から天体望遠鏡に親しんでいた立原は、ほんとうは大学で天文学を専攻するつもりでいた。しかし、夜寒の中の天体観測は、立原の健康を害するおそれがあった。これを憂いた一高の先輩たちから、得意だった絵画の才を生かせる建築へ行ってはどうか、と助言を受けて、これに従い、建築学科への進路変更を決意したのだった。こう聞くと、決して前向きな選択ではなかったかのようであるが、そういうわけでもなかったようだ。

「詩ではくらせないから建築をやる、建築なら両立する」と、立原は一高の先輩で大学では同級生だった柴岡亥佐雄に語っている。[1] この前後の詳しい文脈は不明ではあるけれども、「両立する」の文言からは、表現の欲求を言葉で満たす詩人としての半身と、絵によって満たす建築家としての半身の両方を、どちらが主でも従でもなく対等に持ちあわせていたことがうかがえる。幼少の頃より立原は、言葉と絵に親しみ、常にこの両者を同時に行き来する表現者であろうとし続けていた。

これを裏付けるように、一高の同級生だった田中一三への手紙には、「建築家は、文学家のやうに恵まれた条件ではない条件の下で、仕事をしなくてはならないが、決して良心を失つてはならないと信じます。これは僕の半身です。僕の分身は、かうして日夜、ひとりの僕が　文学の道に生きてゐるとき、おなじ熱情で、建築の道に生きてゐます」と綴られている。[2]

（1）　田中清光『立原道造の生涯と作品』（麥書房、一九七七年四月）一八頁に「柴岡亥佐雄氏談」とある。

（2）　『筑摩全集5』一九三六（昭和一一）年四月二二日［水］（推定）田中一三宛書簡、二一八―二一九頁

また、伊達嶺雄宛の書簡では、小住宅の課題で辰野賞を受賞したこと、はじめて詩で原稿料をもらったことに触れて、「かうして　僕は　二つの面に成長して行くだらう　その面の交線にすなほにすべてのものにほほ笑みながら　僕は細いしなやかなかがやきとなるやうにつとめるだらう」と、それぞれを並行してますます意欲的に取り組んでいくことを意気込んでいる[3]。

つまり、立原は、建築を単に生計を立てる手段とは考えていなかった。お金を稼ぐだけの仕事を最低限にこなし、少しでも多く詩をつくる時間を捻出しよう、などという態度で建築に関わっていたのでは決してない。立原にとっての建築は、詩と同じように大切な表現の対象だったのである。

高校、大学をともに過ごして、立原が詩にも建築にも同じだけの情熱をもっていることを良く知っていた柴岡に立原が語った「両立」には、単にお互いを支障なくこなせる、という意味以上に、両者を行き来することで相互の発想を豊かにする、との意志すらも含まれていたはずだ。つまり、詩をやることが建築の構想を豊かにし、建築をやることで詩のディテールに迫力を持たせることができるといったことが意図されていたにちがいない。建築家としての立原について考えるとき、その詩人としての半身は、本業である建築になんらかの影響を与えたはずである。

建築と詩との関連はどこに見出されるだろうか。立原の建築に関する観念が示された卒業論文『方法論』に、詩人としての感性を見出す論者は多い。卒業論文は、言葉によって表現されたものである。そのため、同じく言葉による表現である詩との関連は見出しやすいだろう。しかし、建築は、原則として、言葉ではなく図面、すなわち絵によって表現される。

(3)『筑摩全集5』一九三五(昭和一〇)年六月一〇日[月]伊達嶺雄宛書簡、一二九頁

建築図面に、立原の詩人としての感性に通ずるなにかが見出されれば、表現者・立原を支えた「両立」の一端がより具体的に見えてくるはずである。

建築家として

ところで、立原がその本職に〝業〟として携わった期間は短い。すなわち、報酬を得て建築設計に携わったのは、一九三七（昭和一二）年四月に石本建築事務所に就職してから一九三八（昭和一三）年七月に休職するまでの、たったの一年間とちょっとである。就職して一、二年目といえば、まだ駆け出しの新人である。いきなり主担当者として設計の仕事を任せられる立場にもないはずだ。にもかかわらず、立原は、入所した年に石本の自邸の設計に深く関わったとされる。(4)

たしかに、設計図に立原の印が押されていることから、石本自邸に立原が深く関わったことは間違いない。しかし、「二年間考えつづけられた結果」(5)と解説されたこの住宅は立原が入所したその年に竣工している。つまり、これは立原が入所した時点では、すでにある程度他者によって設計が進められていたと考えるべきだろう。

石本が立原を自邸の設計に携わらせたのは、彼の丈夫でなかった身体を気遣ってのことだったのではないか。はじめから顧客からの依頼による繁忙な大型物件に関わらせるのではなく、ある程度設計の済んでいる自前の建築の仕上げに関わらせることで、体力的な無理を強いずに実務能力を培わせようとしたのではないだろうか。

体調を壊して事務所を休みがちだった立原は、ある仕事にかかりっきりとなる役割は担いにくかったはずだ。その後に携わった「某病院計画案」や「下関市庁舎」等も、設計案の

（4）石本建築事務所編『50年の軌跡』（石本建築事務所、一九七七年九月）二四頁参照。
（5）（4）に同じ

図面や透視図を描き起こす役割として関わっていたという以上の証拠はみあたらない(6)。

石本建築事務所で立原が携わった建築は、立原ひとりでまとめたものではなく、所長の石本喜久治やチーフであった海老原一郎らの指導によるところが大きかったはずである。石本事務所での立原の仕事は、立原自身の建築観が表出された立原独自の設計作品であるとは言いにくい。

一方で、立原は、事務所の仕事以外に、個人的に依頼を受けた実施案件もいくつか手掛けていた。例えば、「豊田氏山荘」、「SOMMERHAUS I」、「秋元邸」などの個人住宅、別荘が挙げられる。これらの実施前提案件は、すべて立原がひとりで構想し、ひとりで図面を引いたものであった。

そして、学生の頃の立原による設計課題の成果物には、辰野賞が連年で授与されていた。これらは、単なる提出物ではなく、優れた構想力と表現力が発揮された立原独自の設計作品であった。

つまり、立原自身の手で設計されたものだとはっきりいえる建築は、高評価を得た大学での設計課題と、個人的に依頼されたいくつかの小住宅の計画案なのである。立原が自分で設計した建築には、立原の建築に対する考え、つまり建築観が反映されているはずだ。とくに、施主がおらず、建設費の制約もない大学の課題では、のびのびとした自由な意志を色濃く表すことができる。

実現した建物が残っていない立原の建築観は、建築物そのものから推し量ることはできない。しかし、建築をつくる過程で描かれたスケッチや図面には、立原の建築に対する想いが描きとめられているはずだ。つまり、立原の建築観は、その建築図面から読み取るこ

(6)「某病院計画案」の詳細は明らかでないが、伊藤秀夫によって横須賀市に現存する「旧帝国海軍海仁会病院（現・聖ヨゼフ病院）」であると推定され、津村泰範によって追検証されている（津村泰範：「某病院建築案」について、学術講演梗概集F—二（日本建築学会、二〇一〇年七月）五六三—五六四頁）。また、これらを受けて、岡村民夫は、「風景との関係」を意識して設計されたものであるとして、「某病院計画案」への立原の関与の深さを追究している（岡村民夫「立原道造の、夢見る建築」、『現代詩手帖二〇一四年一〇月号』（思潮社、二〇一四年一〇月）六三—六七頁）。一方、「下関市庁舎」は実現されていない。

とができる。

新しい全集

二〇〇六~二〇一〇年に、五度目となる立原道造の全集が筑摩書房より順次刊行された。この全集ではじめて、立原の建築図面が網羅的に収集、紹介された。このひとつ前の全集は、それまでの三度の刊行を踏まえての決定版として角川書店から一九七一~一九七三年に刊行された六巻本である。ながらく、この角川六巻本全集が、立原道造の愛好家や研究者の主要な資料となっていた。(7)

実に三〇年ぶりに新しい全集が刊行されたわけだが、最新の筑摩書房版と角川六巻本との主な相違点は二点ある。ひとつは、先に触れたとおり、新たに鮮明な建築図面が網羅的に収集されたことである。これは、立原道造記念館の創設(8)と、コンピューターの発達を背景とした、編集技術・印刷環境の革新的な進歩によるところが大きいと考えられる。

もう一点は、角川版が立原を直接知る友人・知人たちによって編まれたものであったのに対して、筑摩版は立原とは直接話すことのなかった後世の研究者らによって編まれているという点である。後者の点に着目しつつ両方の全集を見比べると、とくに各巻末の解題や各巻付録の月報に、主観と客観の違いがよく表れていて興味深い(9)。

これまでの全集でも、立原の書いた言葉や文章の数々がまとめて渉猟でき、その詩人としての全容を把握しつつ、さまざまな想いを巡らすことはできた。しかし、せっかくこのように立原の描いたものが全集としてまとめられたからには、この資料を生かして立原道造の研究をさらに推し進めることこそが、先人に対する最大限の敬意であり、後続する研究

(7) 最初の全集は、一九四一―一九四三年に山本書店から刊行された(全三巻)。戦後には、角川書店より一九五〇―五一年(全三巻)、一九五七―五九年(全五巻)、一九七一―七三年(全六巻)の三度刊行された。最新版は、二〇〇六―二〇一〇年の筑摩書房版(全五巻)である。

(8) 立原道造記念館は一九九七年に開館し、立原の資料の管理・収集・研究・展示・顕彰等を行っていたが、二〇一一年に惜しまれつつ閉館した。その業務は現在、立原道造記念会(代表:宮本則子)に継承されている。また、記念館所蔵の資料は、信濃デッサン館館長・窪島誠一郎に寄託され、同館内の立原道造記念展示室にて公開されている。

(9) 角川六巻本全集の編者は、監修:丸山薫、神保光太郎、編集:生田勉、小山正孝、杉浦明平、鈴木亨、中村真一郎、資料担当:堀内達夫であった。筑摩全集の編者は、編集:中村稔、安藤元雄、宇佐美斉、鈴木博之、資料調査:堀内達夫、宮本則子、協力:杉浦明平、立原道造記念館である。このうち、杉浦明平と堀内達夫の名が両全集に挙げられている。しかし、この二人はともに筑摩全集の刊行に直接的には関与していない。これについては、『筑摩全集5』の末尾に「本全集の編集について」として、次のように記されている。「資料調査に故人である堀内達夫の名を掲げたのは、直近の第三次角川書店版全集における綿密な資料探索と本文校訂への寄与を継承し、それをさらに発展させたことを明らかにする

者の使命であるといえよう。建築図を網羅的に観察することが可能となったいまこそ、立原の〝書く表現者〟としての半身だけでなく、〝描く表現者〟としての半身の輪郭が浮き上がり、その全身がやっと捕まえられそうだ。とにかく、まずは、その膨大な量の図面、スケッチを眺めてみよう。

描かれた想い

建築図面・スケッチが収録された筑摩書房版『立原道造全集4』をめくると、まず、冒頭口絵に多数収められたカラー図版が目を引く。その大半は、大学時代の設計課題に応えた提出作品だ。精度よく引かれた線画に、鮮やかな着彩が施された完成度の高い数々である。つづく本文の部分には、原図には着彩がされているものの、印刷の都合でモノクロでの収録となったと考えられるものも多い。また、これらの完成図面に至るまでに繰り返し描かれたスケッチも豊富に収められている。巻末では、建築史家の鈴木博之（一九四五―二〇一四）がこれらを詳細に解題している。

ページをめくっては戻って、これらの図面・スケッチ全体をつぶさに見てゆくと、あることに気が付く。描かれた図面の多くが、建物の外観を表した透視図なのだ。

一般に、建築の内部がどのような構成となっているのかは、建築を水平・垂直に切断した平面図と断面図で説明される。建築の表情を伝えるには、立面図が有効だ。これらの図面は、いずれも、建築それ自体のしくみやつくり方を示した二次元的な説明図であり、課題等では必ず提出を求められる主要な図面である。

立原も数多くの平面図、断面図、立面図を遺している。それらの作図の精度、緻密さは、

ためである。今回改めて原資料にさかのぼって検討しなおし、改めるべきところは改めたが、新たに資料を調査し、書誌などの事項を担当したのは宮本則子である。原資料については、故杉浦明平からその生前に惜しみない提供を受けたほか、現時点で最大の収蔵機関である立原道造記念館の全面的な協力を得た。」

なお、角川六巻本全集の月報には、大岡信、山根治枝、武基雄、近藤武夫、川村二郎、深沢紅子、小堀桂一郎、小川国夫、松原一枝、伊藤憲治、高尾亮一、村松英子、国友則房、杉山平一、中里恒子、柴田南雄、小場晴夫、伊達嶺雄、山根薫らによる回顧録等が載っている。

筑摩全集の月報では、大岡信、佐々木幹郎、魚喃キリコ、高橋英夫、三浦雅士、坪井秀人、岸田衿子、菅野昭正、鈴木了二、大室幹雄、三木卓、堀江敏幸、蜂飼耳らが評論を書いている。

いずれもかなり高い質を備えたものである。しかし、これらよりも、三次元的な図の多さが一層目立っている。さらには、内部の雰囲気を伝えるものよりも、建築の外観を描いた透視図が多い。

そういえば、建築を学び終えて、実務に勤しみつつ、体を壊して盛岡へと静養に訪れていた立原は、そこで見た近代的なミルクプラント、クラシックな公共建築、美しい古民家などについて、学友・入江雄太郎に以下のように書き送っていた。

平面がみなおもしろさうだが、僕にはしらべる勇気もなく、そのまま外から眺めるきりです。怠慢だとおもひつつも、外からの眺めの方につい酔つてしまふのです。そんな群落の一角を僕はそのまま風景画のやうにして、光のなかでながめてゐます。建築家失格のところで、僕は、ものを見たりかんがへたりしてゐるらしいのです。[10]

(10) 『筑摩全集5』一九三八（昭和一三）年一〇月一九日［水］入江雄太郎宛書簡、四五八頁

盛岡を旅する立原は、建築内部の平面構成よりも、その外からの眺めに魅力を感じていた。この手紙は、立原がすでに建築の仕事から離れていた頃に書かれたものであるが、しかし、建築へのこのまなざしは、この時はじめて発現されたものではなかったはずだ。内部を調べて図に描き起こす気力はすでに失われていて、そのことを怠慢で建築家失格であると省みている。だが、逆を言えば、建築物そのものの構成に関心が向いた他の多くの建築家たちとは異なる視点で、常に建築を見たり考えたりしていたのだともいえる。立原は建築を風景の一部として見ていたのだった。

ところで、建物や風景を描くときのスタンスには、見えているものを忠実にすべて描く

という立場と、描きたいものだけを描くという立場がある。設計者自身が己の案の透視図を描くとき、建物はまだ建っていないので、見えているものを忠実に描くということはできない。しかし、設計図である以上、建物の忠実な完成予想図は示さねばならない。

建物の忠実なありようは、立面図や平面図、断面図といった二次元の図面で示されることが多い。透視図は、これらの図面では表現しきれない完成予想のイメージを伝える役割を果たす。イメージ図であるから、どのような建物であって欲しい、という想いを、正確さが求められる二次元の図面以上に込めることができる。

古今東西、建築家たちは、より豊かな未来を目指して、新しい建築を考え続けてきた。まだどこにもないものを、持てる技術の限りを尽くして実現させることが、建築家の矜持である。

建築をつくるには、それを建てたいという要求がいる。要求者の多くは施主であるが、時としてそれは、社会であったり、自分自身であったり、未来の人々であったりする。いずれにしても、建築家は要求者に対して、建設に先立って、その完成予想のイメージを魅力的に伝える必要がある。このイメージは、透視図や軸測図などの立体図によって伝えられる。なかでも、実際の見え方に近い透視図は、迫力をもってその魅力を訴えかけてくる。

近代建築の巨匠と呼ばれたル・コルビュジエ(一八八七―一九六五)やミース・ファン・デル・ローエ(一八八六―一九六九)は、鉄筋コンクリートや鉄、ガラスといった、近代の技術がもたらした新しい材料を駆使して、新しい建築の姿を提示した。

ル・コルビュジエは、鉄筋コンクリートの柱と床を組み合わせたシンプルな架構によって、住宅が大量生産できることを提示した（図２−１）。ミースは、鉄とガラスによって、美しく機能的で安全な超高層建築が実現可能であることを示した（図２−２）。

このふたつの革新的な提案はいずれも、二人が自ら描いた透視図によって、およそ一〇〇年後の世界を生きる我々の脳裏に強く印象付けられている。透視図には、実際に建てられた建築そのもの以上に、建築のコンセプトを端的に示す力があるのだ。

実際に建った建築は、やがて朽ち、壊されていく。しかし、透視図で示されたそのイメージは、永久的に人々の目に留まり、受け継がれてゆく。

さて、建築の外観透視図は、建物自体が主役なので、これが中央にはっきりとした線で、正しい図法に則って描かれるのが一般的である。また、建物だけを描いたのでは画面が寂しく、雰囲気も伝わりにくいので、周囲に〝添景〟を足したり、建物の背後に〝背景〟を加えたりして、図としての見栄えを整えることが多い。

建物を立体的に見せるための作図方法にはルールがある。一方で、添景や背景の描かれ方には一定の決まりがあるわけではない。さまざまな動作をする人物や多種の植栽を添えて建物や庭が使われるシーンをわかりやすく示したり、具体的な周辺状況を精緻に描き込んで現実的な立ち姿を示したり、実際とは全く異なる風景を添えて理想的な佇まいを表したり、建物の存在感だけを強調するべく一切の添景・背景をわざと省略したり…と、描き手によってその表現方法はさまざまである。

つまり、添景・背景の描かれ方には、描き手自身が、その建物がどのような存在であって欲しいと考えているのかが表れやすい。

菊竹清訓（一九二八—二〇一一）が設計した自邸「スカイハウス」（一九五八）の透視図は、実際

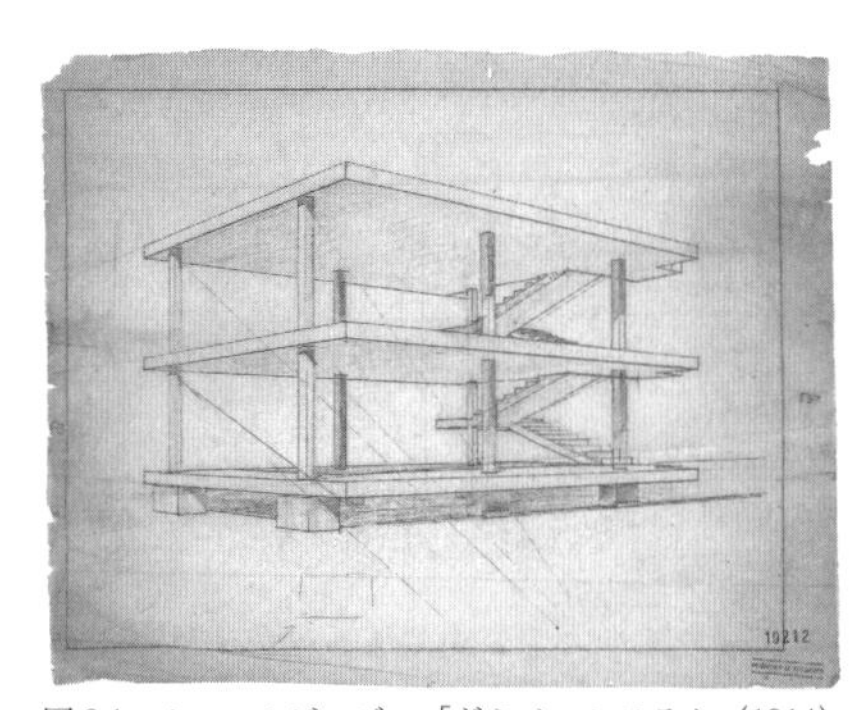

図2-1　ル・コルビュジエ「ドミノ・システム」(1914)

図2-2　ミース・ファン・デル・ローエ「フリードリヒ街オフィスビル案」(1921)

とは全く異なる風景を添えて理想的な佇まいを表した好例である（図2-3）。「スカイハウス」は、家々がひしめく東京の住宅街の斜面地に建てられた。竣工した一九五八年当時、周囲には高層のビルはまだなかった。そのため、高台にあって、ピロティによってさらに高く持ち上げられたこの建築の居間からは、周囲の街並みを一望することができた。透視図には、この展望性を強調するかのように、鳥の視点で建築とその周辺環境が描かれている。

しかし、この建築の周囲には、実際には、所狭しと住宅が建ち並んでいたのである。にもかかわらず透視図では、この建築のまわりには家屋が一切描かれていないのだ。展望の対象であるその周辺環境は、実際の住宅街ではなく、風光明媚な自然風景として描かれているのである。菊竹のこの透視図には、都市の中にありながらも、愛でるべき風景は、都市の景観ではなく自然の風景でありたい、という想いがにじみ出ているかのようだ。

さて、いま我々は、透視図には建築家の建築に対する想い、すなわち建築観が反映されているはずだ、との前提に立っている。言い換えれば、透視図から作者の意図を読み取ろうとしている。

前述のように、外観透視図は、建築と添景・背景との組み合わせによって構成されている。建築家は、建築の望ましい立ち姿を示すために、これらをどのようなバランスで組み合わせ、それぞれをどこにどの程度配置すべきかと、構図を吟味する必要がある。つまり、透視図に込められた建築家の想いは、その構図を詳細に分析することで把握できるはずだ。

では、立原の描いた外観透視図は、どのような構図で描かれているのだろうか。建築のモノとしての構成を表す二次元図面よりも、建築の佇まいを表すことができる立体図を重

図2-3　菊竹清訓によるスカイハウスの透視図

視した立原には、どのような想いがあったのだろうか。

これを探るべく、立原の描いた外観透視図のなかから完成度の高いものをピックアップして、その構図を詳しく読み解いてみたい。

「完成度の高い」透視図とは、具体的には、

(一) 建物の稜線(輪郭線)がはっきりと描かれているか、もしくは、着彩されているもの
(二) 建物一棟がまるごと透視投影で描かれており、消失点が特定可能なもの
(三) 画面内[11]に乱雑なメモ書き等を含まないもの
(四) 建物の上に別の建物が描き重なっていないもの

をすべて満たすものとしよう。この条件に沿って、公開されている立原の建築図面・スケッチ[12]を拾い上げた結果、全部で二八点[13]の図を選定することができた(表2-1)。

立原道造の透視図

さて、選出された二八の透視図について、ともかくまずはひとつずつ順に眺めてみよう。とくに、それぞれの図の建築と添景・背景との描かれ方に着目しつつ、いまだ語られていないそれぞれの図の背後にひそむ物語を読み解いていきたい。

最初期の「温泉旅館」(図2-4)は、建築の学友・小場晴夫の回想によれば、温泉旅館を知らないという小場に立原が描いて見せたものであるという[14]。

(11) 一枚の用紙に複数の図や文字が同時に描かれたものが多数存在するため、画面は、描かれた用紙全体ではなく、透視図が描画された領域のみを指す。透視図の描画領域は、着彩もしくは線描された一連の図の外端部を周上に持つ四角形で囲まれた領域としている。

(12) 『筑摩全集4』所収のもの。

(13) 立原の描いた透視図には、同じ案を同じ構図で何度も繰り返し描かれたものがいくつか見受けられる。例えば、スケッチで何度も見え方を検討し、最もよいアングルを見つけて、これを清書したものなどである。この場合、より完成度が高いと思われる一点を分析対象に選ぶこととしている。

(14) 宮本則子編『立原道造と小場晴夫―大学時代の友として―』(立原道造記念館、二〇〇一年一〇月)一二頁参照。

表2-1　完成度の高い透視図28図の一覧（※は石本建築事務所での製図担当物件）

図面名称	制作年月	種別	略称	図番号
温泉旅館外観	1934年10月頃	自主制作	温泉旅館	図2-4
アパアトメントハウス・試案5止	1935年5月	設計課題	アパート試案	図2-5
無題［アパアトメントハウス］	1935年5月	設計課題	アパート鳥瞰	図2-6
無題［浅間山麓の小学校］鳥瞰図	1935年春頃	設計課題	小学校	図2-7
サナトリウム6止	1935年	設計課題	サナトリウム	図2-8
即日設計・ガソリンスタンド1止	1936年4月	設計課題	スタンド	図2-9
即日設計・銀座四丁目街角に建つ地下鉄入口	1936年5月	設計課題	地下鉄入口	図2-10
即日設計課題“住宅の門”	1936年6月	設計課題	住宅の門	図2-11
貸割工場その一	1936年6月	設計課題	貸割工場	図2-12
図書館設計図1	1936年7月	設計課題	図書館	図2-13
即日設計XII　オリンピツク装飾塔	1936年9月	設計課題	装飾塔	図2-14
新橋駅試案1	1936年10月	設計課題	新橋駅	図2-15
或る果実店IV止	1936年10-11月	設計課題	果実店	図2-16
SOMMERHAUS I	1936年	自主制作	堀山荘案	図2-18
浅間山麓に位する芸術家コロニイの建築群（美術館）	1937年3月	卒業設計	卒計美術館	図2-20
浅間山麓に位する芸術家コロニイの建築群（図書館）	1937年3月	卒業設計	卒計図書館	図2-21
浅間山麓に位する芸術家コロニイの建築群（音楽堂）	1937年3月	卒業設計	卒計音楽堂	図2-22
浅間山麓に位する芸術家コロニイの建築群（ロッジ）	1937年3月	卒業設計	卒計ロッジ	図2-23
浅間山麓に位する芸術家コロニイの建築群（集落内の一小住宅）	1937年3月	卒業設計	卒計小住宅	図2-24
某病院計画案 ※	1937年5月	会社業務	某病院	図2-31
無題［豊田氏山荘敷地全景］	1937年6月頃	個人請負	豊田山荘全景	図2-26
無題［豊田氏山荘外観］（彩色）	1937年6月頃	個人請負	豊田山荘外観	図2-25
石本先生山荘 ※	1937年	会社業務	石本山荘	図2-32
HAUS HYAZINTH 2（家の東南面を見る）	1938年2月	自主制作	ヒアシンス東	図2-28
HAUS HYAZINTH 2（沼のほとりより家の西面を見る）	1938年2月	自主制作	ヒアシンス西	図2-29
秋元邸新築工事設計案2	1938年5月	個人請負	秋元邸	図2-27
無題［ティーハウス］	1938年	自主制作	ティーハウス	図2-30
下関市庁舎透視図 ※	1938年	会社業務	下関市庁舎	図2-33

この図は、立原が初めての浅間山麓訪問から帰ってきた直後の一九三四（昭和九）年一〇月頃、つまり大学一年生の二学期に描かれたものである。大学一年の夏休みが終わってひと月が経ったこの時期は、模写の課題が一通り終わって、ようやく自分で設計する最初の課題「小住宅」に取り組む頃であった。鈴木博之による全集の解題[15]では、「温泉旅館」の図面は、設計課題に応えたものではなく、同時期に課された設計課題「小住宅」案の参考とするために、立原が独自に描いたものだったのではないかと推察されている。

外観を示したこの透視図の他に、柱割や部屋の配置をフリーハンドの単線で方眼紙に描いた平面図と、屋根と窓の形状が色鉛筆で強調された立面図なども残されている。立面図が描かれた紙には、「信越国境に建つ」と副題が添えられていた。

この透視図についての詳細は、あまり明らかになっていない。木造の建物の背後にそびえる、着彩された山脈が印象的だ。立原は山岳を背景に描いた建築図をいくつも残している。その多くは、心の故郷とした浅間山を描いたものだ。そして、山岳を描いた最初の透視図がこの「温泉旅館」である。

立原道造が浅間山麓を初めて訪れたのは、一九三四年の七月から八月にかけてだった。この図を描いたのは、その年の一〇月である。つまり、「温泉旅館」は、初めての追分訪問から戻ってきた直後に描かれた。

しかし、「温泉旅館」に描かれた山の形状は、浅間山の特徴的な山なみとは異なっている。単体の山ではなく、複数の山々が連なった山脈が描かれている。

「信越国境に建つ」との記述からも、そもそもこのロケーションは長野と群馬の県境である浅間山麓に位置するものではない。温泉のある保養のための地というイメージには、浅間

図 2-4　温泉旅館外観（1934 年 10 月頃）

（15）『筑摩全集 4』五一二頁

山麓はふさわしくないとの判断だろうか。まったく架空の山間を描いたものなのだろうか。それにしても、どこかモチーフとなる場所があったと思えてならない。とすると、この温泉旅館のスケッチは、一体どこを想定したものだったのだろうか。

信越国境といえば、長野と新潟の県境ということになる。信越国境の温泉といえば、野沢温泉が有名だ。ここから北には、妙高山や斑尾山を擁する信越の国境に沿って連なった関田山脈が望める。この「信越国境」の温泉は、野沢温泉のことではないだろうか。

この最初の追分訪問のついでに、立原は野沢温泉にも行っていたのだろうか。しかし、立原が野沢温泉に行ったという記録はない。

立原とともに『四季』で活躍した津村信夫（一九〇九―一九四四）の小説に『猟人』というものがある。この小説には、信越線の車内で「信越の国境」の猟師と出会う話が描かれており、ここから津村が信越方面に精通していたことがわかる。立原は、津村とは、追分にはじめて行く少し前に知己を得て、親しく付き合った。野沢温泉は、戸隠からはやや北に行ったところに位置するが、そう遠くはない。もしかしたら信越方面の地理に詳しい津村から、立原はこの場所のことを聞いていたのかもしれない。

つづく二枚（図2-5、6）は、二年一学期に課された最初の設計課題「アパアトメントハウス」に応えたものだ。[16] これらは、同じ課題に対する別案を検討したものだ。いずれの図にも、建物よりも高い樹木や山岳が描かれていないことから、郊外に建つ都市的な建築を描いたものであることがうかがえる。図2-5では、手前の棟の玄関部分にドイツ語が描かれた看板が掲げられている。[17]

図2-5　アパアトメントハウス・試案5止（1935年5月頃）

図2-6　無題［アパアトメントハウス］

白いシンプルな矩形に横長連窓が穿たれた形態を持ち、ドイツ語の看板があることから、ヴァイセンホーフ・ジードルンクなどのドイツのモダニズム建築を模範としたものと考えられる。あるいは、ドイツの近代建築に精通した指導教官・岸田日出刀から課題出題時になんらかの示唆があって、これに倣ったのかもしれない。いずれにしても、二年の最初の課題では、立原は、モダニズムの枠を極めようとしていたことがうかがえる。

「無題［浅間山麓の小学校］」鳥瞰図（図2-7）は、「アパアトメントハウス」の次に課された設計課題の提出前の下絵である。

この図はもうほとんど、建築図の体をなしていないといってもよい。建築が隅っこに淡くはかなげに描かれ、その反対に、図の中央には背景の山が雄大に鮮やかに描かれている。直前の課題「アパアトメントハウス」に見られたかなりひたむきなモダニズム建築への傾倒から、ずいぶんと印象が異なっている。

この作品の背景の山は、その特徴的な山なみの形状から浅間山であることは明らかだ。その前年に初めて訪れた追分での楽しい記憶が強く想い起こされているかのようだ。この図は、立原が、その建築図に浅間山を描いた図としては最も早い時期のものである。

それにしても、なぜ立原はこれほどまでに大胆に建築の描き方を変えたのだろうか。

建築家は、建築をつくる人であるはずだ。ならば、建築家は、自らのつくる建築がいかに美しく、快適で安全なものであるかを示すべく透視図を描くのではないだろうか。しかし、この図は、自分がつくった建築そのものの魅力を訴えかけてはこない。むしろ、示すべき建築を雄大な自然のなかに埋もれさせてしまっている。

（16）『筑摩全集4』には、江本弘による『立原道造の卒論以前』（東京大学工学部建築学科二〇〇七年度卒業論文）での調査に基づいて作成された、立原が在籍していた頃の「建築計画及び設計製図」の課題一覧が復元されている（五一五頁）。当時は、前期・後期に分かれた現在とは異なり、三学期制が採用されていた。課題一覧によれば、模写が課された一年一学期、課題詳細の不明な一年三学期、即日設計が多く課された三年一学期、卒業設計のみが課題となった三年三学期を除いては概ね一学期につき二課題のペースで設計課題が出題されていた。

（17）鈴木博之の解題によれば、「DER SCHWARTZE WALFISCH」（黒鯨亭）と記されているとのこと（『筑摩全集4』五二四頁）。

図2-7　無題［浅間山麓の小学校］鳥瞰図（1935年春頃）

この図の描かれ方は実に不思議だ。この特徴的な図には、立原道造の建築に対する考え方が反映されているように思えてならない。立原は一体どのような建築の在り方を望んでいたのだろうか。このような建築の描き方をするきっかけは一体なんだったのだろうか。

次の「サナトリウム6止」(図2-8)は、二年二学期の課題に応えたものだ。鈴木博之の解題では、この課題に取り組む三年前に竣工したばかりの、フィンランドの建築家アルヴァー・アールト(一八九八—一九七六)による代表作「パイミオのサナトリウム」(一九二九—一九三三)の影響が認められると説明されている。[18] モダニズムの意匠で整えられた建築が自然のなかに溶け込む様子は、たしかにアールトの建築の特徴に通ずるものが見受けられる。アルヴァー・アールトは、立原が好んだ建築家だった。[19]

この課題に取り組む直前の夏、立原は富士見高原療養所に入院中の堀辰雄を見舞っていた。この時に体験したサナトリウムの空間とその環境は、立原の脳裏に強く焼き付いていたはずだ。富士見高原療養所は、諏訪湖からほど近い八ヶ岳の麓にある。図中には、建築の背に山岳が描かれており、建築の手前には水面が描かれている。山は八ヶ岳を、水面は諏訪湖を想起させる。

三年次の初めには、「ガソリンスタンド」、「銀座四丁目街角に建つ地下鉄入口」、「住宅の門」の三題の即日設計が課された。

「ガソリンスタンド」(図2-9)では、映画のワンシーンをイメージしたかのような夜景が特徴的だ。施設の機能を鑑みれば、これを夜景で描く必要はとくにない。むしろ夜景のために、

図2-8　サナトリウム6止(1935年10月)

(18)『筑摩全集4』五二五頁
(19)『角川全集第四巻』(一九七二年一月)四四三—四四四頁参照。

図2-9　「即日設計・ガソリンスタンド1止」夜景の透視図(1936年4月)

建築の姿が分かりづらい。

ガソリンスタンドといえば、一九三二（昭和七）年に日本で公開され好評を博した『ガソリン・ボーイ三人組』というドイツ映画が想起される。この映画には、夜のガソリンスタンドでヒロインが主人公に恋心を抱く重要なシーンがある。映画好きだった立原は、この映画を見ていたのかもしれない。「ガソリンスタンド」と聞いた時点ですでに、建築の姿をいかに見せるかということよりも、夜景のシーンを描こうとの想いが先行していたかのようだ。立原の文学者としての半身が垣間見える。

「銀座四丁目街角に建つ地下鉄入口」（図2－10）では、行き交う洋装の男女が鮮やかに塗り分けられており、単調なこの建築だけでは映えない画面になってしまうところに彩りを添えている。背景には、角地を生かした丸い壁面の商業施設が、山岳のようにそびえている。

全集の解題では、この商業施設は、後に立原が師事する石本喜久治設計の「日本橋白木屋」（一九二八年竣工）ではないか、と推察されている[20]。銀座四丁目であることを鑑みれば、同じく丸みのある外観の「服部時計店」（現・和光、設計：渡辺仁、一九三二）を描いたものと考える方が自然であるが、それにしては時計台がない。即日設計のため、表現に時間がかかるうえに本題でもない時計台を省略したとも考えられる。いずれにしてもこの図では、主題である地下鉄入口の建築よりも、その周囲の状況が豊かに描きこまれている。

「住宅の門」（図2－11）は、住宅自体の設計も描画も求められていなかった課題であったと思われる。しかし、立原は、背景の住宅まで描きこんでいた。主役は手前の門であるから、これについては、その材質をしっかりと示すべく力強く鮮やかに描かれている。背景の住宅は、おそらく与条件には示されていなかったもので、立原が独自に考えて描いたものだ

(20)『筑摩全集4』五二七頁

図2-10 「即日設計・銀座四丁目街角に建つ地下鉄入口」透視図（1936年5月）

図2-11 「即日設計課題“住宅の門”」透視図（1936年6月）

ろう。[21] ともすれば主題である門よりも住宅が目立ってしまうところを、これを消えるように淡く描くことで、存在は示しながらも添えものであることをよく表している。また、門との間に植えられた樹木が住宅に覆いかぶさって描かれており、これによっても住宅の存在感が和らげられている。

即日設計では、短時間でアイデアを練り、これまでに培った技法を駆使して、その日のうちに要求図面を描き上げることが求められる。アイデアのユニークさや表現の緻密さなどよりも、一定時間内でどれほどの精度と完成度を発揮できるか、といった技術力が評価される傾向にあり、学生の側もこれを意識して取り組むのが合理的だ。

しかし、即日設計であるにもかかわらず、立原のこれらの透視図には、建築そのものの姿を示すだけでなく、背景や空に着彩が施され、行き交う人や樹木を添えるなど、背景・添景がしっかりと表現豊かに描かれていた。単に時間内で完成させることを目標としたものでは到底なく、生き生きと楽しんで取り組んだ様子がうかがえる。

つづく「貸割工場」(図2-12)も同じく三年次一学期の課題に応えたものだ。提出図面の二枚目には、「割貸工場」と記されている。「工場」とあるが、この透視図とともに提出された平面図を見る限りでは、H型の平面形状をした、基準階型の貸事務所ビルのようである。透視図をみても、一階に往来可能なピロティを持ち、開放的な横長窓で覆われており、工場には見えない。全集では、「貸割工場」「割貸工場」もともに「由来不明の用語である」[22]とされている。しかしどうにも気になるので、ここでこの由来を明らかとしておこう。

立原の大先輩に、大林組東京支店長、日本建築学会副会長などを歴任した松井清足

(21) 鈴木博之による解題では、「この立原の図面は母屋を描いたり、さらには街灯も描き込むなど、デザイン力が有り余っている感じである」とあるので、住宅と街灯は立原が独自にデザインしたものであると考えられる(『筑摩全集4』五二八頁)。

(22) 『筑摩全集4』五二八頁

図2-12 「貸割工場 その一」透視図(1936年6月)

(一八七七―一九四八)という人物がいる。この人物が、「割貸工場」についての解説を著していた。松井によれば、「割貸工場」とは、アメリカの俗語「ロフト・ビルディング」(積み上げ工場建築)を指す言葉だとのことである。これは、「丸ビル、或は海上ビルディングのやうな建物」で、「大きな建物を作つて、之を幾つかに区切つてほしいだけを人に貸して、其処で夫々仕事をして行くと云ふもの」とのことだ[24]。つまり、「割貸工場」(「貸割工場」)は、貸事務所ビルのことだったのである。本場米国ではこの用途が工場に限られていたとのことであるから、その由来を鑑みて「工場」との名称がそのまま残されたものと考えられる。

この透視図では、建物の前に描かれた川が印象的だ。舟が浮かんでいる。立原が幼少期より親しんでいた隅田川の大川端を意識して描かれたものかもしれない。ここでも立原は、基準階を積み上げた単調なビルの外観のみを描くことはしていない。ビルで仕事をする人が窓から眺める景色を意識するかのように、周辺環境を豊かに描いていた。

三年一学期最後の課題は図書館(図2-13)であった。その透視図には、スウェーデンの建築家ラグナル・エストベリ(一八六六―一九四五)による「ストックホルム市庁舎」(一九二三)を手本としたあとが滲み出ている。建築の手前には、ル・コルビュジエのタッチを模したような樹木が描かれている。全集ではこの二つに関して「近代建築と、それとは微妙に異なる北欧の建築との間で、彼の興味が揺れ動いているかのようである[25]」と説明されている[26]。

この頃の立原は、近代建築の規範を徹底的に吸収し、独自の作風を模索していたということだ。そのためか、この透視図では、立原の意識は建築に集中しており、周辺環境との対応についてはあまり表現されていない。建築が大きく中央に鮮明に描かれている。周辺

(23) 経歴は、岸田日出刀・佐野利器・大熊喜邦「弔辞(故名誉員 松井清足君)」、『建築雑誌』第六三巻七四〇号(日本建築学会、一九四八年五月)を参照。

(24) 松井清足『割貸工場の経営管理に就て』(工政会、一九二四年)一頁

(25) 『筑摩全集4』五二九頁

図2-13 図書館設計図1(1936年7月)

環境は建築に付随する街路樹が描かれるのみだ。

解題には、この設計図が一九三六年の七月に描かれたことが記録されている。これに関して、立原が七月一四日に小場晴夫に宛てた手紙には次のように書かれていた。

> 製図のことは　いろいろと　ありがたう。十八日までものびたら、みんなはきつと傑作を　つくることだらうな。僕は、どう考へても詳細なんかひどい間に合はせのやうな気がする。立面図もずゐぶん手がぬいてある。(27)

締切は、一八日だったようだ。しかし、その四日前に書かれたこの手紙は追分から宛てられていた。つまり、立原は、締切前にこの課題を仕上げて、これを小場に託し、一足先に避暑に来てしまっていたのだ。ではこの図を仕上げたのはいつだろうか。この夏、追分にきたのは七月九日で、一一日には「あの図書館を書き上げると矢も楯もなくこちらに来てしまった(28)」とも書いているので、その直前の頃であろう。「十八日までものびたら」と言っているので、もともとの締切はこれより早く、それに合わせて仕上げていたのかもしれない。それにしても、「詳細なんかひどい間に合はせ」とあるとおり、たしかにこの図書館の詳細図を見てみると、立原には珍しく密度が低い。

最後の夏休みが明けた三年二学期のはじめの課題も即日設計だった。「オリンピック装飾塔」(図2-14)である。この課題は、一九四〇年の開催を予定していた東京オリンピックにちなんで課されたものであろうが、デザインされた図をみると、単にスポーツの祭典を意

(26) この図に関しては、すでに鈴木了二と磯崎新が詳しく論じている。鈴木は、立原が残したスケッチ・エスキースに共通する特徴として「建築の佇まいが、どことなくうすぼんやりしている」ことを挙げて、「図書館」の外観透視図の表現の特徴を論じている(鈴木了二「建築―非建築の荒野で立原道造論」、『みすず』第五六七号(みすず書房、二〇〇八年一二月)八―二二頁)。磯崎は、立原がル・コルビュジエ的な南方好みの水平連続窓を学びつつ、この課題の頃には北方的でナチス建築にも通ずる縦長窓を好むようになったことに着目している(磯崎新「建築家、立原道造[改]」、『立原道造記念館』第五〇号(二〇〇九年九月)一―六頁)。

(27) 『筑摩全集5』一九三六(昭和一一)年七月一四日[火]小場晴夫宛書簡、二四一頁

(28) 『筑摩全集5』一九三六(昭和一一)年七月一一日[土]猪野謙二宛書簡、二三七頁

図2-14 「即日設計 XII オリンピック装飾塔」透視図(1936年9月)

識したものというよりも、暗雲立ち込める世相を反映した国威発揚をも意図することが求められたかのような、荘重で古典的な意匠となっている。

続く課題は、新橋駅舎の設計であった（図2-15）。図には、装飾のない単純な矩形の駅舎が描かれるのみで、背景・添景の書きこみはほとんどない。

駅舎建築は都市の建築だ。そのために、自然の描き込みもきわめて少なく、建物の存在感がよく伝わってくる構図となっている。鈴木博之の解題によれば、図の中央の瓢箪状の断面形状をした壁柱や、立面図に示された屋上庭園などに、ル・コルビュジエ的な傾向がみえるという[29]。ここにも、近代建築を徹底的に学ぼうとした姿勢がよく表れている。

三年二学期最後の課題は、「果実店」（図2-16）であった。

都会の広い通りと小さな路地との角地に建つ鉄筋コンクリート造三階建ての小ぶりな建物である。前面の二つの道路それぞれに出入口がある。手前の間口いっぱいに開いた方が果実直売店で、脇の小さい方はフルーツパーラーの扉だ。扉にはステンドグラスが仕込まれている。つまり、これは単なる果物屋さんではない。銀座千疋屋、神田万惣、新宿高野、渋谷西村などのような、当時流行した洋菓子喫茶を併設した高級果実店を想定したものと考えられる。

ひとしきり大きな建物に取り組んだ後に出されたこの課題のねらいは、人を入れる箱としての建築物だけでなく、そのなかに設えられる店舗の内装や家具などの、より細かいスケールのデザインをさせることにあったものと思われる。その意図に応えて、立原は色鮮やかで表現豊かな店舗の展開図と内観透視図を描いている。

図2-15　「新橋駅試案1」透視図

（29）『筑摩全集4』五三一—五三二頁参照。

図2-16　或る果実店IV止

それに加えて、外観もまた色鮮やかに描かれていた。夜景に映える色とりどりの果物が美しい。手前には、帽子を被った洋装の女性がこのパーラーへと視線を向けて歩いている。その後ろ姿はどこか嬉しげである。大通りに沿ってモヤモヤと描かれているのは街路樹だ。建築そのものは非常に簡素なものである。簡素な建築に、添景が物語性を与えている。

ところで、一九二八（昭和三）年、東大正門の目の前に「万定フルーツパーラー」が竣工している。

万定フルーツパーラーは、本郷通りに三階建ての果実店が面しており、その後ろに二階建ての喫茶店部分がくっついていて、これらが内部で繋がっている。路地に面した喫茶店の外壁は、入口上部に神殿風の柱や半円のアーチがとり付けられていたり、上方が折れ線状のかたちとされるなど、装飾豊かな表情を持っている。このような建築は看板建築と呼ばれ、関東大震災後の店舗建築に多く見られたものだった。

ここは現在もほぼ当時の姿のまま、この場所で営業している（図2-17）。現在の東大弥生キャンパスにあった旧制一高からも近い。立原が一高に入るのが一九三一（昭和三）年なので、東大を卒業する一九三七年までの六年間、この店の前を立原は通り続けていたわけだ。

立原は、甘いものが大好きだった[30]。この店の前を何度も通っていた立原は、きっとここを訪れたことがあったはずだ。

万定フルーツパーラーと「果実店」との立地を比較してみよう。両方とも、同じように広い通り（本郷通り）と小路との交わる角地に建っている。さらには、本郷通りに果実店の広い開口部が面していて、路地側に喫茶店の入口がある構成も、立原の計画した「果実店」にそっくりだ。立原の敷地は、ここを想定したものだったにちがいない。

図2-17　現在の万定フルーツパーラー（手前の3階建が元果実店、奥の看板建築が喫茶店）

(30) 甘いものが苦手だった親友・杉浦明平が、立原と古本屋をめぐった帰りに、いつも立原の熱意に負けて汁粉屋に付き合わされていた。ある日、堀辰雄が愛好している店だといって立原に連れ込まれた上野黒門町の「うさぎ屋」で共に食べたぜんざいについて述べた次の回想に、立原の甘党ぶりがよく描かれている。「その汁粉がどろどろと濃厚と甘さを極めたこと、わたしの口には前古未曾有、二口目を啜る勇気を失った。立原はそれを軽く三椀も平らげた。家で副菜がないときには、白砂糖をかけて食べるといっていた。」（杉浦明平編『立原道造詩集』解説、四二六頁）

次の「SOMMERHAUS Ⅰ」（図2－18）は、兄事した詩人・堀辰雄のために描いた山荘案であるとされる。これも浅間山麓に建つことが想定されていたが、実現していない(31)。外観透視図は複数の立面を見せることのできる二点透視図を用いることが多いが、この図は珍しく、建物が正面を向いた一点透視で描かれている。何か意図があってのことだろうか。

この構図は、立原の愛した画家ハインリッヒ・フォーゲラーの版画「春」（図2－19）の構図に通ずる。フォーゲラーは、立原が敬愛した詩人・リルケの友人であった。「春」には、白樺並木の向こうに佇む山小屋が描かれている。これに倣ってか、「SOMMERHAUS Ⅰ」の透視図では、落葉松の枝葉の向こうに佇むようにして、山荘が描かれている。

学生時代最後の作品は、卒業設計「浅間山麓に位する芸術家コロニイの建築群」（図2－20～24）だ。立原の計画は、浅間山の麓一帯をつかって、道路や駅の整備までをも含めて、芸術家が芸術活動に専念できる理想郷を描いたものであり、浅間山麓に通い詰めた大学生活の集大成である。立原は、卒業設計に関して五点の透視図を残した。山の中にありながら、近代的な意匠の建築が描かれているものも見受けられる。自然を愛しつつも、近代建築の規範をよく学んだ立原の勉学の成果が発揮されているといえる。

「豊田氏山荘」（図2－25、26）は、堀辰雄を通じて交友のあった英文学者・阿比留信（本名：豊田泉太郎）から依頼されたものであった。敷地は軽井沢であったが、時局不安定のため実現には至らなかった(32)。こちらも、実施を前提としているためか、田園のなかの建築であるにもかかわらず、小学校のスケッチとは異なり、外観のほうは建築が主役だ。敷地全景のほ

図2-18　「SOMMERHAUS Ⅰ」透視図（1936年）

図2-19　ハインリッヒ・フォーゲラー「春」（1896年）

(31)　立原道造記念館研究資料室編『立原道造の“SOMMER HAUS”—浅間山麓で育まれた作品世界—』館長堀多恵子による「ごあいさつ」（立原道造記念館、一九九八年七月）二頁

(32)　『筑摩全集4』五三六頁参照。

図 2-20　浅間山麓に位する芸術家コロニイの建築群（美術館）

図 2-21　浅間山麓に位する芸術家コロニイの建築群（図書館）

図 2-22　浅間山麓に位する芸術家コロニイの建築群（音楽堂）

図 2-23　浅間山麓に位する芸術家コロニイの建築群（ロッジ）

図 2-24　浅間山麓に位する芸術家コロニイの建築群（集落内の一小住宅）

図 2-25　無題［豊田氏山荘 外観］（彩色）（1937 年 6 月頃）

図 2-26　無題［豊田氏山荘敷地全景］（1937 年 6 月頃）

うは、建築よりも、そこまでにいたるアプローチがどのような雰囲気なのかを描き表しているかのようだ。

「秋元邸」(図2-27)は、一高で二学年上の先輩だった医学者・秋元寿恵夫から依頼を受けた、新婚夫婦のための小住宅である。これは、神奈川県横浜市日吉の高台に実際に建てられた。戦後も増改築が施されて長く使われたが、現在はもう残ってはいない(33)。「秋元邸」には、添景がほとんどない。樹木が二本添えられ、下草が地面を覆っているのみだ。実施を前提とした都市の建築であるためなのか、立原の意識は珍しく建築に向いている。

この他、まだ恋人のいなかった頃に繰り返しスケッチを描いて、埼玉県の別所沼のほとりに構想を具体化していた自身のための小別荘案「ヒアシンスハウス」(図2-28、29)もある(34)。「ティーハウス」(図2-30)は、ひとりで住まうスペースしかないヒアシンスハウスの脇に、客人をもてなすためにつくろうと計画していた茶室だったようである。

また、卒業後に就職した石本事務所で手掛けた三枚の透視図も残されている(図2-31~33)。いずれも、立原が自ら手掛けたものに比べれば建物が中央に大きく描かれ、添景はこれを遮らぬように配されている。

この完成度の高い二八枚の図が立原の残した代表的な建築の外観透視図である。いうなれば、この二八枚に描かれた計二三作品が、われわれがその姿をうかがい知ることのできる、立原の建築作品のすべてといえる。実作のほぼない立原の建築家としての力量は、これらの外観透視図を通じて推し量ることができる。

外観透視図からは、建築の全体像だけでなく、建築とその周辺との関わりを読み取るこ

(33) 『筑摩全集4』(二〇〇九年三月)解題参照。東秀紀は、一九七六年の論文(東秀紀「お前よ、美しあれと声がする——立原道造と戦後の建築家たちをめぐって」(『建築文化』第三五二号(彰国社、一九七六年二月)一一一—一一三頁)にて、これを書きはじめた夏の夜中に秋元邸を見に行った体験を語っている。また、秋本の義子である浅野光行が、秋元から聞いたこの住宅に関するエピソードを記している(浅野光行「立原道造と家」(『住宅金融月報』第四九四号(住宅金融普及協会、一九九三年三月)二四—三一頁)。なお、浅野はこの中で「この小住宅はその後の改築、建増で当時の形をほとんど留めていない」と秋元邸の現状を語っていることから、少なくともこの時点(一九九三年三月)には現存していたことが分かる。

(34) ヒアシンスハウスは、二〇〇五年に太田邦夫監修の元、さいたま市の有志団体「ヒアシンスハウスをつくる会」に所属する永峰富一、窪寺茂、津村泰範、三浦清史、山中知彦らの設計により、実際に別所沼畔に建設された。ヒアシンスハウスの詳細については、永峰富一「夢の継承」(『新建築住宅特集』(新建築社、二〇〇五年三月号)一四三—一四七頁)に詳しい。

図 2-27　秋元邸新築工事設計案 2（1938 年 5 月）

図 2-28　HAUS HYAZINTH 2（家の東南面を見る）（1938 年 2 月）

図 2-29　HAUS HYAZINTH 2（沼のほとりより家の西面を見る）（1938 年 2 月）

図 2-30 「無題［ティーハウス］」透視図

図 2-31　某病院計画案（1937 年 5 月）

図 2-32　石本先生山荘（1937 年）

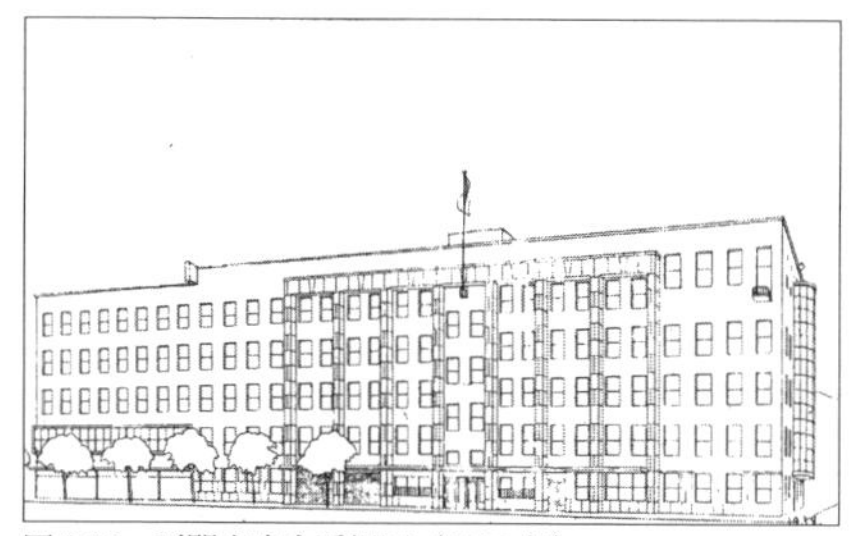
図 2-33　下関市庁舎透視図（1938 年）

とができる。外観透視図を多く描いている立原は、建物の内側の構成だけでなく、外との関わりを大切に思っていたのではないだろうか。それぞれの図の概要がわかったところで、次に、これらの図の全体を通じて、立原が建築と外との関係をどのように考えていたのかを読み解いていきたい。

風景画のように

さて、前述のとおり、立原の描いた外観透視図のなかから完成度の高いものをまずはピックアップしたわけだが、その際の図面の選定条件(二)に示した「透視投影」について、まず少し補足しておきたい。

「透視投影」とは、平行な線が一点（＝「消失点」）に集まるように描く図法のことある。この図法で描かれたものは透視図と呼ばれている。「透視投影」は、より馴染みのある言い方では「透視図法」とか「線遠近法」とも呼ばれる。つまり、線によって遠近感が表現された図法ということである[35]（図2-34）。

ところで、遠近法には、「線遠近法」の他に「空気遠近法」という手法もある。「空気遠近法」とは、たとえば、山が連なった風景画などで、近くのものを濃く鮮やかに、遠くのものほど薄く淡く描くことで遠近感を表す図法のことである[36]（図2-35）。建築図面は線によって描かれるので、その立体感を表現するのに「線遠近法」がよく用いられる。

立原の透視図を眺めていると、「線遠近法」で建物が表現される一方で、その背景の自然が「空気遠近法」で表現されているものも少なくない。つまり、立原の外観透視図をざっと眺めた限りでは、単に建物そのものが描かれているだけでなく、周囲に樹木や山岳などの自

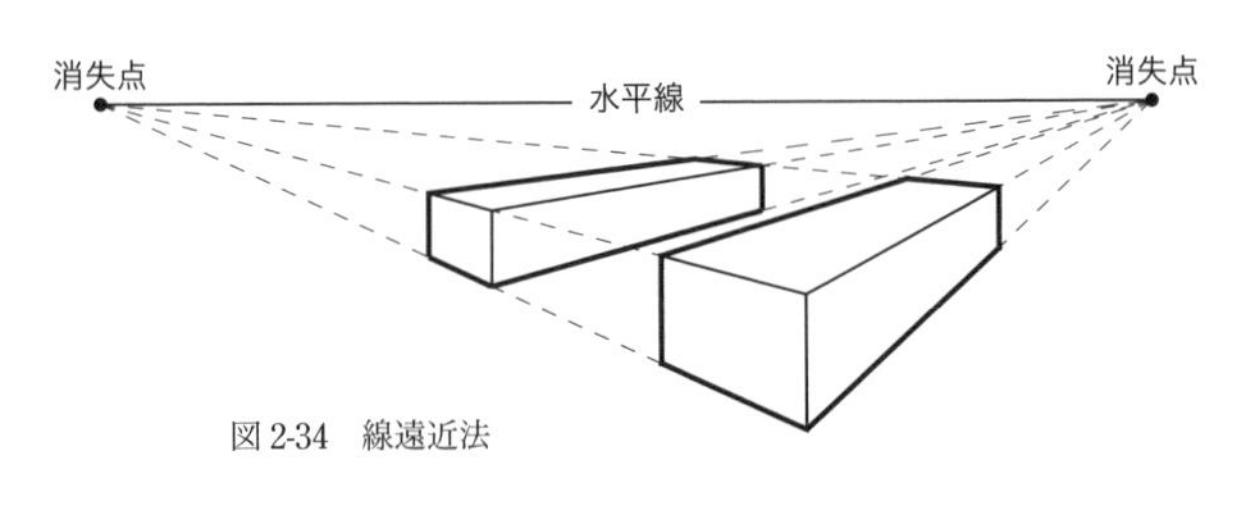

図2-34　線遠近法

(35)　黒田正巳『空間を描く遠近法』（彰国社、一九九二年二月）によれば、透視図法（＝透視投影）は、正確には線遠近法の一種である。黒田は、線遠近法には、透視図法の他に、手前のものを後ろのものを隠すように描き重ねて前後関係を表す「重なりの遠近法」、地面の表情を近くほど粗く遠くほど密に描いて距離感

然風景が豊かに添えられているものが多いとの印象だ。立原は、建築図面を風景画の一種のように考えていたのかもしれない。

このような意識で立原の建築図を改めて見直してみると、その自然風景の描写の仕方が気になってくる。もしかしたら、自然の描き方にこそ立原の建築図の特徴があるのではないか。そう思いつつ二八枚の図を見直してみると、一九三四〜一九三五年に描かれた「温泉旅館」、「小学校」、「サナトリウム」など初期のものと、「卒業設計」以降から「ヒアシンスハウス」に至るまでのものに、田園風景に溶け込むかのように自然が豊かに添えられる傾向が顕著だ。

一方、一九三六年に描かれた「スタンド」から「果実店」までは、その用途からも、都会の風景の中に位置づけられたものとなっており、植栽が少々添えられる程度で、あまり添景は豊富ではない。その前年に「小学校」のような大胆な自然が描かれていたことから、ずいぶんと方向転換している。都市の建築を徹底的に学ぼうとしていたかのようだ。

立原は、この年の一〇月、京都へ行き、伝統的な建築と、新しい建築を見てまわっていた。この旅から帰った立原は「嘗て　自然にあたへられたものへの　無垢の讃歌の場所で、人工し作為したものに対ひて　無限の哀歌を生きねばならぬ。　これは　若い新しい人一般のことではない、　ただ僕だけの事情であり、光栄である。美しいものの喪失を嘆かない、人工の必至な発生への哀歌にほかならぬ。(37)」と書き送る。さらに、この引用部分の前には「知識との訣別への決意であり、深い憧憬された教養への出発である」とも記されていた。

この手紙は、日中戦争勃発前夜の自由が奪われる危惧に対して、病気がちであった自身の体と心を強く保って、苦境を乗り切るべく自身の生きざまを転換しようと決意したこと

を表すなどの「肌理の遠近法」、平面的に描いた円の影となる部分に線を描き重ねて球のような立体感を持たせるなどの「描線法」、数学の問題でよくみかける平行な線で立体を表した平行投影などが含まれるとする。このなかでも、透視図法は、線遠近法を代表する図法であり、一般に、線遠近法といえば、透視図法のことを示すことが多い。

図2-35　空気遠近法

(36) ちなみに、手前を大きく、奥を小さく描いて遠近感を表現するのは、空気遠近法ではなく線遠近法の一種である。

(37) 『筑摩全集5』一九三六（昭和一一）年一〇月三一日［土］小場晴夫宛書簡、一八二頁

が顕れたものだったと考えられる。

これらの引用部分に着目すれば、立原は、一方で、追分との出会いによって自然へと「無垢の讃歌」をうたい上げていたそれまでの態度を敢えて一度やめ、止めようもない近代的な「人工の作為」を受容しつつ、しかし、これを「哀歌」であると言って、やはり自然を賛美したいとの想いが押し殺されたかのようである。

言い換えれば、この時期には、とにかくまずは徹底的にモダニズム建築の作法に染まりきって、それを知ったうえで自身の表現の可能性を探ろうとしていたのだと考えられる。そして、その表現は結局、自然への讃歌となって、翌年の卒業設計に表されることとなるのである。

いずれにせよ、立原の描いた外観透視図には、大きく分けると、都市を舞台としたものと田園を舞台としたものの二つが存在すると言えそうだ。とくに、田園的な風景に建築を位置づけたものが、都市を描いたものよりも多い。透視図をざっと見る限りでは、立原は田園風景のなかに建築をつくることを好んでいたようだ。

もう少し具体的に立原の図面表現に迫ってみよう。外観透視図は、自身の設計した建築を説明するためのものだから、ふつうは建築が画面の中央に大きく描かれることが多い。しかし、周囲に添景を豊かに描きたいと思った場合、建築をほどほどの大きさとして、余白を残しておく必要がある。また、背景と建築との位置関係が重要な場合には、建築を中心からずらして端に追いやることもある。

これを踏まえて、立原の透視図を再度見てみよう。例えば、「卒計小住宅」(図2-24) などでは、森の中に建築が埋没する様子を描くべく、樹木が豊富に描かれ、建築自体はやや右に寄せて描かれている。そうかと思えば、「ティーハウス」（図2-30）などのように、ほとんど添景を描かずシンプルに建築を示しただけのものも見受けられる。

紙面いっぱい描かれた完成度の高い卒業設計に対して、「ティーハウス」の方は画面の枠があるわけでもないラフスケッチに近いものだから、構図が意識されたものではない、ということかもしれない。そうだとすれば逆に、ラフスケッチであっても、その立地の雰囲気を出すために、簡易ながらもわざわざ樹木や草を描き添えているとも考えられ、ここにも立原の田園への想いが読み取れる。

飛翔する鳥の視点

ところで、透視図を描くとき、視点と画面と対象の三つの位置関係から構図を決定する。[38]つまり、描く対象の建築よりどのくらい前に画面があって、さらにこれを描く人はこの画面からどのくらい離れていて、どの高さから眺めているのかによって透視図の見え方が決まる。この時、とくに、眺めている視点の位置が建物の高さよりも高ければ、建物を俯瞰した図となり、逆に視点が低ければ、仰瞰した図となる（図2-36）。

俯瞰した図は、単に建物の屋根の形を表せるだけでなく、周囲の状況についても表現できるといった特徴がある（図2-37）。仰瞰の場合には、建築自体の存在感を示すべく複数の立面がそびえるように描かれる傾向にある（図2-38）。つまり、視点の低い／高いに着目すると、建築自体の構成を描こうとしているのか、それとも、建築と周囲との関わりを示そうとしているのかを読み取ることができる。立原が視点の高さをどのように設定していたのかを追究することで、透視図に込められた立原の想いに一歩近づけるだろう。

（38）前掲『空間を描く遠近法』参照。

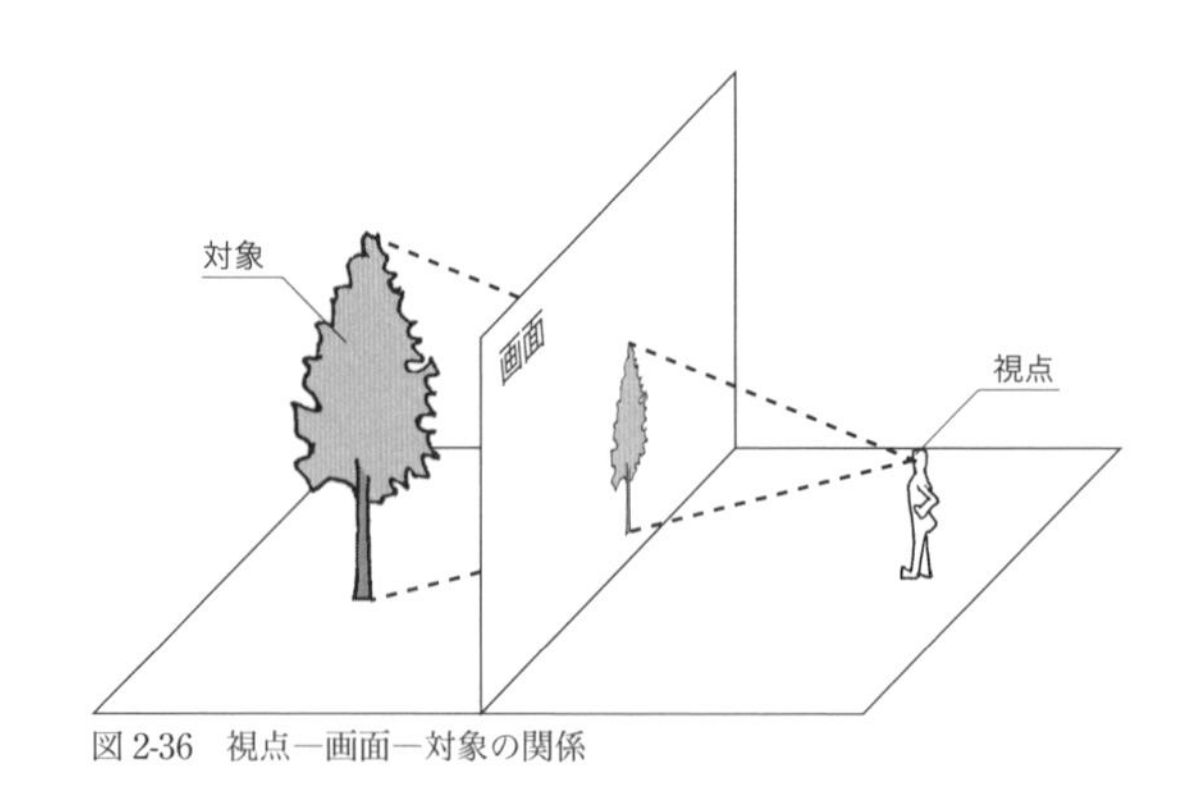

図 2-36　視点―画面―対象の関係

図 2-38　仰瞰

図 2-37　俯瞰

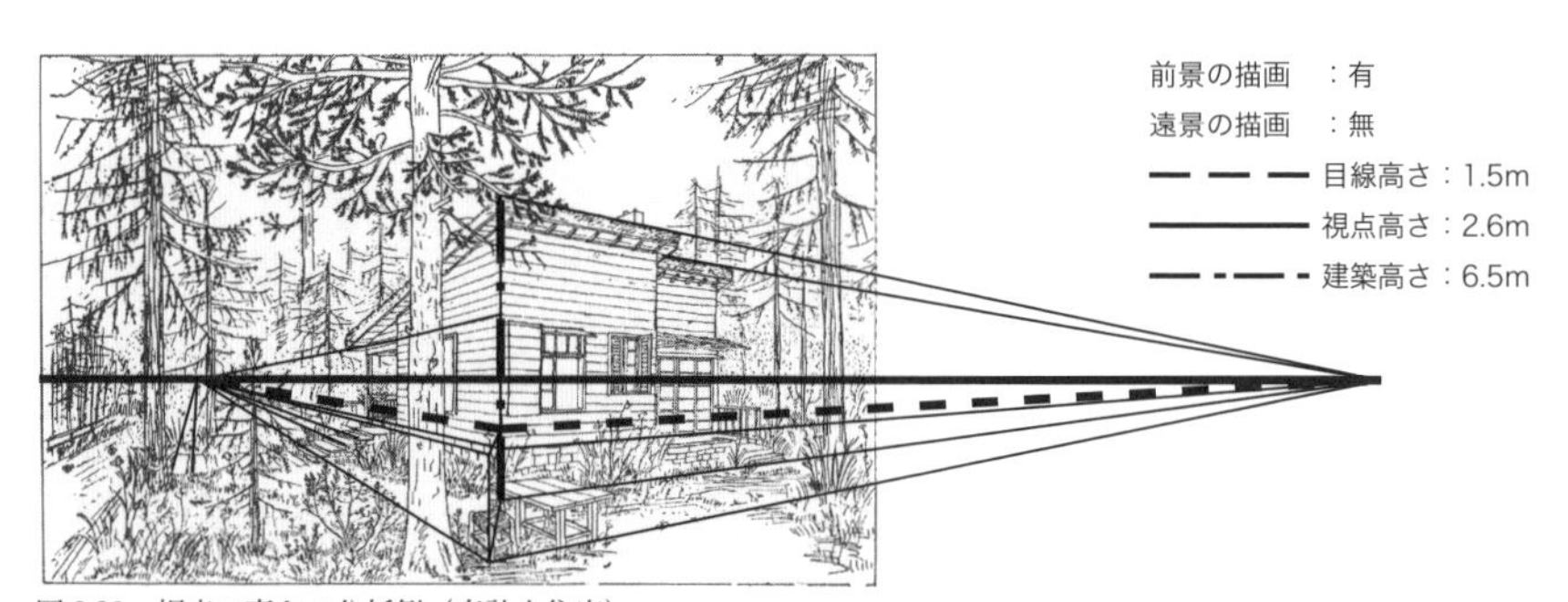

図 2-39　視点の高さの分析例（卒計小住宅）

完成度の高い図面を選定する条件として示した「消失点」は、画面が地面に対して垂直に設定されていれば、必ず視点と同じ高さに存在する。この同じ高さにある視点と消失点とを横に結んだ線が、太陽が沈むあの水平線だ。

このように、透視図を描く原理を逆に応用し、描かれた図から消失点を割り出せば、視点がどのくらいの高さに定められているのかがわかる。

建築だけでなく、周囲の自然をも豊かに描いた立原の視点は、どのくらいの高さに設定されていたのだろうか。これを探るべく、図2-39のように透視図の視点の高さ（＝水平線の位置）を図上に落とし込んで確かめてみよう。

建築は、実際には人間が地面に立って見ることが多いので、目線の高さに視点を設定するのが透視図を描くときの基本となっている。しかし、立原の透視図では、目線の高さから眺めた視点で描かれたものは「スタンド」（図2-9）、「装飾塔」（図2-14）、「秋元邸」（図2-27）の三つだけだった。

「スタンド」と「装飾塔」は即日課題であり、「秋元邸」は唯一の実施作であった。いずれも都市の建築である。立原にとって、都市は日常を過ごす現実の空間であった。現実世界に位置づけられるべき建築を、実際の視点で忠実に描こうとしていたことがうかがえる。

目線よりも低い視点で描かれているのは、「ヒアシンス東」（図2-28）と「ティーハウス」（図2-30）の二点のみだ。いずれも、地面に座った目線から建築が眺められている。このふたつはともに原っぱに建てられた背の低い小さな建築である。少し離れた草むらに、長い脚を抱えて座り、小さなこれらをじっと見つめる立原の姿が目に浮かぶ（図2-40）。

残りの図は、すべて目線よりも高い視点で描かれている。「アパート鳥瞰」（図2-6）や「小

図2-40　立原道造　1935年夏　追分にて

学校」（図２‐７）など、視点が地表からはるか上空より眺められた鳥瞰図もある。
総じて、立原の描く透視図は、視点が高かった。

ずれた主題

次に、視点の高さが添景や背景の描き込み量とどのように関係しているのかを探ってみたい。

分析は、ものごとを分解して考える作業である。実際の世界は、複雑で難しい。複雑に絡みあったものごとを解きほぐして、単純な筋に分解することで、複雑なままでは見えてこなかった世界が見えてくる。透視図も、いろいろなものが複雑に描き重なって豊かな表現となっている。透視図の構図を単純化して考えることで、ただ眺めているだけでは気付けないことが見えてくるはずだ。

高校生の頃、数学の時間に、複雑で難しい式を解くときに、次数下げを行って解くと計算が楽になり、正答を導きやすい、と習った。透視図は、三次元の立体図である。学生時代を思い出しつつ、これを次数下げしてみてはどうか。すなわち、一次元下げて、透視図を二次元の平面図形のかたまりだと思って考えることで、複雑な図の特徴が見えてくるのではないだろうか。[39]

さて、今知りたいのは、建築の添景・背景として描かれた自然の描き込みの量である。画面の中にどのくらい自然を表す要素を描き込んでいるのかを確認するには、画面に占める建築の部分と自然要素の部分を塗り分けてみると一目瞭然だ（図２‐41）。

灰色に塗った建築の部分と、黒く塗った自然の部分の配分で、この図のほんとうの主題

図 2-41　透視図に描かれた建築と自然の量と配置の分析例（卒計小住宅）

がどちらなのかを判別できるのではないだろうか。つまり、黒が灰色よりも多ければ、その図は、建築を主題とした図面というよりも、自然を主題とした風景画としての趣が強いと考えられる。

建築と自然とどちらがほんとうの主題であるかの判別には、その描かれた領域の量だけでなく、両者の位置関係も手掛かりとなる。通常は、建築が主題であるはずなので、図2-42に示した例のように、建築を画面の中心に大きく描き、その前面に建築を遮るような樹木は配さないはずだ。

鑑賞者は、画面の中央にあるものにまず視線を向ける。建築が中心にあれば、いかにも主題が建築であることがよくわかる。しかし、周囲の自然を主題的に扱うならば、建築を端に追いやって視線をそらさせ、それと同時に、自然の要素を描くためのスペースを広くまとめて確保することができる。

つまり、建築の位置が画面の中心からどのくらいずれているのか、ということも、描き手の意識が建築に集中しているか否かを判別するのに役に立つのだ。建築が画面からどのくらいずれているかは、建築を塗りつぶした灰色の図形の重心と、画面の中心との位置関係で把握できる。

すべての図について領域を塗り分け、建築の位置を割り出してみると、自然の描き込みが多く、建築が中心にないものが多いことに気づく。特に山を主題であるかのように描いた「小学校」の透視図（口絵、図2-7）では、その傾向が顕著であった（図2-42）。

また、建築に添えられる自然は、背景として描かれるばかりではない。立原の「卒計小住宅」（図2-24）のように、樹の幹や枝葉を建築の手前に覆いかぶさるようにして描くことで、田

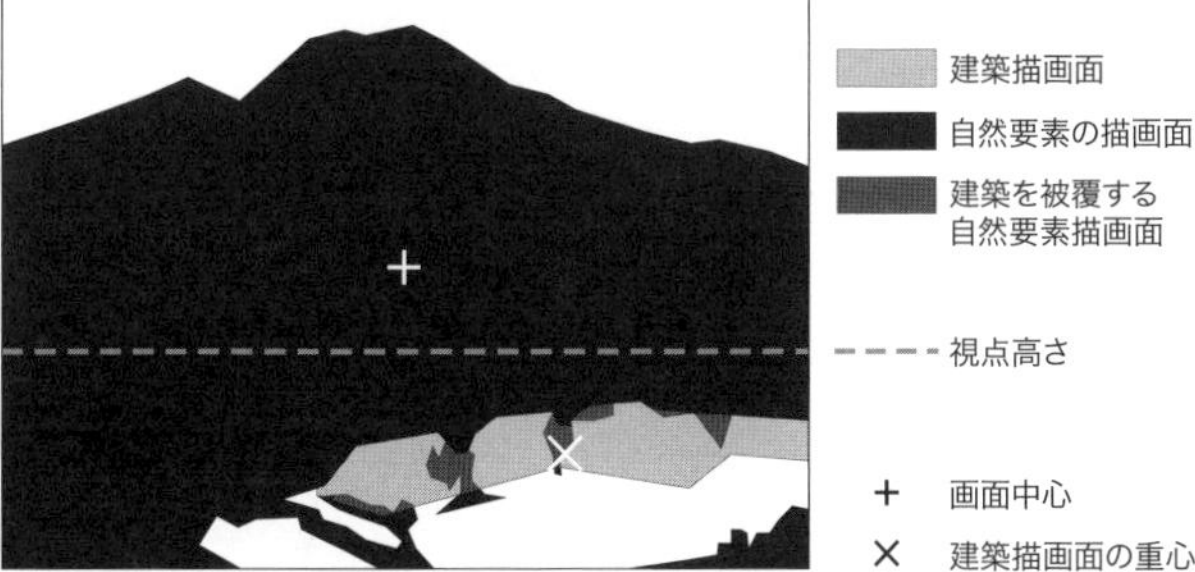

図2-42　「小学校」の建築と自然の量と配置

（39）厳密には、数学的に次数と次元は同じものではない。

園風景のなかに建築が埋没した様子を示すこともできる。「卒計小住宅」では、画面の中心には、一本のカラマツの樹木が縦断し画面を二つに分けている。そして、建築はその樹木に遮られつつ右側に寄せて描かれ、左側はほぼカラマツの樹林が支配している。こうなると、主題はもはやカラマツの樹林だといってもよいくらいである。

一般的な描き方の例として示した同時代の建築「N邸」の透視図（図2-43）でも、植栽が描かれてはいるが、建築の正面部分を避け、画面の両端に添えられる程度に止められている。また、やや高めの樹木が画面左側に描かれているが、これも、開口のない側面の壁に淡くかかる程度であり、主題である建築の姿を損なうことのないような工夫が施されていることがわかる。

さらに、自然が建築よりも大きな面積で描かれている図では、建築の位置や自然の描かれる量に加えて、自然の種類が豊富であることが多い。立原の透視図では、建築の足元を賑わす草や花、建築に覆いかぶさる高木、そして、遠くにそびえる山など、さまざまな自然の要素が建築を取り囲んでいる。しかも、その形も、一様ではない。

例えば、「卒計小住宅」に描かれたような針葉樹が最も多い。これは、カラマツを表現したものと考えられる。浅間山麓には、カラマツが多く植林されている。その他、「ティーハウス」（図2-30）の脇には、茶室としての構えを意識してか、竹と思われる樹木が添えられている。また、「卒計音楽堂」（図2-22）の周囲には、ポプラと思われる細長い広葉樹が植えられている。モダニズム建築とマッチする外来種を配することで、異国の情緒を醸し出そうとしているかのようだ。「ヒアシンスハウス」（図2-28、29）の北側の木もポプラだ。こちらは、併載された平面図にて、「ポプラ」としっかり指定されている。「住宅の門」（図2-11）では、和風住宅

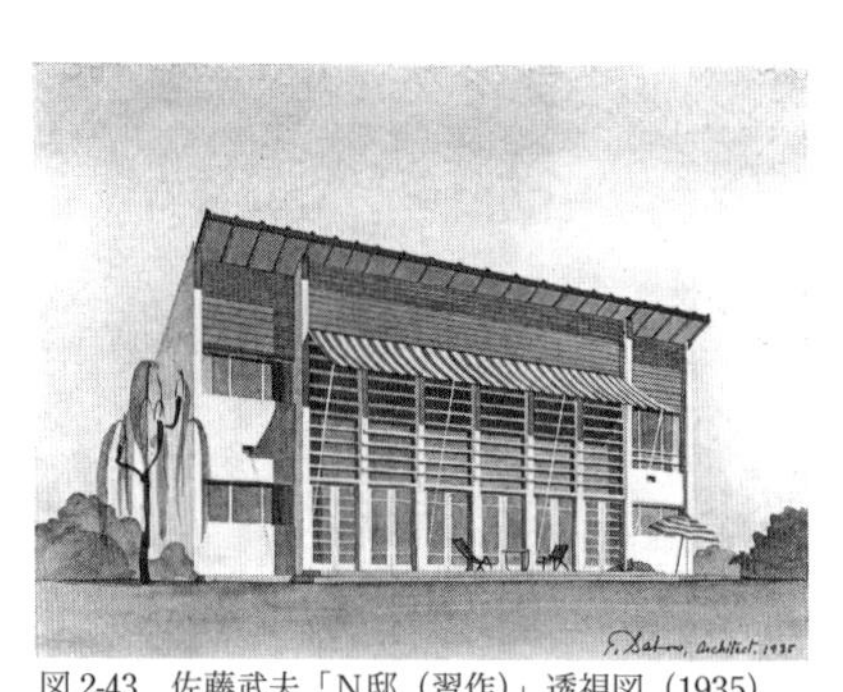

図2-43　佐藤武夫「N邸（習作）」透視図（1935）

に合わせてマツ科の樹木が選ばれている。

その他にも、さまざまな種類の木々が、しっかりとその特徴をつかんで、その建築の周辺環境として相応しいものが選ばれ、その形状が忠実に描かれている。立原がいかに自然に目を向けて透視図を描いていたかがよくわかる。

手法の確立

立原道造は、パステルで鍛えた画力を活かして、多くの透視図を描いた。とくに、外観を描いたものが多かった。

その構図の第一の特徴として、視点が高いことが挙げられた。高い視点により、建築の背後の環境が画面に入り込む構図となっていたのだ。立原は、飛翔する鳥への憧れを、ことあるごとに書いていた。その想いは、建築の図表現にもまた反映されていたのだった。

視点を高くとり、そして建築を画面中央からずらすことによって得られた余白には、木々や山などの自然要素が豊かに描かれていた。添えられる自然要素は、その量だけでなく、種類も豊富だ。木々は、幹の色、枝の伸び方、落葉の有無、葉の形など、樹種を具体的に描き分けられている。遠景に山なみを描いたものも多く、それらの山の形も具体的だ。山への憧れも、立原が生涯を通じて抱き続けたものだった。

立原は、建築を、単体で見せようとしない。むしろ、自然風景の中にいかに溶け込むものであるか、といったことを大切にして、建築を構想していたと考えられる。

機械化、合理化を目指す近代建築が盛んに啓蒙された時代に、これを必死に学んだ立原の出した答えは、徹底した自然回帰の、非物質的な豊かさを志向したものであった。

山を描いた透視図といえば、先に触れた建築が自然に圧倒されるかのように描かれていた不思議なスケッチ「無題［浅間山麓の小学校］」鳥瞰図がふたたび想い起こされる。「無題［浅間山麓の小学校］」鳥瞰図は、都市ではない環境を敷地に選び、建築の周囲を見渡せる鳥の視点が設定され、雄大な山やそれを賑わす木々を色鮮やかに描き、そして、量・種類ともに豊かなこれらの自然に画面を譲るかのように、建築が小さく、淡く、端に寄せて描かれていた。

この図は、立原道造の自然に目を向けて描いた透視図の特徴をすべて満たしたものだった。「無題［浅間山麓の小学校］」鳥瞰図は、立原の描いた外観透視図の特徴を最もよく表した、代表的な一枚であるといえる。

これまで、立原の建築家としての代表作は、浅間山麓を舞台に芸術家の集落を企てた卒業設計だと目されてきた。晩年にあたる時期に描かれた「卒業設計」も、たしかに自然豊かな表現がほどこされたものである。しかし、それ以前に描かれていた「無題［浅間山麓の小学校］」鳥瞰図で、自然優位に建築を表現する手法はすでに培われていたのである。「無題［浅間山麓の小学校］」鳥瞰図にこそ、立原独自の建築観が色濃く表れていたのである。

第三章

建築を包む理想の山

御岳山のパステル画

二〇一五年、「画家の詩、詩人の絵」という展覧会が開催された。展覧会のテーマは、画家にとっての詩とはなにか、詩人にとって絵とはなにかを問うもので、明治期から現代までの画家による詩、詩人による絵が展示された[1]。

この展覧会の副題には、古代ローマの詩人ホラーティウスの『詩論』後半に登場する一節[2]にちなんで、「絵は詩のごとく、詩は絵のごとく」と書かれていた。詩と絵画との関係については、ホラーティウスのさらに五〇〇年ほど前の古代ギリシャの詩人シモーニデースによって「絵はもの言わぬ詩、詩は語る絵[3]」と語られたことまで遡ることができる。

このように、詩と絵画は、古来よりその密接な関係が指摘される姉妹芸術である。この展覧会に立原のパステル画も出展されていた。

立原道造は、〝書く〟創作を続ける一方で、〝描く〟創作を常に並行した。〝書く〟方は、中学の頃から短歌、物語を次々と世に発表しつつ、次第に詩へと関心を移し、『四季』創刊に伴って詩壇にデビューした。〝描く〟方は、建築家としての仕事に代表される。しかし、建築家として発揮した〝描く〟技能は、建築を通してはじめて培われたのではない。その端緒は、中学時代より熱心に続けられた絵画に認めることができる。

一九三〇（昭和五）年、立原は、府立第三中学校（現・都立両国高等学校）の三年次第二学期終業式にて、「絵画部員として銀賞（褒状と記念ペンダント）を受賞[4]」している。建築学科に入って本格的に図面を描きはじめる以前の立原は、絵画に熱中していたのだった。その熱中ぶりは、「彼自身は美術学校に進学することを望んでいた[5]」というほどであった。

立原はひとたび熱中すると、とてつもない集中力を発揮する。画家を目指した立原は、パ

（1）この展覧会は、複数の美術館等の主催により、その最初は二〇一五年九月～一一月に平塚美術館で開催された。以降、碧南市藤井達吉現代美術館（二〇一五年一一月～一二月）、姫路市立美術館（二〇一六年二月～三月）、足利市立美術館（二〇一六年四月～六月）、北海道立函館美術館（二〇一六年六月～八月）を巡回している。展覧会の詳細は、その図録『画家の詩、詩人の絵―絵は詩のごとく、詩は絵のごとく』（青幻舎、二〇一五年一〇月）に詳しい。

（2）ホラーティウス、松本仁助・岡道男訳『詩論』（岩波文庫、一九九七年一二）、二五一頁）では、「詩は絵と同じ」と訳されている。

（3）前掲『詩論』二八八頁

（4）『筑摩全集5』年譜、六五六―六五七頁

（5）『角川全集第六巻』鈴木亨による年譜、五八九頁

ステル、クレヨン、油彩、水彩、鉛筆画など、あらゆる道具による表現を試みた。やがて、パステル画にとくに精力的に取り組むようになってゆく。筑摩書房版『立原道造全集4』には、小学校高学年（一九二五〈大正一四〉年頃）から一高入学の頃（一九三一〈昭和六〉年頃）までの間に描かれた一一四点にも及ぶパステル画が収録されている。

立原のパステル画には、図3－1のような、緑系色を基調とした御岳山の山なみを描いたものが多い。体の弱かった立原は、幼少の頃より毎夏を都会の猛暑から逃れて過ごしていた。当初は千葉の那古海岸に避暑していたが、海よりも山の方が体調に合っているとの周囲の配慮から、やがて奥多摩の御岳山を避暑地とし、ここをたびたび訪れたのだった。

御岳山麓へは、一九二五年〜三二年の間に（高校受験勉強に取り組んだ一九三〇年を除いて）ほぼ毎年、八度訪れた。初めての訪問の際に滞在したのは御岳神社の神主の自宅であった。御岳神社は御岳山の頂上付近にあるが、この住宅はJR青梅線御嶽駅からほど近いところにあったようだ。[6] つまり、立原は御岳山そのものではなく、その麓の村で夏を過ごしていた。そのためか、立原のパステル画には、御岳山からどこかを描いたものよりも、どこかから御岳山を描いたものが多い。

御岳山麓で立原は、絵を描いたり物思いにふけったりと、都会的な刺激とは無縁な、穏やかな時間を過ごした。とはいえ、処女小説「あひみてののちの」で書いたように、立原はここでただひとり孤独に過ごしていたわけでもなく、いくつかの思い出深い出会いも経験していた。向学心旺盛な立原にとって、映画や演劇などの、都会で得られる新しい刺激の数々も魅力的なものではあっただろうが、山岳を愛でながら、雑音から離れてゆったりと自身の内面の充実を図る時間を持つこともまた、貴重な時間だった。

図3-1　パステル画「無題［御岳の山なみ1］」（1927-31年頃）

（6）『角川全集第六巻』の年譜（五八四頁）に記載された住所をもとに推定。

パステル画に熱中していた中学生のこの時期、立原にとっては身近な物や景色のすべてが絵のモチーフであるかのようだった。自宅周辺の屋根の連なる風景や、一連の山なみを描いたパステル画には、後に浅間山を愛することになる立原の山岳風景に対する憧憬の萌芽を見出だすことができる。

抒情の舞台としての「山」と「村」

立原は東京・日本橋にある問屋街に生まれ育った。小学校から大学まで、通った学校はすべて自宅から通える距離にあった。就職した石本建築事務所も自宅からほど近い数寄屋橋の交差点に面した都心のビルにあった。つまり、立原はその日常生活のほぼすべてを東京で過ごした生粋の都会人であった。

一方で、都会ぐらしゆえの自然への渇望からか、立原は山を大いに愛した。

立原の中学時代の作文「『美しい国』読後」には、「朝の景色夕の景色と一日中趣を異にする富士山を、間近く僕がはじめて見たのは、まだ小学校の二年の頃だと覚えてゐる」[7]との記述がある。小学生の頃の立原は、すでに山の美しさに魅了されていたのだ。

中学、高校時代にはたびたび御岳山に避暑して、何度もパステル画にその姿を描き留めていた。

大学時代には、浅間山麓（信濃追分）に毎夏滞在した。浅間山周辺にはたくさんの山がある。晴れた日には、追分の宿・油屋の窓から遠くの八ヶ岳を眺めるのを楽しみにしていた。[8]また、追分滞在中、先に帰る友人を軽井沢の駅まで見送りに行った際には、軽井沢北部の愛宕山の姿をぼんやりと見守りながら、駅で下り列車を待っていた。[9]

（7）『筑摩全集4』四八二頁
（8）『筑摩全集3』「窓の作者より」一九〇頁参照。
（9）『筑摩全集3』「『離愁』の作者より」一九二頁参照。

そして、病没する直前の盛岡旅行では、「今　ここで　僕はfruchtbarkeit[10]の美しさといふものをはじめて学ぶ[11]」と、姫神山と岩手山に囲まれた色づく果樹の美しさを讃えている。立原は山岳風景への憧憬を、生涯にわたって常に抱き続けた。

立原がいかに山を愛していたかは、その詩を見てもよくわかる。

立原の詩には、山岳風景を示した言葉が多く登場する。計四〇四編[12]を調べたところ、三三編の詩に「山」、「山脈」、「山なみ」、「みね」、「峠」、「山道」などの山に関わる言葉が配されていた（表3－1）。

山をうたった詩のうちの二九編は、浅間山麓を初訪した一九三四（昭和九）年七月から最後の滞在となる一九三八（昭和一三）年八月の五年間に作られたものだった。かつて頻繁に通った御岳山には、この時期にはもう通わなくなっていた。つまり、立原が詩に込めた山岳風景への憧憬のほとんどは、浅間山麓へ向けられたものであったということだ。

ところで、初期の頃につくられた詩には、「村」という言葉も多く登場している。「村」は二八編の詩にみられた。その内訳は、一九三三年に九編、一九三四年と一九三五年がそれぞれ八編、一九三六年一編、一九三七年〇編、一九三八年二編である。

大学入学と同時に「山」が増加するのとは反対に、「村」はだんだんと使われなくなり、そして大学を卒業する頃にはほとんど登場しなくなっていた。ちょうど建築を始めた頃、建築が寄り添うべき存在として「山」を意識しはじめ、そして都会での実務として建築に関わるようになり、「村」は幻影となって消えてしまったかのようだ。

それでも、「村」は立原の抒情の舞台を表現する特別な言葉であった。浅間山麓に夢想した

（10）「肥沃」という意味のドイツ語。

（11）『筑摩全集3』「［盛岡紀行］」九四―九五頁

（12）『角川全集第一巻』（一九七一年六月）および『角川全集第二巻』（一九七二年八月）所収の全詩。

表3-1　詩のなかの「山」と「村」
（白い部分は、立原が浅間山麓に通っていた時期につくられたものを表す。）

詩集名	作品名	制作年月	山	村
（前期草稿詩篇）	お時計の中には	1931/12	●	
（前期草稿詩篇）	旅行	1933/03		○
（前期草稿詩篇）	田園詩	1933/03		○
火曜日	春	1933/05		○
木曜日	旅行	1933/05		○
（前期草稿詩篇）	散歩	1933/07		○
（前期草稿詩篇）	峠	1933/07		○
散歩詩集	村の詩・朝・昼・夕	1933/12		○
散歩詩集	日課	1933/12		○
（前期草稿詩篇）	日課	1933/12		○
（前期草稿詩篇）	神津牧場・Ⅲ	1934/08	●	
（前期草稿詩篇）	昼	1934/08		○
（前期草稿詩篇）	もう傍にゐないぼく	1934/08		○
（前期草稿詩篇）	手紙	1934/08		○
（後期草稿詩篇）	八月の歌（1～5）	1934/08		○
（後期草稿詩篇）	荒物屋の軒先で	1934/09	●	○
（前期草稿詩篇）	林道	1934/09	●	○
（前期草稿詩篇）	真昼	1934/09	●	
（前期草稿詩篇）	船	1934/10	●	
（前期草稿詩篇）	空つ風の高台に	1934/10	●	
（前期草稿詩篇）	序曲	1934/11		○
（前期草稿詩篇）	晩夏	1934/11	●	
田舎歌	村ぐらし	1934/12	●	○
優しき歌Ⅰ	燕の歌	1935/03	●	○
（後期草稿詩篇）	夏の旅	1935/03	●	
（前期草稿詩篇）	少年の日	1935/03	●	
（前期草稿詩篇）	春	1935/03	●	
（前期草稿詩篇）	峠	1935/03	●	
（拾遺詩篇）	燕の歌	1935/03		○
（拾遺詩篇）	静物	1935/03		○
（後期草稿詩篇）	燕の歌（二）	1935/03		○
（拾遺詩篇）	旅装	1935/04	●	○
（後期草稿詩篇）	夜の歌（私は薔薇や）	1935/05	●	
（拾遺詩篇）	天の誘ひ	1935/08	●	
萱草に寄す	はじめてのものに	1935/09	●	○
萱草に寄す	またある夜に	1935/09	●	
（前期草稿詩篇）	1日	1935/09		○
（拾遺詩篇）	離愁	1935/11	●	
（拾遺詩篇）	夏の旅	1935/11	●	○
萱草に寄す	夏花の歌	1935/11		
（拾遺詩篇）	八月旅情の歌	1936/04	●	
萱草に寄す	のちのおもひに	1936/09	●	○
萱草に寄す	忘れてしまつて	1937/01	●	
（後期草稿詩篇）	ひとり林に……	1937/03	●	
優しき歌Ⅰ	うたふやうにゆつくりと……	1937/04	●	
暁と夕の詩	さまよひ	1937/06	●	
（拾遺詩篇）	草に寝て……	1938/08	●	
優しき歌Ⅱ	落葉林で	1938/08	●	
（後期草稿詩篇）	北	1938/08	●	
（後期草稿詩篇）	地のをはりの	1938/09		○
優しき歌Ⅱ	夢みたものは……	1938/10	●	
（後期草稿詩篇）	どこの空だつたのだらう	1938/10	●	
（後期草稿詩篇）	詩抄	1938/10	●	○
		計	33	28

卒業設計「浅間山麓に位する芸術家コロニイの建築群」の主旨文にも、兄事した詩人・堀辰雄の作品名でもある「美しい村」という言葉が使われていた。立原の卒業設計は、「山」に寄り添う「村」を夢見た計画だった。

「村」が含まれる立原の代表的な詩には、「旅行」[13]、「村の詩・朝・昼・夕」[14]、「村ぐらし」[15]などが挙げられる。最新の筑摩書房版『立原道造全集』の編纂者でもある文学者・宇佐美斉(ひとし)は、「旅行」を「道造詩の原『風景』が、稚拙ながらはっきりと描き出されている」[16]と評し、「村の詩・朝・昼・夕」および「村ぐらし」に共通して登場する五行詩を「詩人・立原道造の出発をはっきりとしるしづける、記念碑的な作品」[17]であると述べるなど、いずれも文学的に高い評価を下すべき作品であることを指摘している。このことからも、「村」が立原の詩にとって、その抒情表現上とくに重要な言葉であったことが確認できる。

立原がイメージする「村」とは具体的には、避暑に赴いた御岳山麓(青梅・三田村)や、頻繁に訪れた浅間山麓(追分村)の田園的風景であったと思われる。とくに、浅間山麓を初訪した以降の詩には、「村」に加えて「山」が多く登場するようになる。立原は、生まれ育った都会の原風景以上に、浅間山の雄大な姿とその麓に広がる田園風景を、自身の風景として深く自己の内面に定着させていったものと考えられる。

(13) 詩集「木曜日」所収、一九三三年五月
(14) 詩集「散歩詩集」所収、一九三三年一二月
(15) 詩集「田舎歌」所収、一九三四年一二月
(16) 宇佐美斉『立原道造』(筑摩書房、一九八二年九月)一〇五頁
(17) 同右、一二〇頁

浅間山を描いた建築図

一九三四(昭和九)年は、立原道造にとって特別な年である。この年、立原は東京帝国大学の建築学科に入学する。つまり、建築に本格的に取り組みはじめた年である。その年の七月に、浅間山麓をはじめて訪れた。さらに、一〇月には詩誌『四季』(第二次)が創刊され、

その同人として詩作の発表をはじめた。立原の名を後世に残す本格的な創作活動は、この年を起点として展開されたのだった。

ところで、立原の滞在した「浅間山麓」は軽井沢ではなく、中山道沿いに中軽井沢（沓掛）を通り過ぎてさらにもう少し西に行った信濃追分である。現在の軽井沢は、北に延びる古くからの商店街や、南に広がるアウトレットモールなど、都会のサテライトとも言えそうな華やかな賑わいを呈している。一方の信濃追分は、今も昔も静かで素朴なところである。

立原は、いろいろな場所を転々と旅行することはせず、夏になればいつも決まって追分にでかけた。立原のこの地への思い入れは一通りではなかった。初めて追分を知って以降、五年の間に実に一八回も訪れていたのである（表3－2）。とくに、大学を卒業して勤め人となった一九三七（昭和一二）年は、七度も追分と東京を往復している。長期間の滞在が叶わなくとも、休暇をもらっては、こまめにここを訪れていた。追分での宿は、いつも決まって油屋旅館であった。同じ場所に泊まり、同じ風景を何度も体験した。それほど、立原は浅間山麓を、追分を愛したのだった（図3－2）。

そんな浅間山麓の風景を題材に、立原は詩や建築を構想した。浅間山麓を舞台とした立原の建築作品は、大学の設計課題として取り組んだ「無題［浅間山麓の小学校］」（一九三五年春頃）、堀辰雄のためにつくった山荘案「SOMMERHAUS Ⅰ」[18]（一九三六年五月頃）、卒業設計「浅間山麓に位する芸術家コロニイの建築群」（一九三七年三月）（図3－3）、知人の翻訳家・阿比留信（本名：豊田泉太郎）から依頼を受けた「豊田氏山荘」（一九三七年六月頃）（図3－4）の四作品である。いずれも実現していない計画ではあるが、構想のイメージがわかる図面・スケッチが残されている。

図3-2　信濃追分駅付近から眺めた現在の浅間山の姿

（18）第二章、図2－18を参照。

とくに、「SOMMERHAUS I」を除く三つの計画案では、共に浅間山が大きく描かれた鳥瞰図が残されている。三つとも浅間山の形状がほぼ同じように描かれている。これは、追分付近から望む浅間山の形で、左側の「へ」の字（剣ヶ峰）と右側の「M」字（前掛山、浅間山）の山なみが見えたものである。

いずれも、建築の計画内容を示すための図であるにも関わらず、計画された建築物自体は、淡くラフな下描きのような線で描かれていたり、ほとんど見えない大きさで描かれて矢印でその位置が示されているなど、存在感があまりない⑲。その一方で、浅間山は、山なみがほぼ正確で、「M」字の方の中腹部分にあるくぼみまでが忠実に再現されるほどに、具体的にはっきりと描かれている。これらの建築図では、まるで建築自体がおまけで、その背景で

表3-2　追分訪問年表

訪問年	到着日	出発日
1934年	7月22日	8月23日
1935年（3回）	7月9日	7月14日
	7月25日	8月19日
	8月27日	9月21日
1936年（3回）	7月8日	8月3日
	8月5日	8月25日
	9月13日	9月16日
1937年（7回）	1月31日	2月5日
	3月29日	3月30日
	8月1日	8月2日
	8月5日	8月8日
	8月28日	8月30日
	9月4日	9月8日
	11月15日	11月22日
1938年（4回）	5月15日	5月15日
	6月5日	6月5日
	7月15日	7月15日
	8月11日	9月6日

図3-3　卒業設計（コロニイを含む浅間山麓の大鳥瞰図）（1937年3月）

図3-4　無題［豊田氏山荘　ロケーション］（1937年6月頃）

⑲　豊田氏山荘鳥瞰図は、敷地のロケーションを示すために描かれたものであり、建築の形状は確認できないが、計画に必要な図として描かれたことから、建築図面とみなしている。

あるはずの浅間山の方こそが主題として描かれているかのようである。なお、軽井沢付近からは、このような山の姿を見ることはできない。追分は、この雄大な姿を眺めるための絶好の場所でもあった。

このなかでも、とくに、浅間山麓を初めて訪れた直後に描かれた「無題［浅間山麓の小学校］」鳥瞰図（以下「小学校」）に、主題と背景との逆転が最も顕著である。この図は、パステル画や詩を通じて、山岳を含む田園的風景の描写を繰り返した立原が、はじめてその建築図に、浅間山麓への憧憬を表現したものとして一考に値するだろう。

そして、この「小学校」の鳥瞰図に描かれた浅間山の姿は、他の建築図を凌ぐほどに雄大で印象深い。まるで浅間山を主題としたかのような大胆な構図には、追分の風景と出会えた感動が存分に示されている。

それにしても、やはりこれは建築を示す図であったはずである。立原は、なぜこれほどまでに大胆な構図で「小学校」の外観を示そうとしたのだろうか。

現実的な夢想の建築

「小学校」は、一九三五（昭和一〇）年春頃、大学二年一学期に出題された設計課題にこたえたものであった。提出された最終成果物は散逸してしまっており、確認することができない。つまり、この浅間山を雄大に描いた「小学校」の鳥瞰図は、提出図面ではない。

提出して評価を受けるために描かれたわけではないし、そもそも、人に見せることすら想定されていなかったものかもしれない。しかし、鮮やかな着彩、バランスのとれた構図など、その完成度は限りなく最終提出物に近い質を備えたものといえる。

全集では、編者の鈴木博之がこの図に関して次のように解題している。

浅間山を背後に控えたこの小学校は、彼が前年の夏に宿泊した旅館「油屋」にほど近いところに建つように計画されている。課題の出題要綱ではおそらく、敷地は定められていなかっただろう。設計が「小学校」であることと、敷地形状は定められていたものと思われる。[20]

解題では、「旅館『油屋』にほど近いところ」とあるが、その具体的な所在地までは明らかにされていない。追分付近から眺めた山の姿が描かれた鳥瞰図からも、油屋の近くであることは間違いない。課題であるから、敷地は自由に決められる。シミュレーションなのだから、実際には他人の所有地であろうとも、道なき道の奥深くであろうとも、設計者の想いが明確に表現できればどこだろうと構わない。大自然のなかに佇む小学校にふさわしい敷地を、立原はどのように夢想していたのだろうか。

提出図面の失われた「小学校」であるが、しかし、その下絵が残されていた。その数は一七点にも及ぶ[21]。これだけの下絵があれば、「小学校」がどのようにして構想されたのか、かなり具体的に迫れそうだ。その中には、配置図のスケッチも含まれていた。この図を頼りに、「小学校」が計画された具体的な場所を探ってみたい。

図3-5に示した「小学校」配置図のスケッチには、左側に五万分の一の敷地周辺図が描かれており、ここより引出線が引かれて、その部分を拡大した六千分の一の配置図が右側に示されている。五万分の一の敷地周辺図を拡大して見てみよう（図3-6）。図の中心に、引

(20)『筑摩全集4』五四二頁

(21)『筑摩全集4』所収のものの総数。

き出し線が収束している小さな四角で囲われた場所がある。ここが、立原の設定した敷地だ。

それでは、ここはいったいどこなのだろうか。図3－6に描かれた敷地周辺の道路形状に着目してみよう。敷地は、東西方向に延びる道路と、南側の鉄道駅から北に向かってY字に分岐した道路によってできる逆三角形の、右上頂点付近に位置していたことがわかる。

図3－7に示したのは、信濃追分駅周辺の現況である。立原が描いた五万分の一の敷地周辺図（図3－6）に示された道路形状と、「旅館『油屋』にほど近いところ」との全集内の解題の記述から、この敷地は、現在の地図でいえば、信濃追分駅北部を横切る旧中山道（国道一八号）沿いにあったことがわかる。

この敷地の位置には現在は、軽井沢町立軽井沢西部小学校が建っている。立原が「小学校」を計画したその場所に、実際に小学校が建っているのである。

軽井沢西部小学校によれば、現在の校地には、一九二三（大正一二）年に校舎が移転されたのだという[22]。すなわち、立原が「小学校」を構想した一九三五（昭和一〇）年の時点、さらには、その前年の浅間山麓を初訪した頃にも、すでに現在の位置に実際に小学校が存在していたのであった。

立原は、軽井沢訪問の際には信濃追分にある陣屋旅館「油屋」（立原が初訪した頃の焼失、再建前の油屋は現在の向かい側に建っていた）に宿泊していた。その周辺をよく歩き、よく知っていたはずだ。油屋からこの小学校まで、歩いてもそう遠くはない。立原は、普段泊まっていた場所にほど近く、土地勘もあるこの校地を敷地として選定していたのだった。

時代は、関東大震災を経験し、そして近代的な生活環境を整えるべく、都市の充実に力がこもっていた頃である。都心の最高学府の設計課題でも、都市部における建築を構想する

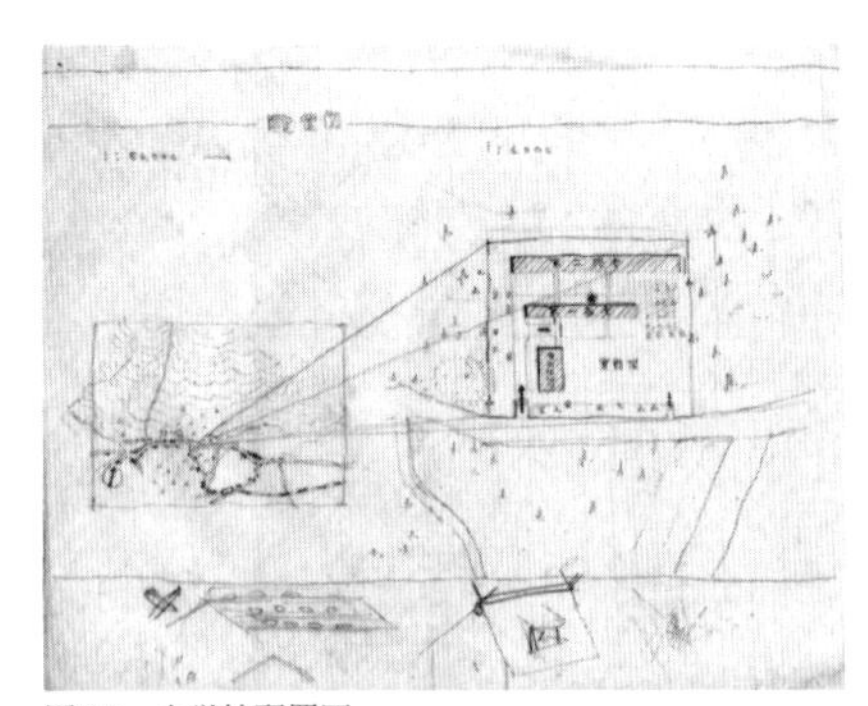
図3-5　小学校配置図

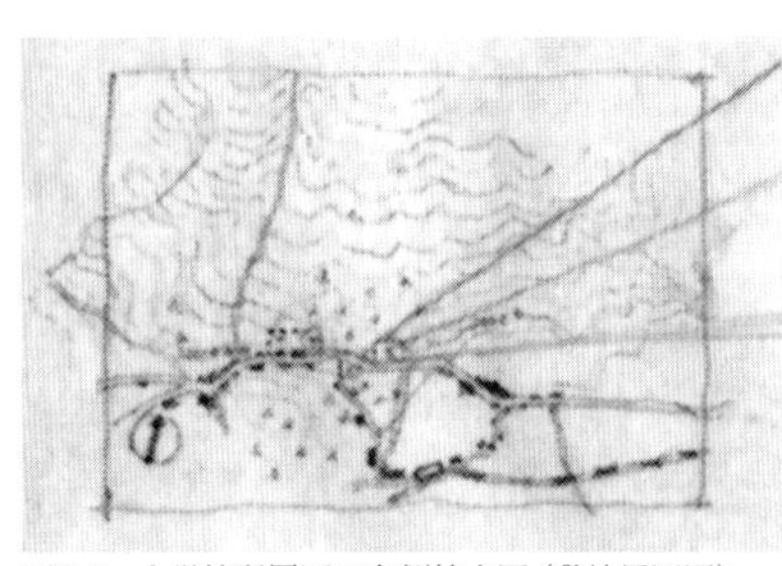
図3-6　小学校配置図の左側拡大図（敷地周辺図）

ことが求められていたことだろう。にもかかわらず、立原は、田園のなかの小学校を夢想していた。これは、かなり特異なことであったと思われる。ともすれば、浮世離れした無邪気な提案とも捉えられかねない。しかし、立原は、これを単なる夢想の建築では終わらせなかった。田園における夢想でありながら、その敷地選定は実に現実的なものだった。

現実的なのは敷地選定だけではない。残された他の下描き図面を見ても、学校建築の平面計画、寸法をよく理解し、木造建築の構法によく通じていたことが伝わってくる。敷地の選定だけでなくその計画内容も、現実的で実際に建ちうる質を備えていたのである。

そして、現実性のある計画に裏打ちされながら、夢想としか思えない表現で描いたのが、「小学校」の鳥瞰図だったのだ。この透視図の放つ、一見稚拙でありながら、しかし無邪気とは到底思えない不思議な魅力は、詩人と建築家の両半身を併せ持つ立原の夢と現実とを同時に調停する才覚によってもたらされたものだったのではないだろうか。

佇まいの検討

ところで、「小学校」の下絵には、先に述べた配置図、平面計画案、断面詳細案などの二次元のスケッチだけでなく、三次元的に建築の見え方を検討したものも含まれていた。とくに、敷地にどのような形で建物を配置するかを検討した立体図が、複数残されている。いずれも、着彩されておらず、建物の線も鉛筆でラフに描かれた下絵である。

最終提出物に近い完成度をもつ「小学校」鳥瞰図（口絵）の建物の形状について、筑摩全集の鈴木博之による解題では、「計画では、小学校の配置は初期の平行配置から雁行型の配置に変わっていったと考えられる。この図は雁行型の配置になってから描かれたものである」[23]

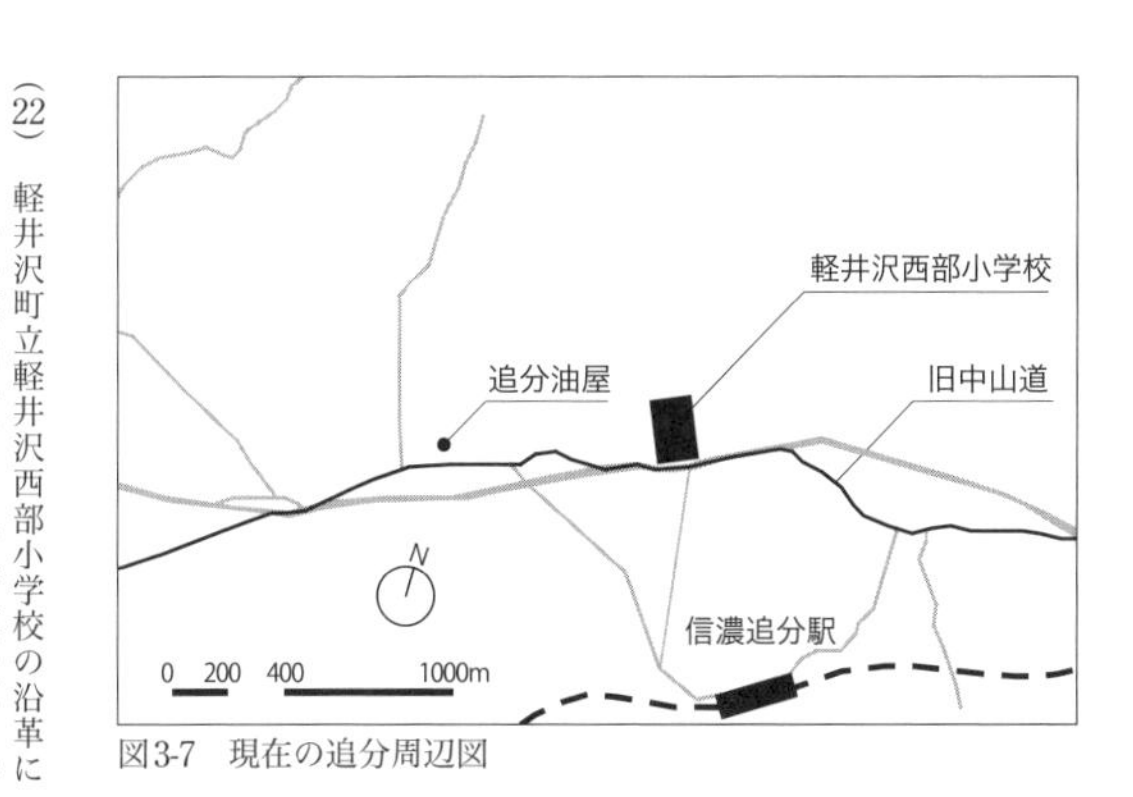

図3-7　現在の追分周辺図

(22) 軽井沢町立軽井沢西部小学校の沿革については、直接問合せをし、学校要覧を参照して以下のとおりであるとご教示頂いた。一八七三年、分里学校として創立（旧本陣）。同年、泉洞寺に移転。一八八九年、追分尋常小学校となる。一九二三年、現在地に移り開校。新校舎竣工。

(23) 『筑摩全集4』五二五頁

と説明されている。つまり、まずは平行な棟を並べた「t」字型案(図3-8)を考え、その後、プールやグラウンドなどの建物以外の部分とのバランスを考えて、雁行する「W」字型案(図3-9)に変更されたのである。

口絵と同じ形状の下絵も残っていた(図3-10)。図3-5の配置図と同様の、この逆「ヰ」の字型案は、「t」字型から「W」字型と変化した後に行きついた最終的な配置形状だと考えられる。

つまり、建物の配置形状は「t」字型(図3-8)、「W」字型(図3-9)、逆「ヰ」の字型(図3-10)の順に変化していったと考えられる。(24)

さて、建物の配置から、スケッチの描かれた順番を検証してみたわけだが、ほんとうに着目したいのは、建物そのものではなくて、その背景である。いずれの案のスケッチにも、背景には浅間山の姿が描かれていたのだ。

また、図3-8、図3-9、図3-10、口絵と検討が進むにつれて、浅間山の形状、濃度ともにより鮮明に描かれていることも興味深い。さらには、山が鮮明に描かれるにつれて、敷地が徐々に小さく描かれていることも見逃せない。計画の完成度が高まるにつれて、描画対象が建築から浅間山へと移っていったことがうかがえる。

「小学校」の下絵は、単に建物の配置を検討していただけのものではなかった。実は建物が浅間山麓の風景としていかに馴染むかをも検討したものだったのだ。

そして、口絵のスケッチは、単にラフなイメージを思いつきで描いたようなものでは決してなかった。いくつかの下絵を経て、十分に検討されたのちに描かれたものだったのである。

口絵をもう一度よく見てみよう。当初から採用されていた、山岳の起伏に調和した勾配屋

(24) この三案の他に、「山」の字型配置の鳥瞰スケッチがあるが、平面スケッチがないため、初期の平行配置の一種として形態のみが検討されたものと考えられる。

図3-8 「t」字型配置案(初期)

根が引き継がれている。また、図3-10と同様の配置形状ながらも、より長軸方向が山に寄り添った様子を示すべく、視点が降下している。そして、背景が鮮やかに着彩される一方で、建築は下絵と同様に単色でラフに描かれている。これらのことから、最終的にこの計画では、山岳風景と調和した建築の佇まいが主題とされたことがわかる。

これほど入念に検討された末に描かれたこの口絵の鳥瞰図には、立原の並々ならぬ想いが込められていたにちがいない。この図には、立原の考える建築のあるべき姿が表明されているかのようだ。建築は、機能を持った安全で快適な構造物であるだけでなく、周囲の自然に寄り添うことで、美しい風景の一部ともなるものであることを、この図は教えてくれている。

浅間山とサント＝ヴィクトワール山

「小学校」鳥瞰図の、山岳を中心に据えた大胆な構図をじっと見つめていると、あるひとつの絵が想起される。ポール・セザンヌの絵画「サント＝ヴィクトワール山」（図3-11）である。雄大な山の姿が画面の中心に据えられ、その麓に広がるすそ野の建物を遠くから眺めたこの絵は、まさに立原の描いた「小学校」の鳥瞰図にそっくりである。立原は、この絵を見ていたのだろうか？

ポール・セザンヌ（一八三九―一九〇六）は、自然の風景を幾何学的に描くなどの独自の作風によってそれ以前の絵画の常識に一石を投じた、近代絵画の父とも呼ばれた画家である。

サント＝ヴィクトワール山は、セザンヌの故郷である南仏の田園エクス＝アン＝プロヴァンス（以下エクス）から間近に見えるセザンヌの原風景であった。

図3-9　「W」字型配置案（中期）

図3-10　逆「ヰ」の字型配置案（後期）

ここで、セザンヌの人物像について少し詳しくさらっておきたい。セザンヌは、幼少の頃よりデッサンを習い、やがてパリで絵を学びたいと思うようになる。二二歳でパリへ出て画塾に通うが、自信を失って一度エクスに帰ってしまう。画塾では印象派の画家ピサロと出会って影響を受け、当初の暗く荒々しい画風から、自然の複雑さのなかに構築性を見出そうとする画風へと変わるきっかけを得る。

一年後には再びパリに戻り、二四歳のときには美術学校の入学試験を受けるも落第してしまう。この頃、印象派の画家であるモネやルノワールと交友するようになった。その後数年は、フランス王立絵画彫刻アカデミー主催の「サロン」への応募を繰り返すも落選を続け、エクスとパリとを数ヶ月おきに何度も往復して過ごしている。

不遇の後、三五歳のときにモネやルノワール、ピサロらとともに第一回印象派展に出展し、印象主義の画家としてデビューする。しかし、これは酷評に終わり、翌年の第二回には出品しなかった。第三回に出した作品も不評となり、以降はこれに参加せず、印象主義を乗り越えようと努力を示しはじめる。

その後は、印象派の友人らとの友情を支えにしつつ、パリの都会を離れ、故郷のエクスや、さらに南のマルセイユ郊外の漁村レスタックに移って静かに制作を続けた。五六歳となった一八九五年にパリで初の個展を開いて好評を博して以降、やっと少し名声を高めるものの、パリには住むことなく、故郷エクスにてサント＝ヴィクトワール山をはじめとする風景を描き続けて晩年を過ごした[25]。

セザンヌの名声を絶大なものとしたのは、その死後、一九〇七年に開催されたサロン・ドートンヌでの回顧展である。この回顧展には、後述するようにリルケや有島生馬が訪れ、そ

図3-11　ポール・セザンヌ「サント＝ヴィクトワール山」（バーンズ財団美術館蔵／1892-95年）

(25)　セザンヌに関しては、中山公男編『アート・ギャラリー 現代世界の美術 3 セザンヌ』（集英社、一九八六年七月）を参照して記述。

れぞれ大いなる感銘を受けている。

　自然の風景を幾何学的な色彩のかけらの集合のように描き、光の感覚だけでなく物質的な存在感までも表現しようとしたセザンヌの画風は、後に続くピカソやブラックらのキュビスムの画家に多大な影響を与えたといわれる。[26] 現在では、ゴッホやゴーギャンとともにポスト印象派の画家として評価されている。

　セザンヌは、一八八〇年代以降の晩年に、故郷のサント＝ヴィクトワール山をモチーフとした絵画を繰り返し描いている。同じ山を主題としながら、油彩、線描、水彩などさまざまな画材を用いてさまざまな描き方を試し、実に八〇点を超える作品を残した。

　そのうちのひとつが、図3-11に示した「サント＝ヴィクトワール山」である。これは、一八八八年〜九〇年頃に描かれたもので、現在は、アメリカのフィラデルフィア郊外にあるバーンズ・コレクションに所蔵されている。

　セザンヌは、二〇年ほどの間に膨大な「サント＝ヴィクトワール山」を描いたが、これらは描かれた時期によって表現の仕方が大きく異なっている。ここでは、「サント＝ヴィクトワール山」の描かれた時期を初期、中期、後期の三つに分けて、その表現の違いを述べておく。

　先のバーンズ・コレクション蔵の絵は中期のもので、描かれた自然の抽象度は低く、遠近法の歪みも少ない。あまり技巧に走りすぎずに、とにかく山を主題に描こうという強い意志が見られはじめる頃のものである。後述する初期の前景と後景が結合された絵画と対比して図3-11は、「後のセザンヌがいかにして山だけに集中し始めたかを示している」[27] 図である。

　これ以前の初期の「サント＝ヴィクトワール山」には、遠くに望む山岳と手前の樹木の境

(26)　高階秀爾監修『増補新装［カラー版］西洋美術史』（美術出版社、二〇〇二年一二月）参照。
(27)　キャサリン・ディーン、浅野春男訳『セザンヌ』（西村書店、一九九四年七月）六四頁

を曖昧にして、前景と後景を結びつける技法を用いたものが多い。初期の代表作には、たとえば、コートールド美術研究所（ロンドン）所蔵（図3-12）のものや、フィリップス・コレクション（ワシントン）所蔵（図3-13）のものなど、大松を前景に描いたものが挙げられる。いずれも一八八五〜八七年頃に描かれたものである。この二枚はよく似た構図をしている。この時期のセザンヌは、似た構図の絵を繰り返し描くほどに、前景と後景を結合させるという、山を題材とした新たな絵画技法の確立を模索していたものと考えられる。

　また、後期のものには、前景が消失して山岳の形態の他はモザイク状の「色斑の絨毯」[28]によってのみ表されたものが多い。後期の代表作には、バーゼル美術館所蔵のもの（図3-14）やフィラデルフィア美術館所蔵のもの（図3-15）が挙げられる。いずれも一九〇四〜〇六年頃に描かれたもので、こちらも非常に良く似ている。

　なお、美術評論家のゴットフリート・ベーム[29]は、バーゼル所蔵のこの一枚についてのみ徹底的に語り、従来のセザンヌ解釈に一石を投じようと試みている[30]。

　ちなみに、フィラデルフィア美術館所蔵のもの（図3-15）は、建築史家コーリン・ロウによる評論集『マニエリスムと近代建築』に収められた論考のなかで、「透明性」を語る際のモチーフとして使われている。後期の「サント=ヴィクトワール山」は、近代建築について考える上でも重要な絵画だった[31]。

　念のために断っておくが、「小学校」鳥瞰図は、建築の計画を示すための図であって、風景画ではない。つまり、「小学校」が、それとわかるように描かれていなければ意味がない。ということは、後期のバーゼル蔵「サント=ヴィクトワール山」のように、「家々、木々、道はさまざまな色彩のタッチによって暗示されているに過ぎず、前景は全く消え失せている」[32]よ

(28) ゴットフリート・ベーム、岩城見一＋實渕洋次訳『ポール・セザンヌ《サント・ヴィクトワール山》』（三元社、二〇〇七年一二月）一二二頁

(29) Gottfried Boehm（一九四二―）、建築家のゴットフリート・ベーム Gottfried Böhm（一九二〇―）とは、〝ベーム〟の綴りがことなる別人である。

(30) 前掲『ポール・セザンヌ《サント・ヴィクトワール山》』

(31) 同著では、「透明性」は「現代建築の形態の特質を表現する最適な言葉である」（コーリン・ロウ、伊東豊雄＋松永安光訳『マニエリスムと近代建築』（彰国社、一九八一年一〇月）二〇五頁）とされ、透明性には、「物理的または『実』の透明性」と、知覚的または『虚』の透明性」（同上二〇八頁）の二つがあるとされる。そして、キュビストの絵画を見ることで、この二つの透明性の存在が明らかになると論じられている。その流れで、「サント=ヴィクトワール山」の画面の特徴である「正面性、奥行のなさ、空間の省略、光源の限定、物体の前方突出、限られた色彩、斜交および直交グリッド、周辺部を明確にする傾向」（同上二〇九頁）などが、そのままキュビスムの特徴であることがまず指摘されている。

(32) 前掲『セザンヌ』一二四頁

図3-14　「サント＝ヴィクトワール山」（バーゼル美術館蔵／1904-1906）

図3-12　「サント＝ヴィクトワール山」（コートールド美術館蔵／1882年頃）

図3-15　「サント＝ヴィクトワール山」フィラデルフィア美術館蔵／1904-1906）

図3-13　「サント＝ヴィクトワール山」（フィリップス・コレクション蔵／1886-88）

うな抽象的な描き方をするわけにはいかない。むしろ、図3−11のように山を遮るものを描かず、とにかく雄大に山を描いたものや、図3−13のような初期の「サント＝ヴィクトワール山をかなり前方に接近させて、印象深く強調した[33]」ものに近い描かれ方だといえる。

ポール・セザンヌへの想い

立原の「小学校」鳥瞰図とセザンヌの「サント＝ヴィクトワール山」が似ているのは、ただの偶然なのだろうか。それとも、大いなる関心を持って徹底的に観察し、強い影響を受けた結果なのだろうか。これを確かめるには、まずは立原とセザンヌとの接点を整理する必要がある。

口語自由律短歌に勤しんでいた高校生・立原は、一九三一（昭和六）年の秋に詩人・堀辰雄に出会う。以降、堀への兄事を通じて、立原は詩人としての研鑽を深めていくことになる。

詩の師たる堀は立原に、ドイツ語圏の詩人ライナー・マリア・リルケ（一八七五―一九二六）をよく勉強するように、と忠告した。高校卒業間近の一九三三（昭和八）年に立原が残した『「一九三三年ノート」』には、「堀辰雄氏の忠告」と題したページがある。そこには、「Rilkeの詩のよさがわかるやうになること[34]」と記されている。立原は堀の忠告をしっかりと書き留めてこれを良く守り、以降、リルケについての追究を深めてゆく。

リルケは、軍人だった父に陸軍士官学校に入れられるも、これに耐えられず退学し、やがて詩をはじめる。その後、二度ロシアを旅して文筆業に専念することを決意した。結婚し、北ドイツの芸術家村のそばで暮らすものの、単身パリへと飛び出し、ロダンの秘書を務めながら芸術への理解を深めていった。その一方で、パリで都会の孤独を味わい、『マルテの

（33）前掲『セザンヌ』六二頁
（34）『筑摩全集3』「『一九三三年ノート』」、四五九頁

手記』に生きることの困難さを綴った。生涯に多くの書簡を残したことは、立原に通ずるところである。

立原が敬愛したリルケは、セザンヌの没後（一九〇七年五月～一一月）にその絵への感動を綴った「セザンヌ書簡」[35]を遺したことでも知られている。リルケはセザンヌの回顧展を見た際の感動を、彫刻家であった妻クララに連日のように送り続けていた。

二日続けて回顧展を見たリルケは、「セザンヌの力づよい作品は、たちまち僕のこころを容赦なく把えてしまった」とクララに宛てる。[36]さらに翌日には、セザンヌの生涯と仕事について、セザンヌが味わった孤独や屈辱、苦悶に深い共感を抱きながら、詳細にクララへと書き送った。このなかでリルケは、「描かれる対象を自己固有の体験によって不壊のものにまで高めてゆく実現」[37]が、セザンヌの仕事の目標だと述べる。

そして、「セザンヌの描法はまったく普通の方法とちがっている」[38]、「セザンヌは名声をまるで信用しなかった」[39]、「セザンヌは不思議にロダンとおなじ言葉をくりかえしている」[40]、「彼は何でもないものに美のかがやきをあたえた」[41]などと評し、「このような芸術家の生活は僕らに大きなつながりを持っている。一つ一つの部分が僕らとじかにつながっている」[42]と、自らのことのようにセザンヌの仕事に深い共感を抱いていた。

その後もリルケはこの回顧展に何度となく通い、クララへとその感動を綴り続けた。セザンヌの研究者であるゴットフリート・ベームはこの一連の書簡を「現在と将来のセザンヌ解釈者が無視してはならない洞察のいくつかが、そこではじめて示されている」[43]と評価している。リルケは、セザンヌを最も早くに評価した人物だった。

リルケの詩のよさがわかるように、と努めた勤勉な立原が、ただリルケの詩をみていただ

（35）ライナー・マリア・リルケ、大山定一訳『セザンヌ―書簡による近代画論』（人文書院、一九五四年）
（36）前掲『セザンヌ―書簡による近代画論』一九〇七年一〇月七日クララ・リルケ宛書簡、一三六頁
（37）同右、一九〇七年一〇月七日クララ・リルケ宛書簡、一四四頁
（38）同右、一四五頁
（39）同右、一四六頁
（40）同右、一四八頁
（41）同右、一四九頁
（42）同右、一五〇頁
（43）前掲『ポール・セザンヌ《サント・ヴィクトワール山》』一六七頁

けとは思えない。リルケその人にも深い関心を抱き、その仕事の足取りを丁寧に追いかけたにちがいない。それを裏付けるように、立原は「ノート昭和十年二月—十三年十月」に「リルケがロダンを、セザンヌを愛したこと。(44)」と記している。やはり立原は、リルケがセザンヌに感動した事実をも知っていたのだった。

ノートには、この一文が記された日付がある。記されたのは、一九三五(昭和一〇)年三月三一日だった。立原が二年次の課題で「小学校」を描いたのが一九三五年五月頃なので、その直前のことである。しかし、二年次は四月からなので、この三月三一日の時点ではまだ「小学校」の課題は提示されていなかったはずだ。つまり、立原は、「小学校」の課題に取り組む以前に、すでにセザンヌに少なくない関心を抱いていたのである。

さらに、その一年ほど前の一九三四(昭和九)年二月一二日には、一高時代の友人国友則房に宛てて次のように記している。

> 室生犀星とリルケとにだけ、僕は心を打ちこまう！　だが、そのことは同時に、リルケを通して、セザンヌとロダンとヴアレリイとボオドレエルとノヴリスとに、(中略)僕を送るだらう。(45)

これは、堀辰雄の面識を得て、短歌から詩へと創作の対象を変えようとしていた時期に、堀の師でもある室生犀星を知り、堀の忠告に従って、リルケを通じて詩作への研鑽を深める決意を述べたものである。

立原は、「小学校」の鳥瞰図を描く一年以上前から、描く直前まで継続して、リルケの追究

(44)『筑摩全集3』一〇頁
(45)『筑摩全集5』一九三四(昭和九)年二月一二日[月]国友則房宛書簡、七三頁

を通じて、セザンヌについてもよく知ろうと心掛け続けていたにちがいない。

ところで、堀辰雄からの忠告が記された『「一九三三年ノート」』には、この忠告の直後に「堀辰雄氏の持つてゐる本①」についてのメモがある。[46] ここにセザンヌの画集を堀が所持していたことが記録されていた。立原は、堀がセザンヌの画集を持っていることを知っていたのである。おそらく、堀の家に行った際などに、これを見せてもらったこともあったと思われる。

なお、このセザンヌ画集は、後述するように、この五年後に、『四季』の同人・神保光太郎の結婚祝いに送られることとなる。それに際して堀は立原に、「セザンヌの画集、ちよつと手離したくないが、神保君が喜んでくれるなら贈つてもいいな。まあ、金は十円でも十五円でも好いよ。僕は装幀を引きうける[47]」と書き送っており、堀が大切にしていた本であることがよくわかる。

一方で、堀と出会うよりも以前の一九二九（昭和四）年一〇月〜一一月頃に中学三年生の立原がつくった短歌に、「セザンヌが塗りつける絵の具がほのかににほふ　秋のアトリエだ[48]」と表現されたものがある。その他にも、一九三一（昭和六）年七月末の御岳滞在中の書簡に、自身の描いた絵について、「（セザニズムの悪い糟粕です）」との記述がある。[49]

つまり、立原は、堀に面識を得る一九三一（昭和六）年の秋頃より以前に、すでにセザンヌを知っていたのだった。

短歌に描かれる「セザンヌが塗りつける絵の具」とは、立原がセザンヌに扮して山の絵を描いていたことを喩えたものかもしれない。一九二九（昭和四）年当時の立原は、まだ浅間山を知らない。この頃に山を描くとすれば、それは高校時代にたびたび避暑に訪れていた

(46)　前掲「［一九三三年ノート］」四六〇頁
(47)　『堀辰雄全集第９巻書簡』（角川書店、一九六六年五月）一九三八（昭和一三）年二月六日［日］立原道造宛書簡、一二七頁
(48)　『筑摩全集３』「自選 両国閑吟集 祥彦第二集」四〇四頁
(49)　『筑摩全集５』一九三一（昭和六）年七月末（推定）名宛人不明）二七頁

御岳山であったはずだ。前述のとおり、一九三一年の御岳滞在中の手紙では、はっきりとセザンヌを真似て絵を描いたことが告白されていた。御岳滞在中に描いた絵といえば、図3-1に示したようなパステル画だ。つまり、数多い御岳山の山なみを描いたパステル画のうちのどれかが、「セザニズムの悪い糟粕」であったということだ。

立原は、パステルで御岳山を何度も繰り返し描いていた。そういえば、セザンヌも「サント=ヴィクトワール山」を何度も描いていた。この繰り返し描くという行為も、「サント=ヴィクトワール山」を意識してのことだったのかもしれない。

さて、「小学校」から三年後の一九三八（昭和一三）年八月半ば、立原は、大学を卒業して建築設計事務所に就職したものの、日々の激務に苦痛を感じて休職し、「小学校」の舞台でもある心の故郷・追分で心身を療養中であった。この追分滞在中、立原は親友の杉浦明平に次のように手紙を宛てていた。

> こちらで、油絵を二枚描いた。セザンヌのやうに！　その絵は　たいへんきれいで、いつはりに似て、しやれてゐる。僕の心のくらさを支へるやうに、明るい。すすきがも穂を出し、秋花が　あちらこちらの風景をいろどつてゐる。[50]

友が次々と戦地にやられ、都会の「硝子の牢屋」での仕事に心身ともに疲弊していた立原は、「心のくらさ」を癒すため、世俗の喧騒から隔離された理想郷たる追分へと逃避し、そののどかな田園風景を堪能するべく絵筆をとった。そして、必死にリルケとその周辺を追究

(50)『筑摩全集5』一九三八（昭和一三）年八月二二日［月］杉浦明平宛書簡、四二〇頁

していた、詩人として駆け出したばかりの充実した日々を想い起こすかのように、「セザンヌのやうに」油絵を描いたのだった。この時に参照した「セザンヌの絵」もまた、「サント＝ヴィクトワール山」の絵だったのではないだろうか。

この油絵を描く半年ほど前、先述の神保光太郎の結婚祝いに際して立原は「堀さん所蔵のセザンヌ画集　もしお気に入りのやうでしたら　堀さんはさし上げてもかまはないといつてをられます[51]」と神保に手紙を宛てていた。この頃には、親しい文学者らとの間でもセザンヌが話題になっていたのだ。立原は、「小学校」鳥瞰図の制作以降も継続してセザンヌへの想いを抱き続けていた。

『白樺』のセザンヌ

立原が、セザンヌの「サント＝ヴィクトワール山」の絵を強く意識していたであろうことが、だんだんと明らかになってきた。それでは、立原はどうやって「サント＝ヴィクトワール山」を知ったのだろうか。これを確かめるために、そもそもセザンヌが日本でどのように受容されたのかについてまず触れておきたい。

日本における最初期のセザンヌ紹介は、文芸雑誌『白樺』上で画家の有島生馬によって実現されていた。『白樺』は、武者小路実篤、志賀直哉、有島武郎などの文芸家と、有島生馬、柳宗悦らの画家、思想家が同人となって、明治末期の一九一〇（明治四三）年四月に創刊された。その後、関東大震災直前の一九二三（大正一二）年八月に廃刊されるまでの一四年間に全一六〇号が発刊された。小説や評論などの文学のみならず、絵画や彫刻などの美術作品を挿入するなど、最新の文学と美術とを同時に紹介することで、大正期の文化を牽引する役

（51）『筑摩全集5』一九三八（昭和一三）二月一二日［土］神保光太郎宛書簡、三七九頁

割を担った。

日本でセザンヌが知られる経緯については、杉田真珠の論文「日本におけるセザンヌ紹介」に詳しい。杉田によれば、有島生馬のセザンヌ紹介を口火に、各雑誌の紹介、セザンヌ研究、セザンヌ風の画風が盛んになったことから「『白樺』においての生馬のセザンヌ紹介が、日本で最初のものと言ってもいいかもしれない」[52]とのことである。

一方で、それ以前に、島崎藤村が『早稲田文學』第三七号（一九〇八（明治四一）年一二月）に文章によって、田山花袋が『文章世界』新年号（一九〇九（明治四二）年）で図版をそれぞれ紹介していたことが述べられている。しかし、杉田は、これらの紹介ではセザンヌが広く世に周知されなかったと指摘する。また、セザンヌの原画は、白樺派による一九二一（大正一〇）年の展示会に於いて初めて日本に持ち込まれたことにも触れられている。

いずれにしても、立原が生まれたのは一九一四（大正三）年であるので、物心つく頃にはすでに白樺派が盛んにセザンヌを紹介していたということになる。立原は、もっとも本格的なセザンヌ紹介媒体であった雑誌『白樺』を通じて、セザンヌについて学んでいた可能性が高い。

ところで、立原が歿した一九三九（昭和一四）年の六月二日、立原を偲んでその蔵書を友人、知人に売り分かつ「故立原道造蔵書陳列会」が催された。この時の出展目録を眺めてみると、立原所蔵の『白樺』が五冊出品されていたことが記されている。[53]つまり、立原は、生前に『白樺』を少なくとも五冊は所有していたのである。具体的にどの巻号のものを所持していたかは明らかでないが、詩人として活動し、美術を愛好した立原は、『白樺』の多くの号に接していたにちがいない。この五冊は、そのうち、とくに手元においておきたくて購入したものだっ

（52）杉田真珠「日本におけるセザンヌ紹介」、『成城美学美術史』第二号（成城大学、一九九四年一二）八五―九七頁

（53）『筑摩全集5』七四〇頁

たと考えられる。もしかしたら、このなかにセザンヌが掲載された巻号のものも含まれていたかもしれない。

『白樺』に掲載されたセザンヌの絵画を数え上げてみたところ、通算二六号に亘って八一点あることが確認できた。そのうちの三点はカラーでの掲載だった。また、絵画だけでなく、有島生馬によるセザンヌの紹介[54]と評論[55]、エミール・ベルナールによる『回想のセザンヌ』の訳出[56]など、文章によってもセザンヌがたびたび取り上げられている。

パリに留学した有島は、当初セザンヌについてはほとんど知らず、その絵を見ても稚拙としか思わなかったという。しかし、留学中の一九〇七年にちょうど開かれていたセザンヌの回顧展を見るなり、「自分の心に嘗てなかつた芸園を耕作する新道を見出したと思はれた[57]」と、その新しさに大いに感動した。

そして、「世間も早や此鬼才を認める時運になつて居た[58]」とも述べていることから、おそらく、この時に自らが受けたセザンヌの衝撃は自分だけが感じたものではないと思い至り、これをいちはやく日本にも紹介せねばとの思いが高じたのだろう。その想いの強さから帰国後すぐに『白樺』に評伝を書き、これによって『白樺』同人にこの作家が重要であるとみなされ、その結果、セザンヌの絵が紹介された号数は、全作家中二番目に多いものとなった。

『白樺』第一一巻一二号（一九二〇（大正九）年一二月発行）には、図3-13に示した、一八八五〜八七年頃に描かれたフィリップス・コレクション蔵の「サント＝ヴィクトワール山」が「ヴィクトアル山」として紹介されている。『白樺』は日本で最初にセザンヌを紹介した媒体だった。ということは、この「ヴィクトアル山」が、日本で最初に紹介された「サント＝ヴィクトワー

(54)　有島生馬「画家ポール・セザンヌ」複製版『白樺』第一巻第二号（一九一〇年五月）、八一―二三頁

(55)　有島生馬「画家ポール・セザンヌ（評論）」複製版『白樺』第一巻第三号（一九一〇年六月）、二九―四三頁

(56)　『回想のセザンヌ』は有島生馬の訳出によって『白樺』第四巻一一、一二号、第五巻第一、二、五号に連載され、一九二〇（大正九）年にこれらをまとめたものが叢文閣から刊行された。

(57)　前掲「画家ポール・セザンヌ」複製版『白樺』第一巻第二号、八頁

(58)　(57)に同じ

ル山」であったということだ。

『白樺』を愛読し、所有していた立原は、おそらく、この「ヴィクトアル山」も見たことがあったにちがいない。立原もまた、有島同様にセザンヌに新鮮な感動を覚え、そして、これに触発されて山の絵を描きたい想いが高じていったことだろう。

構図の類似性

これまでの検証から、立原は、セザンヌの「サント＝ヴィクトワール山」を念頭に「小学校」の鳥瞰図を描いていた可能性が濃厚になってきた。これを踏まえて、次に、それぞれの図の描かれ方に着目して、さらに具体的に受けた影響のあとを探っていきたい。

立原が、「小学校」を描くにあたって参照した「サント＝ヴィクトワール山」は、『白樺』に掲載されていた「ヴィクトアル山」であった可能性が高い。この可能性をより追究するべく、「ヴィクトアル山」と「小学校」鳥瞰図とを並べて見比べてみよう。ただし、「ヴィクトアル山」はモノクロでの掲載であったので、モノクロの「小学校」鳥瞰図と比較し、色に関すること以外の図的特徴について検証することとする。

図3－19の「ヴィクトアル山」は、一見しただけでは、「小学校」とはあまり似つかないものである[59]。しかし、このなかの一部を取り出してみると、「小学校」の構図と驚くほどよく似ているのだ。その一部とはもちろん、山岳が描かれた部分である。主題である山岳が描かれた部分に、「小学校」鳥瞰図の画面と相似形の枠を示した（図3－19）。

この枠に囲まれた部分と、「小学校」鳥瞰図とを並べて比較してみよう。すると、とくに類似した点を四つ指摘することができる（図3－20）。

図3-19 『白樺』掲載のヴィクトアル山

（59） これは、フィリップス・コレクション蔵の「サント＝ヴィクトワール山」である。図中枠は著者記入。

（60） 前掲『セザンヌ』六二頁

一つ目の類似点は、描かれた山の形状である。いずれの絵でも、その主題と言ってよい山は、空を横断して描かれている。また、その山なみは両者とも「ヘ」の字と扁平した「M」字が連なった形状となっている。そもそも異なる山を描いているわけだから、山なみは異なる形で描かれるはずだ。しかし、偶然にも、両者とも「ヘ」の字と扁平した「M」字を組み合わせた、よく似た形状をしていたのである。

立原は、「ヴィクトアル山」のこの山なみを一目見て、自身の愛する浅間山とそっくりであることにさぞ驚いたことだろう。しかも、「ヴィクトアル山」にも、山の麓には建築が描かれている。

二つ目は、画面左に、手前の枝葉とも奥の山裾ともどちらとも捉えられる部分があることだ。『白樺』の「ヴィクトアル山」、つまりフィリップス・コレクション蔵の「サント＝ヴィクトワール山」(図3-13)は、比較的早い時期に描かれた「サント＝ヴィクトワール山」である。

前に述べたように、この初期の「サント＝ヴィクトワール山」は、前景と後景を結びつけた表現技法にその特徴がある。セザンヌの画集では、「左側の木の葉は同時に、その後の山の背に当たる部分と区別がつかなくなっている[60]」と解説されている。つまり、「ヴィクトアル山」では、画面左側で前景と後景が結合されて描かれているのである。

このことを意識して「小学校」を見てみると、画面の左側に、山麓の茂みとも手前の樹木とも捉えられる濃く塗り重ねられた部分があることに気が付く。立原は、前景と後景の結合というセザンヌの表現技法までをもよく理解していたにちがいない。

浅間山と小学校との配置関係から、これらを同時にひとつの画面に収めるためには、高い視点が必要になる。しかし、この絵に示されたような、南側から浅間山のすそ野を広く見

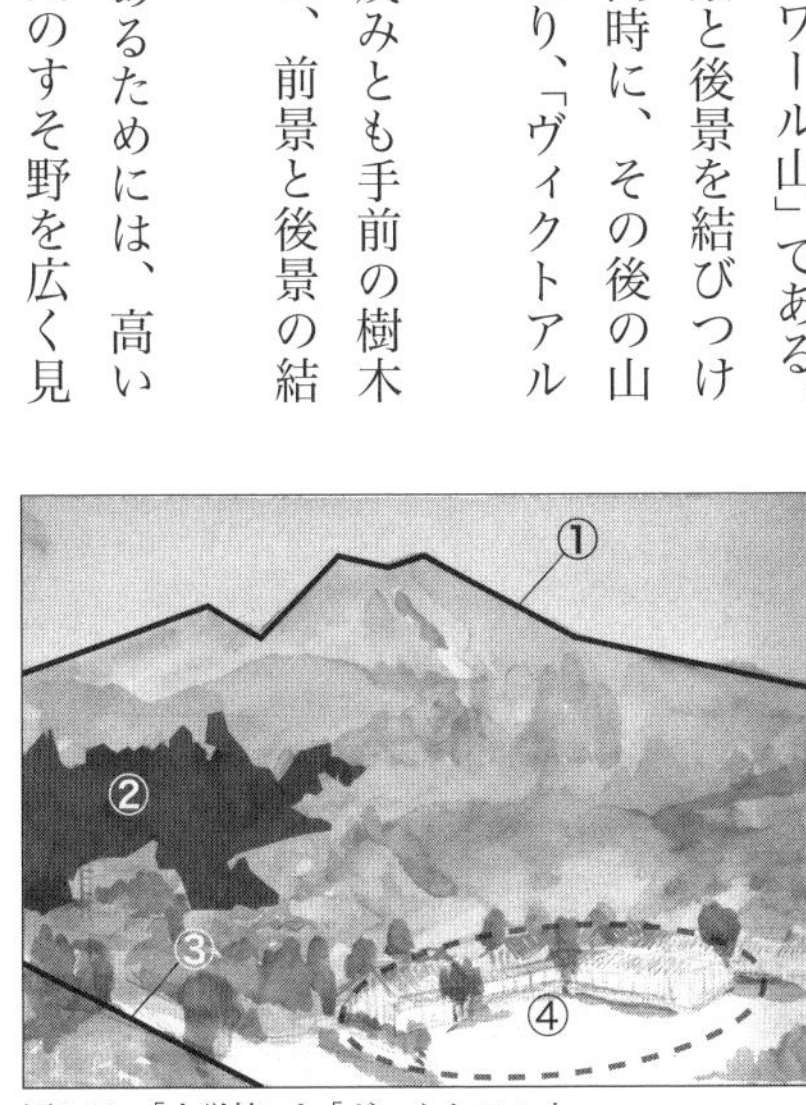

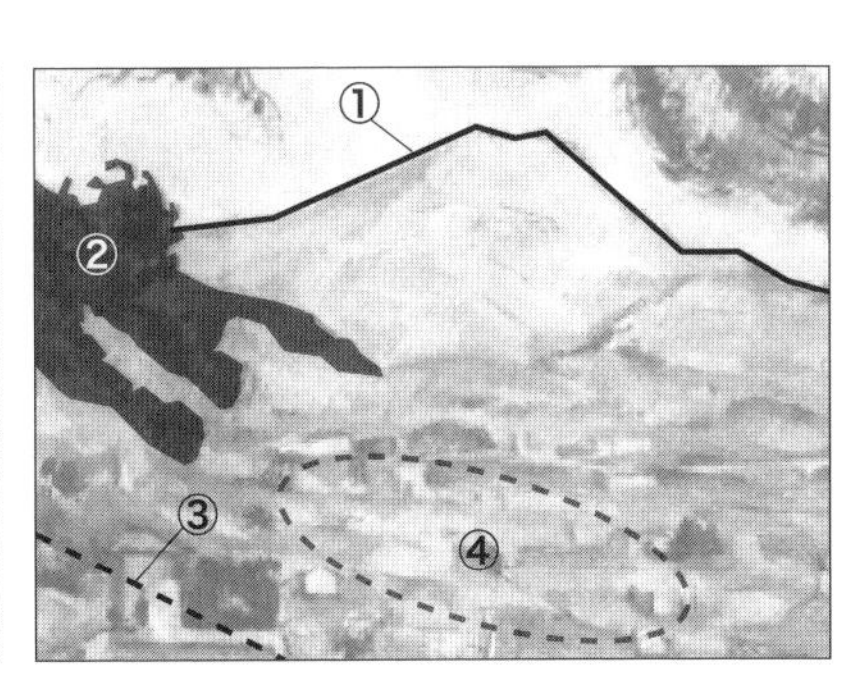

図3-20　「小学校」と「ヴィクトアル山」

下せる高台は実際には存在しない。ということは、この図は、仮想の視点で描かれているということだ。

詩であれば、高く飛翔する鳥の視点から抒情をうたい上げることができる。しかし、課題であっても、建築の設計には現実性が求められていたことだろう。空高く飛ぶ鳥の視点から眺めた図ではリアリティを失うと考えたのだろうか。立原は、まるで樹木の生い繁る高台がそこにあり、そして、そこにしっかり足をつけて、遠くに望む浅間山と小学校を描いたものだと主張しているかのようだ。

立原は、抒情的でありながらリアリティのある構図を得るべく、セザンヌのこの手法を手本としたのではないだろうか。

三つ目の類似点は、道路の描かれ方だ。「小学校」鳥瞰図の画面左に斜めに描かれる道路に着目したい。この道路は、中山道である。「小学校」鳥瞰図に描かれる浅間山の姿は、追分近辺（真南方向）からまっすぐに対面して望んだ山なみのかたちをしている。図3-6の敷地周辺図より、小学校の敷地前面の中山道は、ほぼ東西方向にまっすぐ伸びていることがわかる。つまり、中山道とこの山なみとはほぼ平行に並んでいるのである。そのため、本来ならば、この山なみの姿を背景とする「小学校」の図でも、中山道は画面の横方向に平行に描かれるはずだ。しかし、この図ではなぜか斜め方向に振られているのである。

それでは、図3-19の「ヴィクトアル山」の方も見てみよう。こちらも、山岳に対して街並みの軸が左斜め上方向に向けられている。図3-20右の③に示した破線部分には、道路そのものは描かれていない。しかし、枠の外側までに視野を広げたとき、街並みの軸に沿った道路が、建物の影に隠れてこの位置まで続いていることがわかる。つまり、この破線部分には、道路が暗示されていると捉えられる。

「ヴィクトアル山」の枠部分に着目すれば、「小学校」と同じく、この斜め線がいずれも画面左下のほぼ同じ位置にあることも興味深い。いずれも、山岳に対して軸線が斜めに寄り添わせるように配されることで、山岳が、そのすそ野全体を包み込む大きな存在であることを示しているかのようだ。

最後に、画面のなかにやや薄く塗られた部分があることに注目したい。両者とも、山の麓には塗りの薄い平地部分があるのだ。そして、両者とも、この部分に淡く建築が描かれている。これにより山と麓との境界を明示し、山の存在感をより一層強調する効果が狙われたものと考えられる。

以上のように、立原の「小学校」鳥瞰図と、『白樺』に掲載されたセザンヌの「ヴィクトアル山」には、その構図上、ただの偶然と片づけるわけにはいかない類似点がいくつか挙げられた。やはり立原は、「ヴィクトアル山」を念頭に「小学校」を描いていた可能性が高い。『白樺』の愛読を通じて「ヴィクトアル山」と出会い、パステル画で鍛えた観察力と、短歌で鍛えた本歌取りの作法を存分に生かしながら、これを手本として、「小学校」鳥瞰図が仕上げられたにちがいない。

セザンヌの山を求めて

それでは、なぜ立原はこれほどまでにセザンヌに入れ込んだのだろうか。幸運に恵まれ、器用に短い生涯を駆け抜けた立原道造とは、不遇で不器用で長命だったセザンヌの生き方は似ても似つかない。しかし、両者の感性や行動、芯の強さには、共通するものが感じられる。

セザンヌは、都会で先鋭的な画家らと交わりながらも、苦悶と屈辱に満ちた都会を離れ、田園を創作の拠点とした。そして、新しい表現を貪欲に追い求めるべく山を繰り返し描いた。

立原もまた、都会で近代の新しい建築を学びながら、しかし近代に染まっていない田園風景に魅了され、都会を拠点としながらも、この煩わしさから逃れるように田園へ足繁く通った。そして、独自の感性を煮詰めるべく山を繰り返し描いた。

両者には、近代的な生活を知りながら、しかし近代の体現である都市に染まることなく、田園を拠りどころとして、自然の風景を相手に、そこで新しい表現の可能性を模索したことが共通している。立原がセザンヌに大いなる関心を持ったのは、このような共通点に由来するものだったのではないだろうか。

「小学校」の設計課題に取り組むにあたり、敷地が指定されなかったことを好機に思った立原は、こよなく愛する浅間山麓をその敷地に選びながらも、そこで建築をいかに魅力的なものにできるか悩んだはずだ。とくに、繰り返し山と建築との関係を描いてその構図を検討していたことからも、完成予想図である透視図の描き方には苦慮していたにちがいない。

手描きの透視図は、写真と違って、現実にそこにある姿を忠実に写し出すばかりではない。建築家が、自らの主張を込めて、描きたいものを、描きたいように描くことができる。建築の図であっても、必ずしも建築が主題である必要すらない。実際とは異なる仮想の環境に建築を位置づけることもできる。どのようにその透視図を描くかは、すなわち、どのようにその建築を構想しているかを表明することでもある。

浅間山の雄大な姿をはじめとする追分の風景に魅了された立原は、そこに位置づける建築を、浅間山麓の風景の一部として描いた。建築の物理的な構成だけを主張することは決してしなかった。浅間山麓の風景の一部として建築を考えたとき、では建築とその背景の山の描き方をいかにすべきか、と模索したにちがいない。

親友であった建築家・生田勉は立原を「彼は、一つのことを始めると、ある完璧性をもって、あたかも世に生れる前から、それを知悉し、研究してでもいたかのように、それに練達し、浸透し、そこに時には多少のデフォルマションを持つ、風景ないし像を、明瞭に築き上げて僕たちに示すことが出来た」[61]と評している。

短歌や詩の創作に際して立原は、先人の技法をよく学び、これを徹底的に吸収したうえで、常に作品を作っていた。立原は、「教養をばかにすることが出来るまで教養を積むこと」と自らを戒めていた[62]。建築に取り組むにあたっても、立原のこの徹底的な観察力と、豊かな教養が駆使されたはずだ。

近代の新しい表現を求めながらも、立原は旧き良き浅間山と追分の風景をこよなく愛した。その自然風景の一部となる建築を魅力的に表現するにあたって手本としたのは、かねてより愛し、リルケを介していっそう共感を深めたセザンヌの「サント＝ヴィクトワール山」だったのである。

パステルを手にした立原は、セザンヌのように御岳山を何度も繰り返し描いた。やがて、浅間山と出会って、ここによりセザンヌ的な山の姿を見出した。

「小学校」鳥瞰図の大胆な構図は、ただ追分の豊かな自然と出会えたことへの喜びによってのみもたらされたものではない。このスケッチには、セザンヌの山を追い求めた立原が、

(61)　生田勉「立原道造の建築」『新建築』第一六巻第四号（立原道造追悼特集）（一九四〇年四月）

(62)　『筑摩全集3』立原による手記「［火山灰まで］」一一頁（一九三五年四月初旬の記述）。

ついにその姿を見つけたとの感動が、思う存分塗りつけられていたのだ。

生まれ育った東京の下町にはない山への憧れは、『白樺』での「サント＝ヴィクトワール山」との出会いによって爆発したのだった。立原道造を山に駆り立て、これを描かせ、そしてうたわせたのは、セザンヌだったのである。

第四章

田園を志向した建築観

田園の希求

小径が、林のなかを行つたり来たりしてゐる、
落葉を踏みながら、暮れやすい一日を。[1]

これは、立原の未刊の詩集『日曜日』に所収された「田園詩」という詩である。作られたのは一九三三（昭和八）年五月頃、立原が高校三年生の時である。立原の通った旧制一高は全寮制で、日曜日だけ帰宅を許された。立原は、一九三一（昭和六）年の入学から一年間だけ寮生活をしていた。『日曜日』は、すでに自宅通学者となっていた立原が窮屈な寮生活時代を思い返しつつ、「日曜日ごとに家に戻ることを楽しみとした日々を記念する小詩集[2]」である。立原は、草稿を含めて「田園詩」と題した詩を五度つくった。『日曜日』の「田園詩」は、その最終形態である。「田園詩」には、日常の都市生活のなかでの、自然とのかすかな触れ合いに見出したよろこびのひとときがうたわれている。

これまで見てきたように、立原道造の描いた建築透視図は、添景が豊かに描かれ、なかには主役であるはずの建築よりもその背景であるはずの自然の方が豊かに描かれたものがあった。

手描きの透視図は写真ではない。見せたくないところは樹木で隠してもよいし、描きたくないものは描かなくてよいし、現実の状況とは異なる環境に建築を置いてもよい。建築家自身の手描きの透視図には、設計者の思い描く建築の姿がその思うままに表現されている。

（1）『筑摩全集2』（二〇〇七年三月）三五頁
（2）小山正孝編『立原道造詩集』（弥生書房、一九六七年二月）一七五頁

つまり、建築透視図には、それを描いた建築家の思想が色濃く表れている。建築の外観透視図は、設計した建築と、それを引き立てる添景によって構成される。建築家によっては、まったく添景を描かずに、とにかく自らの設計した建築の物理的な構成美を主張することもあれば、歩く人、座る人、買い物する人など、さまざまな役割の人物を描き入れて、賑わいある使われ方を表現することもある。いずれにしても、国を開いて近代を受容した日本の建築家に求められた役割、とくに帝大生に習得を期待されていたのは、都市を盛り立てる建築をつくることであった。

これに反して、立原の描いた建築透視図の多くは、山と緑に調和した姿こそを建築のあるべき理想としているかのごとく、建築を取り巻く周囲の自然を緻密に描いたものだった。立原は、透視図を通じて、建築は都市を盛り立てる箱ではなく、田園風景を構成するひとつの自然であると主張しているかのようだ。立原の透視図には、「田園」に位置する建築への想いの丈、いわば〝田園的建築観〟とでも呼べるような、そんな観念が滲み出ている。建築をはじめる前につくられた「田園詩」には、立原が〝田園的建築観〟を抱くに至る「田園」への憧れの萌芽を見出すことができる。

では、立原はいつから「田園」を意識するようになっていったのだろうか。前章で詳しく見た「無題［浅間山麓の小学校］」鳥瞰図の大胆な構図にも色濃く表れたような、浅間山麓へ馳せる想い、「田園」への憧れの端緒はどこにあったのだろうか。「田園」をキーワードに立原の建築に対する想いを読み解いていきたい。

何度も書き直された「田園詩」の他にも、立原が書き残したものの中には、「田園」という言葉がしばしば表れる。例えば、『日曜日』より三ヶ月程だけ前の一九三三（昭和八）年一月〜二月頃には、文学を志すにあたって堀辰雄から受けた忠告をノートに書き留めている。そこには、「童話的なものに裏打ちせよ！（裏側に生活がなければいけない。Ferat の絵―最も童話的に見えてそれは彼の田園に支へられてゐる。）（勉強するのはこの点だ！）」と記されていた。[3]

"Ferat"とは、モスクワに生まれパリに移住したキュビスムの画家セルジュ・フェラ（一八八一―一九五八）のことである。フェラは、馬や音楽隊をモチーフとした童話の一場面のような絵をよく描いた。堀から立原への忠告は、描かれたユニークなモチーフを無邪気に愛でるのではなく、美しい情景が描かれる背景には、作者自身の内面に臨場感を伴って「田園」が血肉化されていることにこそしっかりと目を向けよ、ということである。

ここで自問している「勉強するのはこの点だ！」の部分は、単に「裏側に生活がなければいけない」の部分にのみ掛かっているのではなく、それに続いてわざわざ補足されている「田園に支へられてゐる」ことこそを強調している。

なお、堀からの忠告を書き留めた『［一九三三年ノート］』には、この忠告の前に「田園詩」の草稿が書かれている。この草稿が書かれた時期も、堀の忠告を描き留めたのとほぼ同時期の一九三三年の一月〜二月である。さらに、この『［一九三三年ノート］』の忠告や「田園詩」の草稿とほぼ同時期（一九三三年一月）に書かれた物語「夏の死」は、「草を藉いてありしが／山々暗くなりぬ」という三木露風の詩集『幻の田園』の一節の引用からはじまっている。[4] 田園詩の草稿は一九三三年三月〜四月に書かれた『代数ノート』にも認められる。

つまり、堀の忠告を受けた一九三三年の一月頃から『日曜日』がまとめられる五月頃まで

（3）『筑摩全集3』「［一九三三年ノート］」四五九頁

（4）『筑摩全集2』五一六頁

の間を通して、立原は「田園」という言葉をよく用いていた。高校二年の終わりから三年のはじめの頃に、立原は「田園」を作風の芯となる重要な情景として、深く意識しはじめていたのだった。

大学を卒業して、都市の中の「硝子の牢屋」での仕事に辟易していた頃にも、高校時代の友人・奥好宣(よしのり)に宛てて、「花や小鳥が　時間のなかで何をするのか　そして小川はながれ雲は消えてやまないのはなぜか　そのやうな問ひを　僕は考へてゐます〝田園〟といふ音楽をきいた旅のひとときを思ひ出す(5)」と、旅先の村で聞いた、ドメニコ・スカルラッティによる優しげでのどかなトリルが美しいソナタ「田園」を頭のなかで再生させつつ、その音色に追分の田園風景への郷愁を重ねていた。

高校の頃の立原は、都会での寮生活の窮屈さから御岳山麓の自然への小さな逃亡によって「田園」への欲求をわずかばかり解消していた。しかし、大学に入って、東京からの距離を適度に保った浅間山麓の大自然と出会ってしまった立原は、もはや、東京郊外の御岳山麓の自然では満たされず、より強く「田園」を求めるようになってゆく。卒業設計「浅間山麓に位する芸術家コロニイの建築群」の具体的な計画に強くその想いが反映されているように、大学生の頃の立原は、浅間山麓での理想の「田園」ぐらしを夢見ていた。

しかし、現実に卒業後の立原を待ち受けていたのは、「都市」での仕事だった。建築の設計を生業とするならば、都市に勤めるしかない。しかし、勤めてみれば「田園」への想いは募る一方である。スカルラッティを脳内再生していた頃には、立原の「田園」への逃避願望は、最高潮に達していたにちがいない。

詩と建築という、立原のふたつの主な創作活動が活発に展開されたのは、高校の終わりか

(5)『筑摩全集5』一九三七(昭和一二)年四―五月頃(推定)奥好宣宛書簡、三三二―三三三頁

ら大学にかけての頃である。この頃の立原にとっては、都市から田園への逃避願望が創作意欲の源となっていたのではないだろうか。

立原は幼少期より、夏を「田園」にて避暑するのが常だった。年中ずっと「都市」にとどまり続けることには慣れていない。残された書簡を見ても、都市にいる時よりも田園に避暑をしている間の方が、書く頻度が高く、その筆致にも勢いがある。立原にとって非日常である田園ぐらしは、日常の都市生活よりも刺激的で、濃密な時間であったと考えられる。

立原の都市から田園への逃避願望の引き金となったのは、高校での寮生活であり、また、その想いを爆発させたのは、浅間山麓・追分との出会いであった。そして、追分への憧憬の念は、追分初訪直後の設計課題「無題［浅間山麓の小学校］」鳥瞰図に色濃く塗りつけられたのだった。

都会の憂鬱

佐藤春夫（一八九二―一九六四）が一九一九（大正八）年に仕上げた『田園の憂鬱』は、都会の生活から田園へと逃避した物書きの心情を濃密に描いた代表作である。立原は、その晩年の頃（一九三八年一〇月頃）に、この作品の文体について、堀辰雄の抒情的な文体との類似性を述べた評論『［「風立ちぬ」別稿］』を書いていた。[6] 立原が繰り返し描いた自室のラフスケッチにも、「春夫」と示した書棚が大切そうに記されている。[7]

立原は、佐藤春夫とその代表作に、鬱屈した都市から田園へと逃避したいという自身の想いを強く重ねていたのではないだろうか。

しかし、『田園の憂鬱』に描かれるような、むしろ「都会に対するノスタルジヤ」[8] すらも起

（6）『筑摩全集3』三三二頁
（7）『筑摩全集4』一三三頁
（8）佐藤春夫『田園の憂鬱』（新潮文庫、一九五一年）一一〇頁

こすほどに本格的な田園生活に浸かることへの憧れは、当時の都市生活者にとってはそう珍しくはない欲求だったようだ。

社会学者の加藤秀俊（一九三〇―）は、明治〜大正期の都市生活者には、失った「田園」に対する郷愁があったと指摘している。また、その気分を代表するのが、国木田独歩の『武蔵野』（一九〇一）や佐藤春夫の『田園の憂鬱』、そして武者小路実篤や志賀直哉などを中心につくられた雑誌『白樺』（一九一〇年創刊）の同人らの精神であったとする[9]。

明治・大正期、日本にも近代化の波がやってくる。近代化は、人間の仕事を手仕事から事務仕事に変えた。効率を追い求めた結果、人々は、たくさんつくってたくさん使える大都市に集中して住まうことを選択した。

しかし、人の欲とは勝手なもので、都市が自分たちでつくった大量の合理的なもので溢れかえると、今度は、昔はよかった、と言わんばかりに、人の手の加わっていない非合理な田園風景に魅力を感じるものらしい。立原が日常を過ごした東京では、こういった感覚が人々に共有されていた。

「荷車」の絵

立原がどのような環境で日常を過ごしていたのかは、初期のパステル画でそのイメージを確認することができる。

立原の日常を最もよく表した一枚が、口絵にも示した未発表のパステル画「荷車」である（図4-1）。やや判読しづらいが、右下には「1930. Ⅵ. 25」と日付が、左下には同時期の他のパステル画と同様に「MITI・TATI・」と署名が記されているように見える。

図4-1　荷車（1930）

（9）　加藤秀俊「日本の田園文化論の系譜」『田園文化』（熊本県、一九九〇年一一月）参照。

「荷車」の絵は、立原の生家である「立原道造商店」の店先を描いたものだ。「立原道造商店」は、荷造り用の木箱を製作・販売する商売を営んでいた。父を早くに亡くした立原は、五歳で家督を継いだ。店の名前には道造の名前が入っているが、実際に店を切り盛りしたのは、立原の母と職人たちであった。やがて弟・達夫が店を継ぐ。

この絵を描いた当時、立原は一五歳の中学生だった。絵の主題であるこの荷車は、実家の商店で、木箱をつくるのに必要な材料や、組み立てた商品を運ぶために頻繁に使っていたものだと考えられる。実家は下町の問屋街の一角にあったので、実家ばかりでなく、街角のあちこちで荷車が使われていたにちがいない。荷車は、まさに立原の日常を象徴する存在だったのである。

前章で詳述した「無題［浅間山麓の小学校］」鳥瞰図は、田園で過ごした非日常のひとときへの感動を色濃く描いた、立原の理想の風景が示されたものであった。それに対して、この「荷車」のパステル画は、立原が生まれ育った現実の原風景を描いたものだった。荷車の絵と小学校の絵は、立原が都市から田園へと羽ばたいてゆく両極を象徴した、最も対照的な絵であった。

この絵は、立原が中学時代の親しい友人・猪野峻（一九一五―一九八四）に贈ったものである。現在は、峻の子息の建築家・猪野忍が所蔵している。全集にはこの絵は収録されておらず、本書での紹介が初公開である。

猪野峻は、府立三中（現・両国高校）で立原と同級生だった。ともに博物部に所属した縁で仲良くなり、歩いて一〇分ほどの近所に住んでいたことから、お互いの家を訪ね合う気軽な間柄となったという[10]。

三中時代に立原が綴った日記[11]には、猪野峻とともに大川端（隅田川沿岸）や両国の雛市を歩いたこと[12]、一緒に力士に話しかけたこと[13]、「今日は猪野君から乗換切符をもらつた、十枚ぐらゐあつたらう[14]」と、収集に凝っていた乗換切符をもらったことなど、親しく付き合った様子が克明に記録されている。

中学を卒業すると立原は一高に進学するが、そこで今度は、峻の兄・猪野謙二（一九一三―一九九七）と同級となった。

一高を卒業すると、立原と謙二は、それぞれ工学部と文学部で学部は異なるものの、同じく東京帝国大学に進学した。そこで二人は、一高時代からの友人らと共に同人誌『偽画』や『未成年』を創刊するなど、文学仲間としての付き合いを一層深めていった。

「愚弟と立原道造君とは府立三中時代の級友で一緒に関西旅行をしたり、中学校のプールで泳いだりした仲間で僕とはまた違つた意味の親友の一人であつたらしい[15]」と謙二が回想するように、峻と謙二とは同時に立原と交流したのではなく、それぞれ別々に立原と親しく付き合っていた。まだ幼さの残る頃に立原と出会った峻は、近所の親しいざっくばらんな友達として、より成熟してから知り合った謙二とは、互いに目標を共有して切磋琢磨しあう同志として付き合っていたのであろう。

猪野謙二と峻は早くに両親を亡くしていた。謙二が東大生の頃には、二人は日本橋の大川端に近い蠣殻町の伯父の家に住んでいた。東大での同期だった立原がすぐ近所に住んでいたことから、立原が謙二を訪ねてくることも多かったらしい。そこに峻が居合わせたりすると、「僕は君のところに来たのではない、ブルーデル[16]のところに来たのだ[17]」などと皮肉まじ

(10) 毎日新聞一九七八年八月一三日記事「立原道造の絵見つかる」参照。
(11) 『筑摩全集3』「〔一九三〇年　その日その日日記〕」五五四―六一二頁
(12) 前掲日記「一月一四日（火）」五五七頁、「二月一八日（火）」五七一頁、「四月一〇日（木）曇、」五五八頁、「八月一〇日（日）」六一〇頁参照。
(13) 前掲日記「一月一六日（木）」五五九頁参照。
(14) 前掲日記「一月八日（水）晴れ」五五七頁
(15) 猪野謙二「立原追悼」、『四季』立原道造追悼号（四季社、一九三九年五月）五四頁
(16) ドイツ語で「兄弟」
(17) (15)に同じ

りにわざと楽しそうな顔をして猪野兄弟を困らせたりするユーモアがあったことを、謙二が印象深く何度も思い返している。

謙二と立原とがやりとりした手紙も数多く残されている。(18) 猪野謙二はその後文学研究者となる。立原の功績や人柄を後世に伝えた人としても、その果たした役割は大きい。

猪野謙二に贈った椅子

ところで、立原はその死の間際に、猪野謙二の結婚を祝して自身のデザインによる椅子と机をプレゼントしている（図4-2）。この椅子の背板には、ギリシャ神話に登場する美少年ヒュアキントスの伝承に由来した十字の文様が彫られていた。ヒュアキントスは、アポローンと円盤投げに興じていた際に跳ね返った円盤を頭部に受けて死んだとされる。その際に滴る血から生まれたのがヒアシンスの花であると伝えられている。背板に刻まれた末広がりの十字の文様は、このヒアシンスの花形を模したものであった。

十字の文様のある椅子は、立原が自らの小さな週末住宅として計画した「ヒアシンスハウス」のスケッチにも描かれている。このスケッチが描かれたのは、猪野に椅子をプレゼントする半年以上前の一九三八（昭和一三）年二月頃である（図4-3）。

スケッチの椅子にも背板に十字が穿たれており、一見すると、猪野に贈られたものと良く似ている。しかし、背板の十字の先端があまり広がっていないように見えるほか、背板と座面の取り合いの部分のかたちが異なっていたり、脚部に繋ぎがあるなど、細部に違いがみられる。また、机の方も、ともにその脚の先端が二股に分かれた特徴的な形状をしている。

図4-2　猪野謙二に贈られた立原デザインの机と椅子（島本菊子所蔵）

(18) 一方、中学での友人だった猪野峻とやりとりした手紙は残されていない。立原の遺した書簡は、高校に入って以降急激に増えている。中学時代までは、友人との手紙のやり取りはほとんど見当たらない。全集にあるのは、御岳に避暑した際の母とのやりとり、そして、短歌の師であった三中教師の橘宗利とのやりとりがほとんどである。立原が筆まめになるのは、高校で出会った猪野謙二をはじめとする文学仲間から刺激を受けて、日常的に文章を書く習慣がついたからなのかもしれない。

猪野に贈られた机は、スケッチで検討したものが、大胆に進化した結果だったのかもしれない。

つまり、猪野謙二に贈られた椅子と机は、「ヒアシンスハウス」のスケッチをもとに実際に作ってみた試作品だった可能性がある。

なお、盛岡旅行に出ていた立原は、旅先で猪野に「もう机と椅子とを　とりに来てくれたこととおもつたら　うちから　まだ見えられない由、たよりがありました。僕の帰京前にとりにお出で下さいませんか」と宛てている。[19] 猪野謙二の結婚披露宴は、この手紙を宛てた約一ヶ月後の一一月一二日に本郷三丁目の明治製菓にて行われている。[20] 儀礼に従い、婚礼前にこれらを贈るつもりだったのらしいが、しかし、旅行中のため、新郎に自ら取りに来させることとなってしまっている。

この時すでにかなり衰弱していた立原が、自ら日曜大工をしてこの机と椅子をこしらえたとは考えにくい。立原はデザインだけを行って、製作はどこかの工房で行われたと考えるのが自然である。しかし、そうだとすると、製作されたものを猪野家に直接送るのではなく、立原の自宅にとりにきてもらうという点が不自然だ。そもそも、製作されたのが木箱の製造をしていた実家の商店だったという可能性もある。それならば実家に取り置かれていても不思議はない。

この机と椅子は、東大弥生門前にあった立原道造記念館で展示されていた。その後、二〇一一年の記念館の閉館に伴い、猪野謙二の旧宅（現・島本邸）に戻され、今もそこにある。猪野はこの椅子について次のように回想している。

図4-3　ヒアシンスハウスのための家具案

（19）『筑摩全集5』一九三八（昭和一三）年一〇月一九日［水］猪野謙二宛書簡、四五七頁

（20）『筑摩全集5』年譜、七二九頁参照。

これは、多年彼とともに都会の隅々を放浪してゐた僕が昨秋[21]はじめて家といふものを作つたとき、「この上に一つの洋燈を灯しなさい。」といふやうなことを言つて贈つてくれたもので、立原道造が自分で設計して作らせ、しばらくの間彼の屋根裏の部屋に置いてあつたものである[22]

つまり、この椅子は立原が生前に自身の屋根裏部屋で使用していたものだった。これは、猪野謙二へのプレゼントとして新調されたものではどうもなさそうだ。とすれば、やはりこれは、自身の週末住宅「ヒアシンスハウス」で使う試作品として予め作ったものだったのかもしれない。「ヒアシンスハウス」の計画が具体化するなかで、この試作品を本設用に使うつもりはなくなったが、しかし良い出来栄えであったので、まだ新しいうちに親しい友人の門出にこれを譲ろうと思い立ったのかもしれない。

では、これは誰が作ったのか。猪野謙二は後年に、立原の実家の商店を切り盛りした立原の弟・達夫が椅子と机を見せて欲しいと訪ねてきたエピソードを語っている。猪野は、「この時にこの椅子と机を達夫がとても懐かしんでいた事実に触れて、「ことによったらご自分も手がけられたのではないかと思った」と述べている[23]。よそで作られたものならば、猪野に渡すまでの短い期間だけ単に立原家で取り置いていたことになるので、これへの関与が薄い弟が感慨深く懐かしむのはやや不自然だ。

弟が感慨深く思うとすれば、それは作ったか使ったかのいずれかの当事者であった可能性が高い。使ったのだとすれば、予め作った二つの椅子のうちのひとつを、立原が弟に貸していたということになる。作ったのだとすれば、この椅子と机は、実家の商店で製作され

(21) 一九三八(昭和一三)年の秋のこと
(22) 前掲「立原追悼」五五頁
(23) 前掲『僕にとっての同時代文学』八頁

たということだ。実家の商店では、荷箱を製作していた。
しかし、耐久性を考慮すべき荷箱と、使い心地を考慮すべき家具では、製作上の留意点がまるで違うはずなので、家具の専門家でない実家の商店の箱職人が作ったものだとは考えにくい。とはいえ、弟・達夫には、道造が亡くなってずいぶん経った後に、わざわざ猪野邸に足を運んでまで見に行くほどの愛着があったので、単にこれを使っていただけとも思えない。この椅子と机の製作には、立原の弟が個人的に関わっていたのかもしれない[24]。

パステル画の電柱

さて、話題を弟・猪野峻に贈られたパステル画「荷車」(口絵)の方に戻したい。このパステル画の構図に着目してみよう。

絵の主題である荷車は、画面のやや左側に寄って描かれている。この荷車には、後方から降り注ぐ太陽を浴びている様子が、印象派的に繊細なタッチで色彩豊かに描かれている。しかし、ここで問題にしたいのは荷車ではなく、その横に太陽の方向を示すように力強く落とされた電柱の影である。

影は力強くはっきりと描かれている一方、影を落とす電柱本体については、金色に輝く主役の荷車とは対照的に、画面の端にぼんやりと薄暗く突っ立っているばかりである。しかし、大きく領域の取られた地面に力強く描かれた影によって、この電柱の存在感が強められている。荷車を左に寄せて描いたことからも、この電柱の影が、もうひとつの主題として描かれていたことがわかる。

「荷車」のパステル画では、強調された電柱の存在によって、立原が日常を過ごした都会の

(24) 國中治は、この椅子について「立原道造が、自ら机と椅子のセットを設計し、それを実家の木箱職人たちに組み立ててもらって友人猪野謙二の結婚祝いの贈り物にしたことはよく知られている」(國中治「立原道造の椅子・萩原朔太郎の椅子」、『三好達治と立原道造—感受性の森—』(至文堂、二〇〇五年)二九四頁)と述べている。ただし、木箱職人らによって作られたとする根拠は定かでない。

図 4-5　街上比興（1929）

図 4-7　町の風景［2］（1929）

図 4-8　荒廃（1929）

図 4-4　屋根の風景［1］（1929）

図 4-6　交番［1］（1929）

イメージが端的に表現されている。

立原は、中学で絵画部に入った。そして、その後高校を卒業するまでの間に、パステル画を数多く描いた。立原が遺したパステル画には、御岳の山なみや村落など、非日常の田園風景を描いたものが多い。しかし、中学時代の立原のパステル画には、都会の日常を描いたものも少なくない。都会を描いたパステル画を眺めてみると、「荷車」同様に、電柱と張り巡らされた電線とを描いたものが多いことがわかる。

都会の日常を描いたパステル画をいくつか見てみよう。これらはいずれも、「荷車」の前年、立原が一四歳の頃に描いたものである（図4－4～8）。これらの絵では、電柱と電線が、その画面の中央部分に描かれている。電柱が主役であるかのようだ。

とくに、「荒廃」と題された図4－8には、バラック建築の間を縫うようにたくさんの木製の電柱が立ち並んでいる。まるで山林のなかの風景であるかのように描かれている。立原は、電柱とともに都会の注目すべき風景として、関東大震災後の復興バラック建築を選んだ。都会の風景からバラックと電柱を抽出し、この組み合わせによって、都市に対して抱くイメージが強調されているかのようだ。

立原は、都市に対しての拒絶感を抱いていたのだろうか。

中学生のこの頃にはすでに、立原には、田園への逃避願望が芽生えていたのかもしれない。それを示すかのように、都会を描いたパステル画はこれ以降少なくなっていき、御岳山を描いたものばかりとなっていく。大学に入って追分と出会い、御岳と決別すると、ついに立原はパステル画を描かなくなる。そして、建築学生となった立原は、その透視図に、雄大な浅間山とそのすそ野に広がる田園風景を塗りつけてゆくこととなる。

立原道造は、体験した風景を表現せずにはいられない。その方法は、詩であったり、パステル画であったり、透視図であったりした。表現の手段は、言葉と絵の並行によった。言葉で風景の音を奏で、絵で光を顕わにする。両者は、異なる役割をもつものとして大切にされた。

ところで、高校時代までの立原の詩には、「魚」が多く登場する。(25) パステル画でも「二匹の魚」を描いている。また、手づくり詩集『さふらん』には、発行元として「人魚書房」との名称を用いたりもした。(26) この頃の立原は、登下校に際して大川端を歩くなど、水と親しんでいた。川への関心は、中学生の頃にも見出せる。立原の日記には、大川端で水彩画を描いている男をじっと見て、「僕も勇気があり、図々しかったらばパステルであゝやって描くのだが。Oh! Sad!」と記されている。(27) 立原は、パステル画を描いているところを人に見られたくなかったらしい。川沿いには人が行き交い、川面には舟が往来するなど、都会の川には常に人の視線があった。人目を気にせずに風景を描くのならば、大自然のなかの方が好都合である。しかし、この頃の立原は、まだ都会のなかに必死に小さな自然を探していた。

一方、後期の詩には、「鳥」が多くなる。大学生になって、浅間山麓を経験した後の立原の詩「燕の歌」(一九三五年二月)には、「山なみ」、「とほい村」など、その抒情の象徴ともいえる言葉が多く含まれている。(28) 立原がつくった物語「春のごろつき」(一九三六年二月)や「かろやかな翼ある風の歌」(一九三六年九月)などにも、鳥の視点が表現されていた。

鳥の視点を獲得した立原は、空高くから見おろした浅間山の山なみとすそ野のイメージに理想の「田園」を見出した。そして、これを背景とした「無題[浅間山麓の小学校]」鳥瞰図をはじめとする透視図を数多く描いていくのだった。

(25) 一九三二(昭和七)年頃の「流れ」「休暇」「夜曲」など。
(26) 『筑摩全集2』六一五頁には、この詩集の他、いくつもの手づくり詩集の発行元としてこの名称を立原が好んで用いていたことが解題されている。
(27) 『筑摩全集3』「[一九三〇年　その日その日日記]二月七日(金)」五六七頁
(28) 『筑摩全集1』(二〇〇六年一一月)八四頁

「田園」の語感

さて、先に述べたとおり、立原道造が書き残した書簡や日記、詩文の題名などには「田園」がたびたび登場しており、この言葉に対して好ましい感情を持っていたことがわかる。しかし、立原がつくった文学作品そのものの中では、「田園」という言葉はほとんど使われていない。一方で、作品そのものの中には「山」や「村」、「小径」、「叢」などといった、「田園」を構成する具体的な要素を示した言葉が多く使われている。

都市生活者であった立原の日常には、ありのままの「田園」は存在しなかった。その代わりに、通勤や通学の途中で触れた道すがらの水辺や草木や動物にささやかな「田園」を見出していた。

立原は、「田園」という言葉を直接用いることはしていないが、しかし、「田園」に対する憧れを募らせていた。「田園」という言葉を愛しながらも、しかし直接自身の作品に用いなかったことは、どこか遠くの「田園」を想いながらも、今の自分はそれとは対極な場にいるというもどかしさを暗示しているかのようである。立原は、「田園」という言葉にどのようなイメージを持っていたのだろうか。

建築の分野では、「田園」は「都市」を語るときにしばしば引き合いに出される言葉である。建築は人工物なので、建築とインフラが集まってできる人工の環境としての「都市」は、建築の分野では重要な関心の対象である。一方の「田園」は、そもそも「たはた」や「草木の豊かな郊外」[(29)]など、非人工の環境を表す言葉である。「田園」は本来、「都市」とは対極な環境を表す言葉である。

(29)『日本国語大辞典』電子版（小学館）による。

また、この「田園」と「都市」をくっつけた「田園都市」という言葉も、聞きなれたものである。「田園都市」は、エベネザー・ハワード（一八五〇―一九二八）が一九〇二（明治三五）年に著した『明日の田園都市』によって世界中に知られた。この中でハワードの主張した「田園都市」は、工業化に伴って汚染が懸念される生活環境を改善すべく、産業を営みながらも健康的な生活が送れる、都市と農村の利点を相互に補完した新しい都市の提案であった。

具体的には、人口や面積などを合理的に割り当て、美しい街並みを整備した、職住一体の自給自足経済域を指す。しかし、ハワードの理想とする「田園」は、ありのままの自然ではなく、制御・整備された緑地といった趣が強い。この理想に則った都市計画が、イギリスを中心に世界各地で実践されてゆく。

ハワードの「田園都市」はその後、日本にも浸透する。まず、一九〇七（明治四〇）年に刊行された内務省地方局有志編纂の『田園都市』の中でハワードの「田園都市」が紹介され、これにより日本国内にも「田園都市」構想が知られるようになる。[30] その後、ハワードの理想を受けて日本にも実際に「田園都市」がつくられた。

その最初期のものは、実業家・渋沢栄一（一八四〇―一九三一）らが一九一八（大正七）年に設立した田園都市株式会社によって計画された。田園都市株式会社は、後の田園調布などの、都心から近く交通の便の良い、緑地の整備された高級ベッドタウンの先駆けをつくった。ここでも「田園」は、都市のなかの整備された緑地という実態を伴った。

ところで、立原は、一九三四（昭和九）年の夏、東京帝国大学で行われた建築家ブルーノ・タウト（一八八〇―一九三八）の連続講演を聞いている。この時立原は一年生だった。この連続講演について、立原は細かくノートをとっていた。その最終回のテーマは都市

(30) E・ハワード、長素連訳『明日の田園都市』（鹿島出版会、一九六八年七月）二七四頁参照。

計画についてであった。最終回を聞いた立原は、「英国の田園都市協会」が母体となって「INTERNATIONAL 都市計画協会」が一九二〇年に発足し、「かくて――国際的になる！（改行）従って 社会的．政治的の意味を持つ。（改行）［それがひきおこす国際的の障害］」と書き留めていた。(31)

　これがそもそもただの書きとりなのか、立原の考察を加えた記述なのかは不明だが、少なくともこのときに立原は、「英国の田園都市協会」なるものの存在を知っていた。この「田園都市協会」こそ、ハワードが「田園都市」の実現のために創設したものであった。(32)つまり、立原はハワードの田園都市構想について、大学入学の直後にはすでに少なからず知っていたのである。それにしても、最後の「［それがひきおこす国際的の障害］」とは一体何を思って書き留めたものなのか興味深い。

　少し時を戻した一九三一年の夏、高校生だった立原道造は、例によって御岳に避暑していた。その時にしたためられた手紙には、「隣家の新築の二階屋に田園調布の小学校の六年生たちが受験準備に来てます。彼らは、快活で、健康で、明朗で、よくさはぎすぎます！」と書かれている。(33)

　この手紙には、これに続いて、静かに山を描いて過ごす自らとは対照的に、隣で賑やかに過ごす田園調布の小学生たちの様子や、そのうちの少女に初恋の女性を重ねた切ない想いを表現した「林間学校児童」と題する口語自由律短歌が載っている。この短歌にうたわれた情景は、さらに濃密に描き直され、その年の一〇月に一高『校友会雑誌』に立原の処女小説「あいみてののちの」として発表された。この田園調布の児童たちとの関わりは、立原にとって非常に印象的な出来事のひとつだったのである。

(31)『筑摩全集4』一九四頁

(32) 前掲『明日の田園都市』一六頁参照。なお、一八九九年創設の田園都市協会は、一九〇二年発行の『明日の田園都市』よりも早くつくられている。『明日の田園都市』は、一八八八年にハワードが『明日―真の改革にいたる平和な道』というタイトルで刊行した著書にわずかな改訂を加えて出版したものであった（一一頁）。つまり、田園都市協会は、ハワードがその理論を提唱した一年後に作られたものである。

(33)『筑摩全集5』一九三一（昭和六）年七月末（推定）名宛人不明書簡、一七頁

立原は、この児童たちの田園調布での暮らしぶりにも想いを馳せていたことだろう。しかし、この時にはまだ、建築に進もうなどとは思ってはいなかった。なお、物語「あいみてののちの」では、立原自身をモチーフとした主人公に、佐藤春夫の『田園の憂鬱』の続編『都会の憂鬱』を読ませていた[34]。

「あいみてののちの」は、少女への想いが主題として描かれているが、その裏には、小さな自然を見出すのが精いっぱいであった都会ぐらしに鬱屈して静かな大自然を求めて奥多摩にやって来たのに、ここへ来てまで、自身の日常環境よりもさらに制御された新興の都会・田園調布の匂いを嗅がされる羽目になったことへの戸惑いも含まれているかのようだ。立原にとっても田園調布（田園都市）は、田園の名を借りた都会として認識されていたと考えられる。

さて、ハワードの「田園都市」が日本に浸透し実現される頃、建築家のなかにも、かつてのように国家の存立にかかわる大きな建物を手掛けるだけでなく、個人の住まいを中心に建築を考えようとする者が出てきた。建築家でありながら、詩や絵画、陶芸などにも精通した生活文化の追究者・西村伊作（一八八四―一九六三）は、そのひとりである。西村は、その著書『田園小住家』（一九二一年発行）の序文で、次のように述べている。

この書は田園都市に建つ可き小さい住家の設計略図と其の説明とを集めたものです。
（中略）
田園都市と云ふよりも、ガーデンシチーと云ふ方が其の意味を明らかにしますが、そのガーデンシチーは自然と親しむ文明人の生活と云ふことと、健康と便利と親しみあ

（34）『筑摩全集1』三〇五頁

る社交とを、民衆的に享楽し得るやうに、文化的、人道的の考から起つたものと見てよいと思ひます。

今迄に出来た外国の田園の都市は、或は工場の社会政策のため、或は土地建物経営者が営利のために、ガーデンシチーの名を用ひたのもあるでせうが、それにしても民衆の文化的幸福を思はせるものであるやうです。

家と家とが密接して居らず、一つの家庭が一つの独立した家屋を有ち、十分の光線と空気とを受入れ、周囲に樹木ある美しい庭園を有し、隣家と平和は（ママ）交際をたもち、簡素な生活をすると云ふ村落の有する自然の恵みを十分に得られ、而も水道とか瓦斯、電気、または日用品の便利な供給などに於て郡市に譲らぬ幸福を得られる、さう云ふ理想に依つて田園都市なるものが作らる可きものと思ひます。(35)

つまり、西村は、ハワードの提唱した「ガーデンシチー」は、工場で働く人々が健康で文化的に暮らせて、またそういった環境を提供する事業者にも合理的に利益が見込めるように整備された政策的な概念に過ぎないが、しかし、土地の広い外国で実現した田園都市を見てみると、自然と人工物とが共存した豊かな環境がちゃんとできているので、日本もこの点を見習うべきだ、といった意思を持った建築家だったのである。

なお、この著書の刊行された一九二一（大正一〇）年に西村は、国の学校令によらず自由に文化・芸術を教授するユニークな学校として名高い文化学院を創設する。文化学院の創設には、大学時代に立原が教えを受けた画家の石井柏亭も関わっていた。また、立原の敬愛した佐藤春夫がここで文学部長を務めた。文化学院には、立原の縁が感じられる。

（35）内田青藏編『住宅建築文献集成 第一巻、西村伊作『楽しき住家』『田園小住家』』（柏書房、二〇〇九年一二月）三七一―三七三頁

立原の希求した「田園」は、「田園都市」に代表されるような、都市に付帯する計画された緑、地ではない。むしろ、西村伊作のいうような、「都市に譲らぬ幸福を得られる」、「村落の有する自然の恵み」に通ずる、人為の加わっていない山、川、草木等の広がるありのままの自然環境を指す言葉であったと考えられる。立原の抱いた〝田園的建築観〟は、西村伊作の理想とする住宅の在り方に通ずるものだった。

引用された二人の建築家

立原が書き残したものは、夭折にもかかわらず数多い。しかし、建築についての文章は、ほとんどない。一章でも取り上げた、発表未遂に終わった随想「建築衛生学と建築装飾意匠に就ての小さい感想」(推定一九三六年)、木葉会(東京帝国大学建築学科同窓会)発行の機関誌『建築』再刊第一号に寄せた随想「住宅・エッセイ」(一九三六年七月)、そして、卒業論文「方法論」(一九三六年一二月)の三点のみである。未発表の「建築衛生学と建築装飾意匠に就ての小さい感想」を除けば、発表されたものとしては、二点のみだ。

立原にとって建築は、〝書く〟ものではなく〝描く〟ものであった、とも言えそうだが、実際には、建築に関わる時間が短く、文学ほどに発表の場もなかったために、語る機会に恵まれなかったとみる方が現実的だろうか。

この数少ないもののうち、とくに「住宅・エッセイ」は、立原の「田園」への憧憬に関係がありそうだ。この文章を、立原が「田園」をいかに意識していたか、という観点から改めて見直してみたい。

「住宅・エッセイ」では、まず建築を「住居建築」、「公共建築、或は記念建築」、「産業建築」

の三つに分類し、その中でも最も人間の生活に切実に密着する「住居建築」を取り上げる。次に「住居建築」、つまり住宅から、平面計画や形態などの機能主義的な側面を一切取り払い、そこで行われる家常茶飯の暮らしにのみ着目している。

そして、文学では、家常茶飯の人生に触れて描かれるジャンルはエッセイである、と述べる。人生をひとつの中空のボールだとすると（という例え自体が実に立原らしいが）、ボールの表面が住宅で、その裏の内側の表皮がエッセイであると語り、両者の本質的な精神の一致性を主張している。

「住宅・エッセイ」は短い文章であるが、そのなかに二か所、引用を載せた箇所がある。はじめの引用部分は堀口捨己について、もうひとつはフランク・ロイド・ライトについて、つまり、いずれも建築家に関わるものである。このふたつの引用を中心に立原は、中空のボールの内と外の関係を具体的に論証しようと試みる。

住宅の側からエッセイを考えるにあたって、立原は、「建築家にしてエッセイイストとして名のある人を考へれば、つねにすぐれた住宅のデザイナアである」[36]とする持論をまず語る。そして、大正初期の短歌は韻文的性質を崩してエッセイに近い性格を帯びた表現がなされていたことを断ったうえで、歌人でもあった若き日の堀口捨己の短歌を三首引用する。

三首の全文は以下の通りである。

烏口の穂尖に思ひひそめては磨ぐ日静かに雪は降りけり

教室の窓近く見ゆる松の葉の細かき松葉の光れば嘆かゆ

（36）『筑摩全集4』二〇二頁

かぎろひの外面（とのも）の反射の忍び来る小暗き部屋に数学するも[37]

立原は堀口の短歌を「繊細な美しいエッセイの感覚は、今日のすぐれた住宅の作品に見るそれにほかならぬ[38]」と讃えている。つまり、堀口が、「建築家にしてエッセイイストとして名のある人」の代表格であると挙げているのだ。

堀口捨己（一八九五―一九八四）は、立原の大学の先輩であり、卒業後に立原が師事した石本喜久治の同級生でもあった。石本と堀口は分離派建築会を共に結成した仲間でもあった。引用された三首の短歌はいずれも、堀口が、一九一五（大正四）年に北原白秋が創刊した雑誌『ARS』に投稿したものである。

北原白秋といえば、短歌に勤しんでいた中学時代の立原は、短歌の師であった三中の国語教師・橘宗利に連れられて北原邸を訪問していた。それ以降、立原が白秋を意識した作歌を行ったことで知られるように、北原白秋は立原に少なくない影響を与えた人物だった。

立原が短歌を始めた頃には『ARS』はすでに廃刊となっていた。しかし、師である橘が白秋門下の歌人であったので、立原はどこかで『ARS』に目を通していたと考えられる。堀口は、『ARS』に創刊号から一九二一年の廃刊までの六号に計三一首を投稿していた[39]。『ARS』を通じて立原は、堀口を、建築家としてよりも歌人としてまず先に知っていたのかもしれない。

ところで、さきの堀口の三首はいずれも『ARS』の創刊号に投稿されたものである。この時の堀口は、弱冠二〇歳の旧制第六高等学校の学生であった。その後、東京帝国大学建築学科を卒業後、ヨーロッパ旅行を経て、小出邸（一九二五）、紫烟荘（一九二六）、吉川邸（一九三〇）、岡田邸（一九三三）などの住宅作品を多く手掛ける。立原が「住宅・エッセイ」を発表する

（37）（36）に同じ

（38）（36）に同じ

（39）彰国社編『堀口捨己の「日本」』（彰国社、一九九六年八月）一七頁参照。

一九三六年には、すでに分離派建築会は解散され、不惑を過ぎた堀口は、茶室と庭の研究者としても知られる存在となっていた。

立原は、晩年にあたる一九三八（昭和一三）年に「ティーハウス」と題した建築のスケッチを描いていた（図4-9）。友人の建築家・生田勉らの編纂による全集には、「日本の茶席のように、紅茶など出しながら客を接待するための小亭。ヒヤシンスハウスの庭の一隅に設けるつもりだったのであろうか[40]」と解説されている。

紅茶を出すための場と解説されているように、その端正なプロポーションや半外部状のプランからは、「日本の茶席」（茶室）の形式を正しく踏襲して設えたものとは思えない。しかし、下地窓のような形でありながら両開きとなっている小さな窓や、アプローチ部分の軒裏からまっすぐに下ろされた捨て柱、柿葺きを意識したかのような線が引かれながらもむくりのほとんどない方形屋根、妻面目いっぱいに引かれる障子などの各部に着目すると、茶室の形式を知りつつもわざとこれらを崩して西欧的な意匠となるように試みたのではないかとも思えてくる。

堀口が茶室の研究を本格的に始めた頃、立原はこれを追うかのように、一定の関心を持って茶席のスケッチを描いていたのだった。

建築家としてよりも歌人としての活躍が先であった堀口に、同じく建築よりも短歌を先にはじめた立原は親近感を抱いていたのかもしれない。建築と文学との関係を人物に寄って考えたとき、立原が真っ先に思い浮かべたのは堀口捨己だったのである。

そして今度は逆に、「文学者のうちですぐれたエッセイイストである人たちは、すぐれた住

(40)『角川全集第六巻』六四九頁

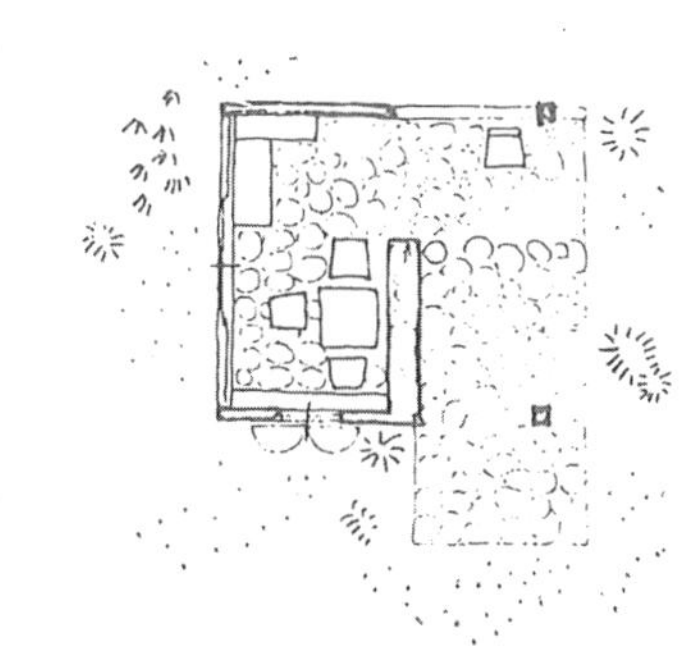

図4-9　ティーハウス（1938）

宅のデザイナアではなかつたか」[41]と、立原はエッセイの側から住宅を考える。しかし、文学者で住宅をデザインしている人物は少ない。この数少ない人物のうち、立原は、室生犀星（一八八九―一九六二）に着目する。

犀星は『犀星随筆』のなかで、自邸について書いている。犀星の自邸は、大森馬込（現・東京都大田区）の文士村にあった。大森馬込の自邸は、犀星自身がその庭と家とを自ら設計したものである。細かな工夫が随所に見られる美しい日本庭園が特徴的な邸宅だ[42]。

立原は、初めて浅間山麓を訪れた際、堀辰雄に連れられて犀星の軽井沢の山荘を訪ね、ここで犀星と知り合った。その後も立原はたびたび犀星の山荘を訪れた。山荘を訪れると、立原は犀星の仕事が終わるまで昼寝をしたり、互いに「わあ」といって驚かす瞬間を探りあったりして過ごした。歳は離れているものの、立原と犀星は気心の知れた間柄として付き合っていた[43]。

立原は犀星の東京の自邸にもたびたび訪れていた。犀星が軽井沢にいっている間に数日留守番をしたり、そこから仕事に向かうなど、犀星の家を別荘のように利用していた。ここでの暮らしを立原は次のように綴っている。

> 僕は　大森の室生さんのところで　留守番のやうにして田園に近い夜々をくらしてゐます　みみずが鳴いたり蚊がゐたり　月の光が松の梢を洩れたり　するのを　不思議な気持で見てゐます[44]

犀星の自邸の庭に、都会のなかの小さな田園の粋を見出し、これに癒しを求めて通って

（41）『筑摩全集4』二〇二頁
（42）室生犀星の自邸と庭に関する空間的な位置づけについては、市川秀和「室生犀星における〝終の住まいと庭〟」（『室生犀星研究』第三二号、五〇九六―五一〇七頁、二〇〇九年一一月）に詳しい。
（43）室生犀星『我が愛する詩人の伝記』（中央公論社、一九五八年一二月）一〇七頁参照。
（44）『筑摩全集5』一九三七（昭和一二）年七月一二日［木］神保光太郎宛書簡、三三八頁

いたのかもしれない。

しかし、立原が「住宅・エッセイ」で引用するのはこの犀星の自邸に関する文章ではない。同じく『犀星随筆』に収められた「ライトといふ人」という短い文章である。これを立原は全文引用している。

この文章ではフランク・ロイド・ライト（一八六七―一九五九）が設計した帝国ホテル（一九二三年竣工）での大谷石の巧みな使われ方が述べられている。犀星は、この独創的な使い方を考えたライトの偉大さにまず触れる。そして、ライトは確かに偉いが、しかし、結果としての美しさは作者であるライトが予期していた以上のものであろうと絶賛する。そのうえで、建築はそれができ上がった後にこそしっかりとよく観察することで、作者の狙い以上の思いがけない美しさに気付かされることがあるものだ、そしてそれは小説なども同じである、といった趣旨の内容が述べられている。

立原は、「ライトといふ人」の文章を、気魄ある芸術人の高邁な精神が反映されたエッセイであると讃えている。それは、もちろん犀星の美しい精神それ自体を讃えているのであるが、しかし、それと同時に、犀星が讃えたライトの高邁な精神をも讃えたものでもあると考えられる。

ところで、立原の一高時代からの親友であり、一級後輩として建築学科に在籍した生田勉は、「ぼくらのころはどちらかというと、ライトはほとんどみんなわからなかった。そのころ『アーキテクチュラル・フォーラム』でライトの特集Ｉというのが出たけれど、だれひとりそれを買う人はなかった[45]」とその学生時代を振り返っている。

（45）前掲『建築の一九三〇年代―系譜と脈絡』生田勉対談四三頁

この特集とは、アメリカの建築雑誌『アーキテクチュラル・フォーラム』の一九三八年一月号のことであろう。立原の「住宅・エッセイ」はこの特集号よりも前に書かれていた。当時の建築学生のほとんどがライトに無関心であったなかで、むしろ、そもそも建築側からライトに関心を抱くきっかけとなるはずの雑誌が出回る以前に、立原は、ライトに関する文章を引用していたのだった。立原は、建築の勉強をする過程でライトに関心をもったのではなく、自身の尊敬する文学者・室生犀星が関心を持った人物として、文学に親しむ立場からのアプローチでライトに強く惹かれていったのだった。

このように、「住宅・エッセイ」は、堀口捨己とライトという二人の建築家に対する立原のひとかたならぬ関心、共感がにじみ出た評論だった。その関心はいずれも、建築を学ぶ過程で抱いたものではなく、文学者としての半身を持っていた立原だからこそ抱けたものだった。

なお、「住宅・エッセイ」の文末には、「次の機会を待つて、この文章は書きなほされるであらう」[46]と記されている。向学心の旺盛な立原は、この文章を書いてみたことで、住宅とエッセイとの関係についてだけでなく、この二人の建築家についてもさらなる想いを巡らせたいと欲したにちがいない。立原は、この二人の人物の建築家としての側面が生み出した成果、つまり建築作品についても深い関心を抱いたはずだ。では、二人の建築作品は、立原の作風や表現や建築観にどのような影響を及ぼしただろうか。

堀口捨己への共感

堀口捨己の初期の代表作に「紫烟荘（しえんそう）」（一九二六）という住宅がある（図4-10）。この住宅を

(46)『筑摩全集4』二〇五頁

紹介した作品集『紫烟荘図集』に堀口は、「建築の非都市的なものについて」という小論を入れている。このなかで堀口は、「田園」という語を何度も繰り返し用いて、都市生活への警鐘を鳴らす。この論考は、堀口がヨーロッパ旅行から帰国し、日本の伝統美に開眼した頃に著されたものである。(47) 堀口はその後、庭を重視した空間構成を大切にするようになる。

この論考には、建築を単に物理的なものと考えず、庭との共存によって田園的な環境を取り戻そうとした堀口の理念が反映されている。この理念は、「無題［浅間山麓の小学校］」鳥瞰図に表現された、立原の建築と自然との調和を意識した建築観に通ずるところがある。

この小論を発表してからしばらくの後、堀口は、自然と調和した建築をいくつか描いている。その代表例のひとつが、山中湖畔の傾斜地の松林に建てられた別荘建築「聴禽寮（ちょうきんりょう）」（一九三七）の透視図である（図4-11）。

「聴禽寮」は、山間に存在する山荘であるために、建築の周囲に樹木が緻密に描き込まれている。しかし、これらは、葉の部分がほとんどない枝振りのみの樹木として描かれており、建築自体が過度に覆われすぎないように工夫されている。一方で、少ない線で抽象的に建築の形が描かれているのに対して、周囲の落葉樹は多くの線を用いて緻密に描かれている。単に冬枯れの様子を示しているだけでなく、取り囲む自然を強く意識しながら建築の佇まいを示したいとの想いが抱かれていたかのようだ。

一方で、背後の山に対する意識は立原ほどにはみられない。「聴禽寮」では、上部に二本の交錯する稜線だけで山の存在が軽く示されるのみである。堀口にとっては遠くの山よりも、建築と近くの自然との関係が大切だったようである。

「聴禽寮」よりも以前に描かれた「吉川邸」計画案（一九三〇）を見てみよう（図4-12）。「吉川

図4-10　「紫烟荘」（1926）

(47)　堀口捨己『堀口捨己作品・家と庭の空間構成』（鹿島研究所出版会、一九七四年一月）一一二―一二〇頁参照。

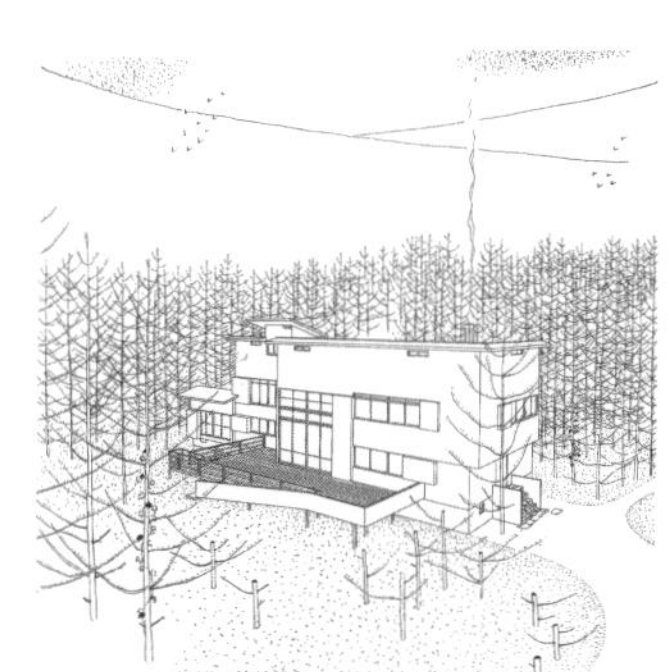

図4-11　「聴禽寮」（1937）

邸」計画案の図は、手前に樹木、その次に整えられた庭、一番奥に建築と、奥へ行くほど人工的なものが描かれた構図となっている。手前の密度の高い樹木が建築の一部を覆い隠していることから、建築そのものの外観よりも、建築の前面に広がる庭の存在を強調して描いたものだといえる。

「吉川邸」に見られるような、奥に小さく描かれる建築に比べて面的に塗られた草木が大きな存在感を示した構図は、ここではじめて試みられたわけではない。遡ること「建築の非都市的なものについて」よりも以前、まだ学生だった頃の堀口が分離派建築会の作品展に出展した「ある住宅への一つの草案」(一九二〇)にもすでに同様の表現が見受けられる(図4-13)。つまり、「建築の非都市的なものについて」よりも以前、そしてヨーロッパを放浪する以前から堀口には、どこか建築を「田園」のなかに位置づけたいという意識が潜在的にあったものと思われる。「吉川邸」と「ある住宅への一つの草案」の屋根がともに、紫烟荘で実現された茅葺屋根を思わせる、どこか牧歌的な趣のあるよく似た形状をしている点も興味深い。

「聴禽寮」とほぼ同じ時期に描かれた西宮の「山川邸」(一九三八)も、建築は画面の中心からやや左に外れた位置に描かれ、周囲の松林と住宅とを橋渡しする庭の存在を強調して描かれている(図4-14)。

これら四つはいずれも庭から建築をみた構図で描かれていた。さらに、樹木の描かれ方も四つともそれぞれ異なっている。樹種を具体的に想定し、忠実に描かれていることがわかる。つまり堀口の透視図では、建築の周辺に存在する自然要素が、単なる添景ではなく、建築と対等なほどの重要度で描かれるべき対象とみなされているのである。

一方の立原の「無題[浅間山麓の小学校]」の透視図(口絵)を再度観察すると、こちらは建

図4-12　「吉川邸」計画案(1930)

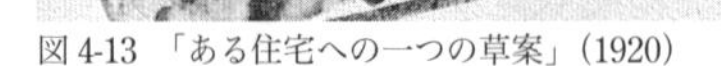

図4-13　「ある住宅への一つの草案」(1920)

築には着彩は施されず、淡く弱い線で描かれるのに対し、背景の山岳は忠実な山なみと豊かな色彩によって描きこまれていることがわかる。立原の透視図に描かれた建築と自然との関係には、堀口がその透視図で、自然要素を建築自体以上に綿密に描いた態度との共通点が見出せる。

立原や堀口は、建築はただ建物だけありさえすればそれでいいものだ、とは全く考えていなかったはずだ。むしろ、都市を見つめ直し、ありのままの「田園」を希求することでこそ豊かな建築ができると考えていたのではないか。その想いは、言葉よりも図によって強く表されていた。

両者の描いた透視図には、建築よりも、その周囲の自然を豊かに描くことで、建築が自然の中に溶け込み、そして風景となって佇む様子が描かれている。この図面表現には、「田園」を希求した建築家の想いが代弁されている。

図4-14　「山川邸」(1938)

フランク・ロイド・ライトへの関心

フランク・ロイド・ライトは、アメリカの風土に根差した近代建築を七〇年にも亘る長い期間に数多く手掛けた建築家であった。とくに、第一黄金期（一八九三年頃〜一九一〇年頃）と呼ばれる初期の頃に手掛けた膨大な住宅を通して、「プレーリーハウス（草原住宅）」と呼ばれる郊外住宅の新しいスタイルを確立したことで知られる。

「プレーリーハウス」は、内部をあまり間仕切らない、屋根などの建築の水平面を強調する、地下をつくらない、可能な限りひとつの材料を用いる、設備や家具などを建築と調和させる、といった特徴を持つ。すなわち、部品が寄せ集められて作られる機械が世界を支配する近代社会において、機械技術の良いところは取り入れながらも、アメリカのひらけた大地の水平性に呼応するような一体的でのびやかな、親自然的な形と空間を持つ建築をつくることがライトのねらいであった。こういった建築をライトは「有機的建築」と名付けている。

ライトは、建築の機械性を意識しつつも、それでも建築はただの構造物ではなく、人間を取り巻く自然環境のなかの一部であるといった考え方を持っていた建築家だった。ライトの抱いていた建築観には、立原が透視図で示した、建築本位ではない自然を優位に想う建築観に通ずるものが感じられる。

ライトの代表的な建築作品に「落水荘」（一九三六）がある。「落水荘」は、ペンシルバニア州ピッツバーグ郊外の山間に建てられた週末住宅である。滝の見える建築が欲しいというのが施主の意向であったが、ライトはこれを滝の上につくってしまった。浮世絵の収集家としても名高かったライトが、葛飾北斎の「諸国滝廻り」のうちの一図をイメージしてつくったとも言われている。建築自体は、「有機的建築」らしく、水平性の強調された平板が積み重なったような形態と、大地から生えたような荒々しい自然石による外観が特徴的だ。

ライトは、自身の建築作品の緻密で鮮やかな透視図を数多く描いたことでも知られている。この「落水荘」についても、色彩豊かに密度高く描き込まれた透視図がのこされている。

落水荘の透視図（図4－15）では、建築自体は画面の上方に偏って描かれ、画面の中央には、滝の流れる様子が大きく主題のように描かれている。建築の周辺を取り囲むように生い茂るさまざまな種類の木々や、滝の鋭く澄んだ垂直性を強調するかのように荒々しく横たわる岩肌など、自然が画面を埋め尽くすように緻密に描き込まれており、建築の正面以外の外形がはっきりとはわからない構図となっている。つまり、ライトは、建築を説明すべき

図4-15　フランク・ロイド・ライト「落水荘」（1936）

図である透視図で、建築よりもその周囲の自然風景を豊かに描いているのだった。

立原道造の「無題［浅間山麓の小学校］」では、浅間山をはじめとする自然の風景が、画面中央に大きく描かれ、建築自体は画面右下に小さく追いやられた構図となっていた。ライトの描いた落水荘の透視図と立原の描いた小学校の透視図はいずれも、機能あるひとつの美しい箱として、自身のつくった建築がいかに素晴らしいかをみせびらかしはしない。自らのつくった建築は、大地と一体となった、風景を構成する自然の一部なのだとする態度が表れたものだった。

落水荘が竣工したのは一九三六年であった。立原が「住宅・エッセイ」を書いたのも、一九三六年の半ばだった。

立原と、堀口とライトは、ほぼ同時期に、都市から離れて、田園風景と呼応したものとして、建築のあるべき姿を描いていたのだった。立原が志向した〝田園的建築観〟は、立原だけがひとり抱いた観念ではなかった。

しかし、立原の田園へのまなざしは、この両者を凌ぐほどの鋭さを放つ。

堀口は、庭越しに、しかし建築の正面をはっきりと見せている。ライトは、自然に囲まれながらも、特徴的な平滑面を重ねて、建築の存在感をしっかりと示していた。つまり、堀口もライトも、自然との関係を意識しつつ、しかしやはり建築を主題として描いたのだった。

一方の立原は、建築を山岳風景のなかに埋没させていた。建築が風景を構成する一要素であるかのように描かれている。建築そのものの存在感を和らげた立原の透視図には、堀口やライトの透視図以上の田園性が見出せるのである。

追分の風景に魅せられた立原は、堀口やライトへの共感を経て、そして彼らを超えるほどに色濃く、〝田園的建築観〟を培っていたのだった。

立原道造の「田園」と丹下健三の「都市」

立原の描いた建築透視図をじっくりと観察してみたことで、「田園」を愛した都会人・立原の意識は、建築よりも背景・添景であるはずの自然の方に向けられていたことが見えてきた。立原にとって建築は、都市を構成する一要素であるという自明な役割を超えて、田園を構成する要素でもあって欲しいと願う気持ちが反映されているかのようだった。その自然豊かな図表現には、〝田園的建築観〟と名付けられるような、立原の建築に対する観念が色濃く反映されていた。

立原は、戦後を生きることができなかった。都市の鬱屈した環境や状況からの逃避を原動力とした立原の「田園」志向は、戦前の気分に由来するものだったのかもしれない。立原や堀口が田園的な建築を志向した一方で、同時代に学んだ建築家らの多くは、戦後になると建築の集積としての都市を志向していく。

戦後の建築家たちは、復興と成長を渇望する社会に呼応するように、大規模な開発計画の具体的なイメージを次々と発表した。そのもっとも大きな節目は、一九六四年の東京オリンピックと一九七〇年の大阪万博であった。

一九六四年の東京オリンピック招致を契機に、大規模な競技施設や宿泊施設が建ち、そしてモノレールや首都高速道路、新幹線等の交通網が整備された。

その六年後、大阪で催された日本万国博覧会では、数々の実験的な大規模仮設建築物が一堂に会した。多数の来場者を迎えるべく鉄道や道路が整備され、会場の近辺では、すでに開発の進んでいたニュータウンの中心都市として千里中央駅前が発展するなど、都市基盤が整えられる契機ともなった。

日本の都市を発展させたこのふたつの大きな節目には、ある一人の建築家が深く関わっていた。丹下健三である。

丹下は、戦後復興の象徴ともいえる、鉄筋コンクリート造の庁舎建築を数多く手掛けた。そのデザインは後に続く各地の庁舎建築にも決定的な影響を与えるものとなった。一九六四年のオリンピックでは、主要な施設のひとつである代々木の「国立屋内総合競技場」を手掛け、その大胆な構造に裏打ちされた形態の美しさは今も色あせることがない。一九七〇年の大阪万博では、会場全体の構成をプロデュースする役割を担うとともに、その中心施設である「お祭り広場」の大屋根の設計を手掛けた。

これらの大規模プロジェクトを抱えた丹下のもとには、浅田孝（一九二一―一九九〇）、や大谷幸夫（一九二四―二〇一三）、神谷宏治（一九二八―二〇一四）、磯崎新（一九三一―）らをはじめとする多くの逸材が集まった。丹下に鍛えられた弟子たちは、丹下に続いて日本の都市化に貢献する建築をいたるところで実現している。

また、一九六〇年に日本で行われた世界デザイン会議を契機に丹下の影響のもとに結成された、大髙正人（一九二三―二〇一〇）、槇文彦（一九二八―）、菊竹清訓、黒川紀章（一九三四―二〇〇七）などのメタボリズムを標榜する建築家らも、大規模な都市計画の提案を数多く試みている。

丹下とその系脈が、日本の都市化推進に果たした功績は大きい。日本の戦後の建築は、災難や催事を契機として、丹下をはじめとする建築家の牽引によって質高く量産され、大都た。

市を形成する土壌が整えられた。戦後の建築家の一番の関心事は、急激な人口増加と経済成長に対応するには、大都市自体の理想的な在り方をいかにすべきか、といったことであった。

壮絶な戦中を経験し、戦後は日本初の超高層ビル「霞が関ビルディング」(一九六八)やそれに続く「新宿三井ビルディング」(一九七四)を手掛けた、丹下の後輩にあたる池田武邦(一九二四―)は、「敗戦直後、戦地から帰還し廃墟の中に立って、近代技術文明の優劣が決定的に勝敗を分けた厳然たる事実を眼前にして、日本の再建復興には、あらゆる面で近代化を推進する以外にないと考えていた」と振り返る。[48]

戦後を乗り越えるために、建築家はとにかくつくるしかなかった。西村伊作や堀口捨己が戦前に訴えていたような「田園」の回復などに見向いている余裕はなかった。つくるべき建築のスケールは上へ横へとますます大きくなり、いつしか、都市の形成に寄与する大規模なプロジェクトに関わることこそが建築家の醍醐味であるという意識が常識と化した。

一方で、超高層ビルブームが軌道に乗り、建築家の都市志向が最高潮に達する頃に、その先駆者のひとりであった池田は「超高層の目的は、都市の過密に対して人間が立つ大地にいかに緑や太陽を獲得するかである」[49]と思い至っていた。都市の開発に邁進しながらも、建築家の意識のなかから「田園」への想いが完全に失せたわけではなかった。

ところで、丹下が深く関与した一九六四年の東京オリンピックと一九七〇年の大阪万博はいずれも、本当は一九四〇(昭和一五)年に東京で行われるはずだったものである。一九四〇年は、神武天皇即位から数えて二六〇〇年目の節にあたる年とされ、日本政府はそれを記念する行事を打ち上げていた。国家の威信を諸外国に示す好機であったこの二つの催事は、

(48) 池田武邦『大地に建つ』(ビオシティ、一九九八年一二月)三二六―三二七頁

(49) 同右、一三頁

その主要なものであった。そもそもこの紀元二千六百年記念行事自体が、日中の長期戦時体制に疲弊した国民を鼓舞する機会としての意味も持っていたわけだが、それどころではないほどに戦火が激しくなり、やがていずれのイベントも実現不能に追い込まれてゆく。

この記念行事が行われるはずだった一九四〇年の前年、立原は歿した。体調を崩し憔悴しきった立原は、友の多くが戦地へ赴くのを横目に、記念行事開催に向かう怪しげな高揚感を感じつつ、これをどのように咀嚼するかを思案していたことであろう。

逆に、戦後を迎えることのなかった立原には想像し得なかった世界を、丹下は生きた。戦後を生きることができなかった立原は、「都市」を咀嚼しきれずに「田園」に建築を夢想して燃え尽きた。戦前で終わらなかった丹下は、無に帰した土壌から都市をよみがえらせる野望に燃えた。

「田園」の立原と「都市」の丹下。当代きっての鋭敏な嗅覚をもった二人の志向の差異は、戦前／戦後の日本の建築家が志した建築の在り方の差異を代表するものではないだろうか。

一九三五（昭和一〇）年、立原に一年遅れて東京帝国大学建築学科に入学した丹下は、そこで立原と出会った。学年の垣根なく集った製図室の共有などを通して、二人は親交を深めていた[50]。

しかし、若き丹下にとって立原は、単に親しかった友人という以上の存在であった。丹下は、しばしば立原の存在に対する意識の大きさを述べている。その傾向は晩年になるほど強い。

北方気質と南方気質

丹下は、古稀を迎えた頃に、日本経済新聞の連載「私の履歴書」に自伝を書く。その記事

(50) 立原および丹下の後輩であった吉武泰水は「製図室で製図台に向かっているとき、この同じ部屋のどこかに立原さんと丹下さんがいると思うとうれしかった」と述懐している（丹下健三・藤森照信『丹下健三』（新建築社、二〇〇二年九月）三二頁）。なお、立原の随想「住宅・エッセイ」（一九三六年七月）は、東大建築学科同窓会である木葉会発行の雑誌『建築』再刊第一号に掲載されたものであったが、この雑誌を再刊・編集したのは丹下とその同級生だった。つまり、丹下は立原の「住宅・エッセイ」についても目を通していたのだった（『丹下健三』三二頁参照）。

がまとめられた『一本の鉛筆から』(一九八五)には、「生い立ち」と「東大建築科」の二つの章に、立原が登場している。

「東大建築科」は、立原と出会ったところなので、ここで親しく付き合った有名人の立原に触れられているのには合点がいく。しかし、丹下の「生い立ち」の章にまで立原が登場しているのは一体どういうことか。立原は丹下の「生い立ち」に関わるほどに重要な人物だったということだろうか。それぞれの章の記述を見ながら、丹下にとっての立原の存在の大きさを確かめたい。

「東大建築科」では、最初の節「製図室」にて立原との関わりに触れている。「製図室」では、製図室がいかに自由で闊達な議論の場であったか、大学でどんな友人と付き合ったか、どのような教授陣から教えを受けたかといった当時の状況が簡潔に語られている。そして末尾では、卒業後に銀座にあった前川國男の建築設計事務所に勤めたことに絡めて、その近所にあった石本建築事務所の立原とよく会って議論を交わしていたことが感慨深く語られている。(51)

「生い立ち」では、立原との関係を「在学中も、卒業してからも、たびたび建築や芸術などについて話し合うことがあった」(52)と、議論を交わす仲であったことをまず述べている。そして、「私とは性格も違うし、考える方向も違っていたが、それがかえって影響し刺激し合う仲にさせた。私が大学を卒業した翌年に亡くなられたが、青春時代、鮮烈な光ぼうを放って私の目の前を通り過ぎた一人である」(53)と述べている。老いてなお強く印象付けられているほどに、若き丹下にとって立原がただならぬ存在であったことが示されている。

(51) 前掲『一本の鉛筆から』三三―三六頁参照。
(52) 同右、一四頁
(53) 同右、一五頁

この自伝からさらに一五年の後、一九九八年当時のインタビューの中で丹下は、「東京大学の学生時代に友人の立原道造から刺激を受け、建築家になることを最終的に決意しました」[54]とも語っている。最晩年の丹下にとって、思い返してみれば、建築家・丹下健三をつくった人物は、そもそも立原だったと告白されているのである。

また、立原と高校時代からの親友だった建築家・生田勉は、その晩年に、丹下の弟子・磯崎新との対談で「もし仮に立原が生きていたとすれば、丹下さんとは全然違った立場には立つだろうけれども、お互いに打てば響くというような対蹠的な立場に立って、互いに相補うというとへんだけれども、二人が一緒に活動できたらばどんなにおもしろかったろう、という意味で、丹下さんは立原の早世を惜しんでおられると思います。よく丹下さんと、立原が生きていたら何をしていただろう、どう思っただろう、ということを、ずっと思い続けていたのだった。丹下は、立原が生きていたらなあというような話をしました」と答えていた[55]。

丹下にとって立原は、ただの気楽な友人ではなかった。建築家になることを決意させるほどに、大きな影響を与えた人物だった。それでは、丹下は、立原からどのような影響や刺激を受けていたのだろうか。

『一本の鉛筆から』の「生い立ち」には、まだまだ立原について語られた部分がある。なかでもとくに、以下の部分に注目したい。

東大建築科で、詩人の立原道造さんは私の一年先輩であった。在学中も、卒業してからも、たびたび建築や芸術などについて話し合うことがあったが、ある時の会話の中でこんなことを言われた。「ぼくはしょせん、北のコジキでね。北国の人間は観念的で、

(54)　ローランド・ハーゲンバーグ『職業は建築家 君たちが知っておくべきこと』(柏書房、二〇〇四年一一月)一五二頁

(55)　前掲『建築の一九三〇年代─系譜と脈絡』三八頁

文学とか哲学とかには向いているが、造形には適さないね」。ヨーロッパでも、造形芸術となると、ギリシャ、ローマの地中海沿岸の方が優れているというのである。「その点、丹下さんは南だからね」と立原さんは言ったが、なるほど、そうした風土的なものは多少はあるかもしれない[56]。

また、この回想と同じ頃、丹下は、建築史家・藤森照信（一九四六―）から学生時代の思い出を問われて次のように答えていた。

彼がしゃべったことで記憶に残っているのは、「丹下君、君は南の人間だ、ヨーロッパで言えば地中海だ。自分はどうも北の人間で、南の人のような思い切った造形はできない。メタフィジカルなものに入っていく」と言っていました[57]。

立原は、自分は観念的な北方気質で、丹下は造形的な南方気質であることを丹下に指摘していたのだ。そして、晩年に自らを振り返った丹下は、これを承認しているのである。

北方気質を自覚する立原は、建築に関しても、ラグナル・エストベリやアルヴァー・アールトなどの北方の建築家を好んでいた。エストベリについては、図書館の課題で「塔はエストベルクの塔に習つて作る。入口ホールもエストベルクを学ぶ[58]」といってストックホルム市庁舎を手本として課題に取り組んだ。アールトに関しては、親友であった生田勉が「彼のいちばん好きな建築家は西欧人ならばアルヴァ・アアルト[59]」と証言している。

しかし、当初は丹下も北方気質だった。丹下は、前掲の自伝の中で、広島高校在学時代に

(56) 前掲『一本の鉛筆から』一四頁
(57) 丹下健三「コンペの時代（わが回想、失われた昭和一〇年代）」、『建築雑誌』第一〇〇巻一二二九号（日本建築学会、一九八五年一月）二一頁
(58) 『筑摩全集5』一九三六（昭和一一）年六月一三日［土］小場晴夫宛書簡、二三〇頁
(59) 『角川全集第四巻』生田勉「立原の〈建築論〉について」四四三―四四四頁

酒を飲みながら哲学と文学と芸術と女性のことを大いに議論した日々のことを回想し、「そんな毎日を送っているうちに、私は『理科』にいることに疑問を持つようになっていった。自分はどうも文学とか芸術とかの方が適しているような気がする。（中略）なんとか文科に移れるよう掛け合ってみよう、そう真剣に考えるようになった[60]」と述べている。

また、中学の頃に「ただ一つ凝りに凝ったもの[61]」として天文学を挙げている。大きな望遠鏡を手に入れ、著名な先生にレンズを磨いてもらっていた。「代数や幾何は好きだし、毎日のように望遠鏡をのぞき込んでいるし、周囲からは『将来は天文学者だね』などとよく言われた。自分でも、ばくぜんとであるが、星を見る仕事を生涯続けられたらと思うようになっていた[62]」と丹下は回想する。

高校時代までの丹下は、立原に負けず劣らないほどの文学少年であり、また、立原と同じく天体観測に熱中して、天文学者になろうと志す少年だった。その後にル・コルビュジエの存在を知るや一転して建築を志すようになったのだと、丹下は語る。

高校ではおそらく随一の秀才として文化・芸術に関する造詣を相当に深めたであろう丹下は、建築ならば、その素養を存分に生かしつつ、得意とした理科系の知識をも生かして、バランスよくやっていけると自負していたことであろう。しかし、いざ大学に入ってみたら運の悪いことに、一高理科を秀才で通し、そして世間に名の通った天才詩人が一級上にいた。自らと同じように文学を愛し、理科に強く、そしてすでに文壇で活躍していた立原と出会ったことで、丹下は思い切って、北方気質から南方気質へと鞍替えしようと思い至ったのではないだろうか。

文学少年としての自負を持っていた丹下からすれば、立原に、「北国の人間は観念的で、文

(60) 前掲『一本の鉛筆から』二〇頁
(61) 同右、一六頁
(62) 同右、一七頁

学とか哲学とかには向いているが、造形には適さない、その点、丹下さんは南」などと言われたことは、丹下の矜持をいささか刺激するものであったはずだ。

丹下は、立原の亡くなった一九三九年、雑誌『現代建築』一二月号に「MICHELANGELO頌―Le Corbusier論への序説として」と題した論文を発表する。

この論文で丹下は、まず、その文学、哲学、芸術に関する豊富な読書量に基づいて、ヴァレリー、ハイデガー、シェリング、ニーチェなどの言説を引用しつつ、ギリシア、ローマ、ルネサンスの時代に連なる幾何学と造形についての有り様を俯瞰する。そして、その幾何学と造形の円熟をミケランジェロに見出すと同時に、丹下の敬愛したル・コルビュジエこそが現代のミケランジェロであると主張した。いわば、建築家・丹下健三の船出に際しての所信表明とでもいうべき、丹下の建築観を知る上での初期の重要な論考である。

丹下は、この論文の結の部分で次のように述べている。

Le Corbusierはいま、現代建築をより高め、より深めて一つのクラシックを創り出すという使命をもっているといえないだろうか。それ故に、今、イタリアが一方に頽廃せる幾何学に凍結し、他方、ダダに堕ちんとしつつある時、北方がAalto等の営みにもかかわらず、常に北方の危険であった造型からの逸落の淵にさえ臨んでいる時に、Le Corbusierは唯一人、無限の進路を開いて、造型の公道を歩んでいるのである。[63]

戦争の足音が迫るなか、イタリア・ギリシア等の本来造形的であった南方では、無味乾燥

(63) 栗田勇編『現代日本建築家全集10 丹下健三』(三一書房、一九七〇年一〇月)一四一頁

な幾何学形態によるファシズム建築と、空虚で破壊的なものという極端に流れる一方、そもそも造形気質でない北方では、アールトの奮闘が見られる程度で、ますます造形への意識は落ち込んでおり、ただル・コルビュジエだけが造形力豊かに建築に取り組んでいる、といった趣旨が述べられている。

この南方と北方とを対比させた論調は、前述の丹下が立原から指摘された北方気質と南方気質の違いを意識したものではないだろうか。

論考では、観念の北欧と造形の南欧がともに落ちぶれたとし、その間にいるル・コルビュジエにスポットを当てている。立原と議論をしていたこの五年ほど前まで、造形性は南方の得意分野だった。その頃に丹下は、立原からの指摘を受けて自らの南方気質を自認していた。

丹下は、ル・コルビュジエに、頽廃する前のかつての南方に通ずる造形性を見出していた。つまり、敬愛するル・コルビュジエもまた、丹下自らと同じく南方気質だったと思い至った。ル・コルビュジエに続く正当な南方気質の人として建築に取り組むのだという意志が、ここで宣言されたかのようであった。

その重なる想いに、丹下は大いに興奮したはずだ。それを気付かせてくれたのは、立原だったのである。立原が歿したその年に発表した「MICHELANGELO頌」には、ル・コルビュジエと自らとの根本的な接点に気付かせてくれた立原への追悼の意味が、幾分か込められていたのではないだろうか。

そして、この論考を通じて自らの気質を確認した丹下は、文学少年だった頃の矜持を抱きつつも、観念的にではなく、造形的に生きて行く覚悟を決めたのだった。

立原は確かに文学や哲学に向いた観念の人ではあったが、しかし、造形に疎いというのでは全くなかった。むしろ、観念にも造形にも高度に精通しつつ、他者の追随を許さないまでに観念の方がとくに優れていた、と捉えるべきである。

立原と親しく付き合った二級下の後輩の吉武泰水(やすみ)[64]（一九一六—二〇〇三）は、丹下の学生時代の課題設計について尋ねられた際に、「丹下さんの課題設計はそう目立たなかった。目立ったのは一年上の立原（道造）さんです。（中略）すぐにでも建ちそうなリアリティがあった。大人の図面なのに若々しい。いいパースだったなあ」[65]と、丹下についての話題そっちのけで立原の表現力がいかに優れていたか語っていた。立原の造形力の優秀さが伝わってくるエピソードだ。

また、既述のとおり、立原道造は在学中、年間の優秀な課題作品に与えられる「辰野賞」を三年連続で受賞していた。一方、立原の一級後輩であった丹下は、立原が卒業した翌年にはじめて辰野賞を受賞した。

丹下が辰野賞を受けた前年、立原は卒業設計「浅間山麓に位する芸術家コロニイの建築群」により三度目の辰野賞を受けた。この作品は、浅間山麓に文化芸術のためのコミュニティをつくろうというものであり、立原の文学的かつ田園的な建築観が色濃く反映された作品であった。

丹下は、この作品を晩年までよく記憶していた。先の自伝の「生い立ち」のところには、そのタイトルが正確に記されており、実に立原らしいものであった、と作品の印象までもが語られている。二年次に在学中であった丹下は、立原のこの作品を見ていたのである。

（64）日本の建築計画学を体系化した創始者として知られる。

（65）丹下健三・藤森照信『丹下健三』（新建築社、二〇〇二年九月）三一頁

丹下にとって、立原の田園的で夢想的な作品を見せつけられたことは、それとは対比的な、都市的で現実的な建築観を芽生えさせる契機となったのではないだろうか。

ふたつの透視図

「MICHELANGELO頌」を発表した三年後の一九四二（昭和一七）年、戦時下となって建築の仕事どころではなくなりそうだと考えた丹下は東京大学大学院へと進学し、そこで都市計画の研究に従事した。そして同年、建築学会による設計競技「大東亜建設記念営造計画」が行われる。[66]

一九四一（昭和一六）年の真珠湾攻撃の成功に勢いづいて戦局を有利と思っていた日本は、アジアを欧米の植民地から解放し、これに代わって日本を盟主とした大東亜共栄圏を築こうとしていた。それに伴って、日本の政治、文化から欧米的な個人主義、自由主義を一切排し、現人神（あらひとがみ）たる天皇の許に全臣民が無私の精神で社会全体に奉仕する新体制をめざしていた。

そして、建築界はこれに呼応し、一九四二年の一〇月に日本橋の髙島屋で開催予定の「南方建築展覧会」への出展を目的とした（実際の建設を前提としていない）、「大東亜建設記念営造計画」と題した設計競技を行うこととした。大学院に進学したばかりの丹下はこれに応募し、そして一等入選、はやくも華々しく建築界へのデビューを果たすこととなる。

その応募規定をもう少し詳しく見てみよう。課題の趣旨を「大東亜共栄圏確立ノ雄渾ナル意図ヲ表象スルニ足ル記念営造計画案ヲ求ム（所謂記念建造物ノ既成概念ニ捉ハル、必要ナク計画ノ規模、内容等ハ一切応募者ノ自由トシ、大東亜造形文化ノ飛躍的昂揚ニ寄与スルニ足ルモノ）」[67]とし、その敷地条件を「大東亜共栄圏内ノ適宜ノ位置ト敷地トニ応募者各自

(66)　この設計競技の実施の経緯については、前掲『丹下健三』七八―八一頁にて藤森が詳述している。

(67)　「会告 第一六回建築展覧会出品募集（南方建築展覧会）」、『建築雑誌』第五六巻六八七号（建築学会、一九四二年六月）二頁

(68)　（67）に同じ

ノ想定ニ基キ計画スルモノトス」[68]としている。大東亜共栄圏の昂揚に寄与することの他はなにも決まっていない自由なものだった。

要求図面については、配置図や平面図、立面図、断面図といった基本の図面と、あとは透視図（または模型写真）が求められていた。縮尺は自由だが、用紙のサイズは一〇〇センチ×七〇センチと決まっていた。寸法を、大東亜共栄圏らしい尺貫法でなく、なぜか欧米的なメートル法で指定している点は興味深い。

募集要項の発表は一九四二（昭和一七）年の六月で、締切は展覧会のひと月前の九月だった。審査員には、今井兼次、村野藤吾、前川國男、蔵田周忠（ちかただ）、土浦亀城（かめき）、山脇巌、岸田日出刀、佐藤武夫、谷口吉郎、堀口捨己、山田守、吉田鉄郎など、当代随一の建築家たちの名前が並んでおり、設計競技の規模の大きさがうかがい知れる。[69]

さて、この設計競技に一等入選した丹下の案「大東亜建設忠霊神域計画」の透視図を見てみたい（図4－16）。

丹下は、上記の自由な条件に対して、ル・コルビュジエの都市デザインと伊勢神宮を下敷きに、新しい時代に相応しい日本建築の原型を、国土計画レベルの壮大な構想の中に提案した。

この図で、丹下は富士山を画面左上に描き、自身の計画を右下に描いている。

立原も、建築の透視図に山を描いていた。その代表的な例は、浅間山を大きく描いた「無題［浅間山麓の小学校］」鳥瞰図であった。立原の「無題［浅間山麓の小学校］」鳥瞰図は、本来描かれるべき建築が端に小さく追いやられ、背景であるはずの浅間山が主題であるかの

(69)「会告 第一六回建築展覧会出品募集（南方建築展覧会）」、『建築雑誌』第五六巻六八七号（建築学会、一九四二年六月）一頁参照。

図4-16　丹下健三「大東亜建設忠霊神域計画」(1942)

ごとく雄大に描かれた風景画的な構図のものだ。立原の〝田園的建築観〟が色濃く、大胆に表出された図である。

丹下による「大東亜建設忠霊神域計画」の透視図における山岳と計画との対比の構成には、この立原の小学校における構図に通ずるものが感じられはしないだろうか。

先に述べたように、丹下は立原の卒業設計を見ていた。立原が浅間山を好んでいたことはよく知っていた。立原を強く意識して注目していた丹下は、もしかしたら、立原の小学校のこの透視図も見ていたかもしれない。

そこで、丹下の「大東亜建設忠霊神域計画」の透視図と、立原の「無題［浅間山麓の小学校］」鳥瞰図の構図を比較してみたい（図4-17）。

丹下による「大東亜建設忠霊神域計画」の透視図では、軸線を強く意識したモニュメンタルな計画が手前に大きく描かれ、その軸線上の彼方に、淡く、象徴的な姿でやや小さく富士山が配されている。富士山と建築の長軸方向を直交させて、連続的であると同時に、対峙した姿を示すことで、建築の佇まいを荘厳なものとしている。

一方の立原による「無題［浅間山麓の小学校］」鳥瞰図では、浅間山に対してその軸線を平行させて寄り添うように配置されており、ここでは、浅間山という大地に建築が包みこまれて、大きな自然風景の一部として組み込まれたような構図となっている。

丹下は、建築を富士山の麓でなく、離れたところから対峙するように位置づけ、それとは対照的に、立原は、浅間山の麓に建築を位置づけていた。

建築自体の描かれ方も、丹下の方は明瞭な稜線をもったボリュームが直線でしっかりと描かれており、単色の背景のなかにあってはっきりと存在感を示している。それに対して立

図4-17　丹下の建築と富士山／立原の建築と浅間山

原の方は、淡いフリーハンドの線でラフに建築が示され、鮮やかに塗られた背景の浅間山の圧倒的な存在感のなかに埋没している。

丹下の計画では、自身の計画する都市軸の延長上に富士山を位置づけることで、国家的な象徴として富士山を用いている。それはあたかも、山岳が都市を形づくる要素のひとつであることを示しているかのようだ。立原が田園の象徴として浅間山を描き、建築が自然を形づくる要素のひとつであるかのように示したこととは好対照をなしている。

このふたつの透視図には、それぞれの建築観の都市性と田園性が対比的に表出されている（表4－1）。

ところで、「大東亜建設記念営造計画」設計競技の審査員であった前川國男は、丹下のこの案を「神社の玉垣の平面は恐らくローマのサンピエトロかカピトルの広場からの示唆であった事と思はれる」と評した。(70)

また、建築評論家の川添登（一九二六―二〇一五）も、「ここで注意しなければならないことは、地中海の伝統としての広場と、伊勢神宮との結合が、広島平和記念館と広場の中に、戦後、見事に復活しているということである」と指摘している。この設計競技案で示した広場を主役とした都市的な建築の構成が、広島でその後の丹下のひとつのスタイルとなっていることを指摘しているのである。(71)

つまり、丹下の建築観は、ヨーロッパの都市の伝統が生み出した広場から強く影響を受けたものであった。立原が山岳という非広場的な環境に佇む田園的な建築を構想したこととはまったく対照的な出発だった。

(70) 前川國男「第一六回建築學會展覧會競技設計審査評」、『建築雑誌』第五六巻六九三号（建築学会、一九四二年一二月）九六〇頁

(71) 川添登『建築家・人と作品・下』（井上書院、一九六八年六月）二五三頁

表 4-1　丹下の富士山と立原の浅間山

	丹下健三	立原道造
作品名	「大東亜建設忠霊神域計画」	「無題［浅間山麓の小学校］」
制作年	1942年9月	1935年春頃
背景の山	富士山	浅間山
画面の着彩	単色	彩色
建築の表現	稜線の明瞭な直線描画	淡いフリーハンドスケッチ
山岳の表現	淡くやや抽象的	はっきりと具体的
建築の描画位置	右下	右下
山岳の描画位置	左上	中央上部
山岳と建築の関係	直交／対峙	平行／包含

丹下は、都市的な建築観を抱き、そして、これを貫きとおした。立原が進んだかもしれない道とは常に逆の方向を、丹下は一筋に目指して邁進してゆくかのようであった。

建築の在るべき姿

立原亡き後の戦前・戦中、丹下は、「大東亜建設記念営造計画」などを通じて、ルネサンスや古代を参照しつつ、建築自体の造形に主眼をおいた建築観を構築していった。そして終戦直後の一九四六（昭和二一）年には東京大学建築学科の助教授となって研究室を持つ。研究室では、戦災復興院の委嘱により破壊された故郷・広島の復興計画立案に関わり、やがてこの知見を活かして同地での平和記念公園の設計競技に勝利する。

一九五九（昭和三四）年にはＭＩＴへ客員教授として滞在する機会を得、そこで丹下は「東京計画一九六〇」の研究に着手する。「東京計画一九六〇」は、高度経済成長によって人口過密と交通渋滞が深刻となった東京の在り方の見直しを提示したものだ。丹下はそれまでの都心という概念をやめて都市軸によってこれを解決しようと試みた。この計画は丹下のその後の都市計画構想の礎となる。「東京計画一九六〇」は、一九六〇年の世界デザイン会議にてイメージ展示された後、計画がまとめられ、一九六一年に発表された。計画は、ＮＨＫの特別番組で紹介されたことで、大きな反響を呼んだ。

一九六四（昭和三九）年、この計画に強い関心を示した東京電力社長・木川田一隆の尽力もあって、東大に都市工学科が設立され、丹下はそこに教授として転属する。

「東京計画一九六〇」で試みた「〝三次元的なコミュニケーションの可能な建築〟〝成長可能な建築〟」[72]の構想は、のちに「築地再生計画」（一九六四）として具体化され、また、その一部が「山

(72)　前掲『一本の鉛筆から』八九頁

梨文化会館」（一九六六）として実現される。

以降は「スコピエ震災復興計画」（一九六五―一九六六）や、サウジアラビア王室との縁からの依頼などに恵まれ、海外での都市計画を精力的に手掛けてゆく。

その仕事も関心も、益々都市へとまっしぐらに突き進んでゆくこととなっていった。

夭折の立原とは反対に、丹下は実に長命だった。丹下の建築家としての活動期間は長く、作品数は膨大である。しかし、丹下は、著書を多くは残さなかった。作品集を除く丹下の単著は、一九六六年の『日本列島の将来像』、一九七〇年に出版された『人間と建築』と『建築と都市』の二冊の建築論集、そして一九八五年に出版された自伝『一本の鉛筆から』の四冊のみである。

都市計画に盛んに取り組んでいた一九六〇年代に、丹下は最初の単著『日本列島の将来像』を出した。

この著作には、一九六五年に発表された「東海道メガロポリス」構想の概要が示されている。これは、「東京計画一九六〇」を下敷きに、新たに整備された高速道路や新幹線が繋げる東名阪にまたがる都市計画として改良・発展させたものである。丹下は、これについての記述のなかで、「東海・中央の二つの力線を結ぶ新しい都市[73]」として富士山麓を首都の候補地のひとつとして挙げていた。丹下は、都市は求心的ではなく軸的に発展するのが望ましいと考えていた。「東海道メガロポリス」の都市軸は、東京から富士山へと通じたものだった。

また同書には、一九六一年に発表した「東京計画一九六〇」についても詳述されている。こちらでも、東京に機能を一極集中せず、「これとは別に、機能の疎開も考えられるでしょう。富士山麓への政治・文教などでの疎開です[74]」と、富士山麓への首都機能の分散を提案している。

(73) 丹下健三『日本列島の将来像』（講談社、一九六六年五月）七五頁

(74) 同右、一七〇頁

戦中に取り組んだ「大東亜建設忠霊神域計画」でも、丹下は軸状の建築に富士山を対峙させていた。丹下の都市計画は、常に富士山とともにあったのだった。

丹下にとっての富士山は、都市の成長を追い求める時節の精神を象徴する存在であった。これは、立原の建築的幻想を志向した作風を象徴する浅間山とは対比的なものであった。丹下の都市的な建築観は、歳を重ねるごとにますます色濃く発揮されていった。

対比的な建築観が互いを刺激した立原と丹下であったが、しかし、二人は共通して、建築の外側に関心を持って建築を考えていた。

立原は、浅間山の麓に建築を位置づけ、「浅間山や落葉松や叢や白い大きな雲や乾いた空気があのあたりの土地に　赤煉瓦の真四角な音楽堂や　白い美術館や　ココア色の図書館や並木のついた道なんかを夢みさせた……」[75]といって、建築を取り巻く自然と建築とが、風景としてどのように呼応するかといった、外からの視点を第一に建築を考えていた。

一方の丹下は晩年に「都市の中心は、建築物ではなく、人の集まる広場である」[76]との考え方を大切にして、新宿の東京都新庁舎を手掛けていた。

つまり、立原も丹下も、建築の在るべき姿を考えるにあたって、箱としての建築物のみが充実していればよいとは決して考えなかった。

立原道造は、建築のあるべき姿を、ありのままの自然との調和に見出していた。人工と自然とが、より自然に寄り添ったかたちで共存する世界を夢みていたのだ。

丹下健三は、建物を単体でつくらず、その周囲までをも手掛けることで、理想的な都市の姿を獲得しようと努めていた。人工を突き詰めることで豊かな世界を創出しようとの想い

(75)『筑摩全集5』一九三七(昭和一二)年三月一六日[火]田中香積宛書簡、三二六―三二七頁

(76) 丹下憲孝『七十二時間、集中しなさい―父・丹下健三から教わったこと』(講談社、二〇一一年二月)一六四頁

が垣間見える。

東京の下町を原風景に持つ都市育ちの立原は、田園の風景に憧れ、瀬戸内海を原風景に持つ愛媛育ちの丹下は、都市の計画を志したのであった。

ふたりの対比的で関係深い建築観の萌芽は、その青年期の透視図に色濃く表出されていたのだった。

第五章

想いの結晶・芸術家コロニイ

集大成としての卒業設計

立原道造は、人よりも早く咲き、早く散った。

夭折の偉人たちには、自らには他人よりも早くお迎えが来るらしいことを予見していたのではないかと思われる節がある。そのためか、ふつうの人間よりも濃密に時間を過ごし、人一倍働いて成果を残し、そしてそのためにまた命を縮める。

立原が夭折の詩人・建築家としていまだに関心を持たれ続けているのも、ただその作品の秀逸さが認められて、というばかりでなく、病弱にもかかわらず命を縮めるほどの多大なエネルギーを創作に費やして、そして多くの成果を生んだ姿勢そのものに対して、感動と畏敬の念を抱くからではないだろうか。立原のたった二四年間の成果が五度も全集化されたことは、そのひとつの証といえる。

立原は、小学校の頃より創作活動を始め、中学の頃にはすでに自身の仕事を発表し、高校の頃にはその優れた文才・画才が認められていた。そして、大学生になる頃には、これまでの文と画との研鑽を生かして、詩と建築に才能を示し、高い評価を得るに至る。二四歳でその生涯を閉じた立原にとって、建築を始めた大学生の頃は、すでにその晩年にあたる時期となっていたのだった。

立原の建築家としての側面が語られるとき、常に注目されるのは建築学生としての集大成である卒業設計と卒業論文であった。

卒業論文からは、どれだけの教養と問題意識と分析力があるかが推し量られ、卒業設計からは、どれだけの技能と構想力と表現力があるかが見出される。創作と理論の両立が求められる建築家としての将来性は、大学の卒業時のこのふたつの集大成から感じ取ることができるのである。言葉と絵との両立を目指した立原はまさに、創作と理論の両立が求められる建築家にふさわしい資質をそもそも備えていたといえる。

卒業論文「方法論」では、建築を体験することとはいかなることかを、膨大な哲学・美学に関する知見をもとに語りつくした。この論文の後部では、「建築が建築家の理念から製図に移された瞬間から、（或はこれを私たちが緩やかな表現で言はうとするなら、建築がすべての過程のあと出来上つたものとなつた瞬間から）それはただたえまなくくづれ行く」[1]と述べられている。[2]

つまり、立原は、実物よりも図面が、そして、図面よりも頭のなかにあるものが、より純粋に「建築」たりえていると考えていた。人々の建築体験をテーマとした立原は、建築のモノとしての性能、品質、美観ではなく、その存在が人にどのような気分を与えるかを重視していた。この建築本位でない立原の姿勢は、建築そのものよりも、それを取り巻く自然との関わりを意識して描いた透視図にも見出せるものだった。

卒業設計は一般に、図や模型など、文章でない手仕事により、その魅力を瞬時に知らしめるものでなければならない。

造形によって感性に訴える卒業設計は、言葉で論理的に組み立てられた卒業論文ほどには言い尽くされていない分、より強く将来の可能性を夢想させやすい。このため、現代でも、卒業設計にかける建築家志望の学生たちの情熱は激しく、審査する教員たちが費やすエネルギーも相当なものである。昨今は、学内での審査だけでなく、全国の卒業設計が一堂に会する機会をつくり、新しい才能を発掘しようとする催事も活発に行われているほどだ。卒業設計は、単に大学の卒業要件を満たすための提出物としての意味を大きく超えて、

（1）『筑摩全集4』二六六頁

（2）卒業論文「方法論」については、これに立原道造の建築と詩の接点を認めるべく、建築・文学双方から数多くの論考が著されている。建築の側からの論考には、例えば、東秀紀、磯崎新、豊川斎赫、中谷礼仁、堀川勉、前田忠直、益子昇、八束はじめ、渡辺武信らによるものが、文学の側からの論考には、例えば、大城信栄、谷川渥、名木橋忠大、前田愛、持田季未子らによるものがある。なお、名木橋は、立原道造に関する既往の研究を網羅的に整理しており（名木橋忠大『立原道造新論』（新典社、二〇一三年一一月）七―一四頁）、これによって二〇一三年時点までの立原道造研究の動向が概略的に理解できる。

自己の将来性を他者に、そして自分自身に知らしめるための重要な機会とみなされている。

立原が学生だった頃はまだ大学の数も少なく、学内審査のみではあったものの、その意義は現代同様に深いものだった。立原と机を並べた建築家たちの個展で陳列される作品が卒業設計からはじまる例も少なくない。卒業設計は今も昔も、建築家の理念の萌芽が見出せる重要な作品と位置づけられている。

そして立原の場合、卒業設計は、その理念の萌芽を示すものであると同時に、結果として自身の晩年の代表作、つまり円熟期の集大成でもあった。

夢のかたち

卒業設計は通常、なにをどこにつくるかは指定されず、自ら条件を設定して臨むものである。この傾向は、立原の当時も今も変わらない。先に触れたとおり、卒業設計で問われる能力は、技能と構想力と表現力である。

技能とは、その施設が成立するための計画、構造、設備に関する基礎知識をいかに持ちあわせているか、そして、これを正しく描く製図法を心得ているか、といったことである。構想力は、そもそも誰のための何をどこにつくるのかを自らの問題意識と照らし合わせて決める力、いわばテーマ設定力である。表現力とは、この構想をいかにして魅力的に伝えることができるのかという能力だ。

卒業設計に取り掛かるにあたってまず発揮すべきは、このうちの構想力である。構想なくして表現なく、技能も生かされない。往々にして、この構想の良し悪しはすなわち、作品の質を大きく左右する。立原は自らを詩人として、また建築家として鍛えてくれた芸術家・

文芸家たちのための村落を、自身の創作の源である浅間山麓の田園風景の中に構想した。

この作品は、「浅間山麓に位する芸術家コロニイの建築群[3]」と名付けられた。その計画の主旨は、つぎのように書き添えられていた。

> 本計画は浅間山麓に夢みた。ひとつの建築的幻想である。優れた芸術家が集つて、そこに一つのコロニイを作り、この世の凡てのわづらひから高く遠く生活する。しかしそれは隠者の消極的な遁世の思ひでなく寧ろ却つて低い地上の生活にかゞやかしい文化の光を投げかけやうとする積極的な意欲から——。芸術家の一人としての建築家の立場から私にその計画は幻想され乾燥した火山地方の高原にその夢は結晶した。……この計画は従つてすべての現実の絆を蔑視し去るであらう。そして、それはただ気候の美しい土地に建築家としての夢が織り成した美しい幾つかの建築の群とならねばならない。このコロニイこそLà, tout n'est qu'ordre et beauté. Luxe, calme et voluptéとうたはれたかの美しい村であらねばならない。そして私の仕事はその美しい村で　私の夢の可能性を形と量によつて追ふことである……[4]

「浅間山麓に位する芸術家コロニイの建築群」は、単体の建築の提案ではなく、建築群の提案である。その全体計画（図5-1）は、以下のようなものであった。

一、住宅群を三つの地域に分ち、美術館の近くには美術家を、図書館の近くには文学者を、音楽堂の近くには音楽家を、大体割りあてる。

図5-1　「浅間山麓に位する芸術家コロニイの建築群」全体鳥瞰図

（3）第二章、図2—19〜23を参照。

（4）前掲『立原道造と小場晴夫—大学時代の友として—』一〇二—一〇三頁

一、道路は主要交通路として仲仙道及び北陸街道並びに信濃追分駅を仲仙道に結ぶ新道（いづれも幅員十三米自動車道路）があり外部との連絡を保つ。コロニイ内の内部交通の主要道路として幅員八米の大路を持つ。

一、路線式に商店街を駅前広場と中心部とに設ける。中心部には商店のほか旅館、郵便局、消防署、コロニイ管理所がある。信濃追分駅は旅客駅専門となり貨物は借宿駅（新設）にて取扱ひ日常の物資は借宿の供給組合からすべて供給される。

一、小住宅のロッヂを中心とする集落は周囲に大きな植樹帯を持ち他の集落と独立になつてゐる。[5]

計画は、浅間山麓の信濃追分駅を中心として、駅前に公共施設や来客用の施設を整備し、その周囲に美術家、文芸家、音楽家のための施設と住宅を分散させた大規模なものだった。信濃追分駅前には広場を設け、商店街も充実させている。「中心部」と言っているのは、油屋のある旧追分宿のあたりのことだろうか。「信濃追分駅を仲仙道に結ぶ新道」を拡充し、鉄道から車に乗り換えて油屋の方にまで容易に足を運べるように計画されている。

さらに、信濃追分駅から北の、中山道に近い借宿地区に貨物駅を新設し、旅客のルートとは別に物資の供給ルートを計画している。物資は都心から仕入れ、自給自足はしない想定のようだ。ここで生活する芸術家たちには、あくまで創作に専念させたいとの想いがうかがえる。手紙のやりとりを大切にした立原らしく、「郵便局」もしっかりと計画されている。「現実の絆を蔑視し去る」と宣言しながら、物資の供給、交通の便への配慮、通信手段の確保など、立原はこのコロニイを決して田園のなかに閉ざすことはしていない。むしろ、都

（5）前掲『立原道造と小場晴夫―大学時代の友として―』一〇二頁

会となんらかの繋がりを保っておきたいとの意図が見え隠れしている。
立原の卒業設計は、日常を忘れるべく愛した浅間山麓を敷地としながらも、単に牧歌的な楽園を夢想したものではなかった。田園にありながら、都市に準ずる機構がきちんと整備された現実性のある計画だったのである。
なお、立原は、この卒業設計により三年連続三度目の辰野賞（設計課題の優秀賞）を受けた。しかし、教官の評価は最優秀賞の銀賞ではなく、銅賞にとどまった。その理由について、級友・小場晴夫は次のように述懐していた。

彼は、総ての教授が僕の夢とその表現を理解してくれるとは思えないのだと、私には話していました。私の、君の作品は余りにも夢であり過ぎるのではないかという批評に対して、彼は今までの付合いの間に聞いたことのない強い語気で、「夢のない建築は建築ではないのではないか」と反論したことを思いだしますが、銅牌にとどまったことを残念がっていました。(6)

多くの同級生が、社会の求めに応じた、いまにも実現しそうな都市的建築をつくるなか、立原の田園的で壮大な計画は、工学としての建築を学ぶ場では、夢であり過ぎたのだった。結局、この年の銀賞は、都市に寄与する「国際学生会館」および「高層病院」に対して贈られた。(7)しかし、後世にまで記憶された作品は、この夢であり過ぎた計画のほうだったのである。

(6)　前掲『立原道造と小場晴夫—大学時代の友として—』一一九頁
(7)　前掲『立原道造と小場晴夫—大学時代の友として—』一四六—一四七頁参照。「国際学生会館」は田口正、「高層病院」は薬師寺厚の設計による。

抱きつづけた田園志向

ところで、前章までに見てきたように、立原の理想とする建築の在り方は、その透視図に色濃く表現されていた。立原の建築設計理念は、大学生の間ずっと抱き続けた浅間山麓・追分への憧憬の念、都市から田園への逃避願望と共に培われていった。

初めての追分での村ぐらしを経験してから半年後、まわりの学生同様にモダニズムの建築を一生懸命に学ぶ一方で、追分の田園風景への郷愁を募りに募らせていた立原は、必ずしも都市的な建築である必要のない（都会だけでなく、田園にも存在する）「小学校」の課題で、その郷愁の丈を思う存分に表現していた。

建築の図であるにもかかわらず、セザンヌのように大胆に山を描いた「無題［浅間山麓の小学校］」鳥瞰図には、立原の、自然との関係を意識して建築はかくあるべき、との想いが色濃く詰まっていた。立原の田園を志向する建築観の端緒は、「無題［浅間山麓の小学校］」鳥瞰図に見て取れたのだった。

それから一年半の間に多くの課題をこなして設計力を培った立原は、学生時代の集大成として卒業設計に取り組む。立原の建築学生生活は、日常としての東京と非日常としての追分の往復によって営まれていた。

立原にとって、学生時代の集大成は、学んだ建築についての知見を最大限に生かす機会としてだけでなく、東京と追分、都市と田園というふたつの心象風景を調停する機会としての意味も持っていた。卒業設計では、「無題［浅間山麓の小学校］」鳥瞰図で見せた粗削りで野太い田園志向を研ぎ澄まし、まさに集大成として、より具体的なリアリティを伴って浅間山麓・信濃追分への憧憬を結実させた。

卒業設計はたしかに、立原の建築観が体現された代表作ではある。しかし、卒業設計の着想に至るアイデアは、ここで初めて練られたわけではない。その発想の原型は、立原が自身の建築観を色濃く塗った小学校の課題に、粗削りながらもすでに発揮されていたのである。卒業設計は、小学校の課題で開眼した立原の田園的な建築観が、煮詰められ成熟した成果と見るべきだ。そのような視点から、立原の代表作である卒業設計「浅間山麓に位する芸術家コロニイの建築群」を再度見直してみたい。

原図の行方

卒業設計について再考したい、と意気込んでおきながら、まず断っておかねばならないことがある。それは、立原の卒業設計の提出図が未だ行方不明だという事実についてである。

建築学科の同級生・小場晴夫の証言によれば、もともと学生の卒業設計図は、建築学科教室にすべて保存されるものだったのだが、戦後の混乱期に乗じて散逸してしまった。幸い立原の卒業設計については、当時教室にいた立原の後輩・吉武泰水が手元に保管していたため、無事だった。しかし、一九五〇(昭和二十五)年に角川書店から第一次の三巻本の全集が刊行される折、立原の卒業設計は、その資料を全集としてまとめ、立原の功績を後世に伝えようという矢先に、あろうことか、伝えるべき原図自体が掲載されることなく紛失されてしまったのだった。[8]

筆者は以前に、立原道造研究の先達に手紙をしたためた際、頂いたお返事のなかで、立原の建築を研究するにあたって、そもそも卒業設計の原図を見つけ出し、しかとこれを確認したか、と尋ねられたことがある。実に難題である。この手紙には、卒業設計の原図の発

(8)　小場晴夫講演録「詩人・建築家・立原道造」、前掲『立原道造と小場晴夫—大学時代の友として—』一一二頁参照。

見という果たされなかった課題を、後続の研究者にどうにか遂げてほしいとの先達の願いが込められているかのようだった。建築家・立原道造の集大成として卒業設計がいかに重要なものと考えられているかを思い知らされた、ひとつの印象深い出来事である。

立原の死の翌年、『新建築』誌一九四〇年四月号に、追悼特集「若くして逝つた立原道造君を偲ぶ」が組まれた。この中で、複数の透視図とともに立原の卒業設計が紹介されている。この特集に深く貢献したのは、当時『新建築』の編集に携わっていた立原の学友・小場晴夫であった。

二〇〇五年に改めて刊行された最新版の筑摩書房版全集にも、上記『新建築』誌上で紹介されたものと、以前の全集の口絵に一枚だけ掲載されていた美術館の彩色透視図が再録されている。その他に、草稿段階のスケッチ等も所収されている。

なお、提出図面の原図は失われてしまったが、そのリストが小場によって記録されていた。前述の計画の概要も、小場が記録していたおかげで知ることができる。小場のリストでは、立原の提出図面は全部で一七枚あったとのことだ。

しかし、現在確認できるのは、前述の『新建築』で紹介された九枚の透視図のみである。平面図や断面図などの図面は一切確認できず、その詳細な計画はまったくわからない。つまり、立原の卒業設計については、そのレシピは失われ、イメージだけが残されたということだ。

それでも、残された卒業設計の断片から、立原の考えていたことを可能な限り読み解いていこう。とくに「無題［浅間山麓の小学校］」鳥瞰図から続く、〝田園的建築観〟とよべる観念がいかに発揮されていたかをひも解いてみたい。

着想の独創性

前章で述べたとおり、立原が日常を過した東京では、都市に緑を持ち込んだ〝田園都市〟が盛んにつくられていく。しかし、日本の田園都市は、あくまでも都心への通勤に便利な郊外住宅地であり、計画的に整えられた緑を内包するものであって、都会ぐらしに疲弊した立原が求めたような、ありのままの自然と都市との共存が図られた場所ではなかった。

その一方で、立原の卒業設計は、都市のなかに田園をつくるのではなく、ありのままの大自然のなかに最小限の都市の機構を持ち込んだ計画であり、あくまでも田園風景を主体としたものだった。都市の中に田園を持ち込むのではなく、田園の中に都市を抱くという逆転の発想である。

同じ頃、立原の同級生たちはどのような卒業設計を構想していたのだろうか。立原と卒業年を同じくした同級生たちの卒業設計タイトルを見比べてみよう[9]（表5－1）。

同級生たちの卒業設計のタイトルを眺めてみると、「ホテル」、「サナトリウム」、「アパートメント・ハウス」、「国際学生会館」、「停車場」、「劇場」、「学校」などが複数ある。その他に「火力発電所」、「百貨店」、「現代美術館」などもある。つまり、そのほとんどは、建築の用途がそのままタイトルとしてつけられていたのだ。テーマとされた用途は、商業施設、公共施設、文化施設などが多い。これらの用途の建築は、都市を敷地としたものだったと考えられる。

一方の立原道造の卒業設計は、浅間山麓を敷地とした、田園での計画であった。また、同級生らが建築単体を設計しているのに対して、建築群＝村を計画している。立原の着想が独創的なものであったことがわかる。

立原の親友だった建築家・生田勉は学生当時を、「何でも機能的にだけ設計すればそれが一

（9）　この表は、立原の同級生であった小場晴夫によって作成された昭和一一年度卒業生の卒業論文・設計に関する資料「卒業設計課題等一覧」を元に作成している（前掲『立原道造と小場晴夫―大学時代の友として―』一四六－一四七頁）。

表5-1　立原とその同級生による卒業設計のタイトル

氏名	卒業設計タイトル
石倉邦造	レーキサイドホテル
石黒徳衛	体育館
稲本一夫	ホテル
片山禮三	現代美術館
加藤秋雄	市街地に建つ病院
木子清忠	サナトリウム
黒田富次郎	ホテル
小島芳正	能楽堂
小場晴夫	ホテル
佐藤大三	劇場
塩見金佐久	国立奏楽堂
柴岡亥佐雄	工芸学校
鈴木一弥	哲学会館
高木文生	地下鉄停車場
田口正	国際学生会館
立原道造	浅間山麓に位する芸術家コロニイの建築群
恒岡俊行	停車場
寺沢一彦	東京音楽学校
長沢誠	劇場
波江貞夫	アパートメント・ハウス
西忠雄	建築材料研究所
林茂	火力発電所
平賀謙一	国際学生会館
福田光夫	住居建築
松本清	サナトリウム
本村二正	集合住宅
矢吹和夫	百貨店
山岡博一	アパートメント・ハウス
薬師寺厚	高層病院
湯川浩	小額収入者の為の共同住宅
渡会正彦	レーキサイド・ホテル
天野剛三	公会堂
大竹榮三郎	サナトリユーム
河本鎮雄	観光ホテル
桜井喜文	病院
	計35名

番いい建築[10]」だと皆が信じていて、「そのころはみんな白一点ばりで、建築は精神病院みたいに真っ白なのが一番いいことになっていた」時代であったと振り返る。[11]そして、そんななかでも立原は、ひとりだけ色を塗ったり、石を張ったりして建築をつくっていたことを印象深く語っていた。

ところで、立原の卒業設計は、ドイツの芸術家村・ヴォルプスヴェーデや、ダルムシュタッ

(10) 前掲『建築の一九三〇年代―系譜と脈絡』生田勉との対談、三五頁

(11) 同右、四四頁

ト[12]などから着想を得たものと考えられている。[13] とくにヴォルプスヴェーデについては、立原が所有し愛読していた雑誌『白樺』誌上で日本に紹介されており、また、立原の敬愛する詩人リルケや画家フォーゲラーらが暮らした村だったことから、立原はこの村について深い関心を抱いていたと考えられる。立原のこの着想は、建築の勉強によって得られたものではなく、文学の研鑽によってもたらされた結果だったのである。

都市における近代的な施設ではなく、山岳を背景とした田園における芸術・文化の理想郷を夢見た立原の卒業設計は、文学に勤しんだ立原だからこそ着想しえたものだった。立原は、都市の発展に寄与する構造物としての建築の設計力を鍛えられてきた同級生とは一線を画す、学際性に富んだユニークな建築学生だった。

(12) ヴォルプスヴェーデは、北ドイツ、ブレーメン近郊の小さな村。ダルムシュタットは、一九世紀末のドイツの芸術運動「ユーゲント・シュティール」の中心地であったことで知られるドイツ南方ヘッセン州の都市。

(13) 卒業設計の着想については、津村泰範の「続・昭和建築伏流史」(長谷川泉監修、宮本則子編『国文学解釈と鑑賞別冊 立原道造』(至文堂、二〇〇一年五月) 所収) および鈴木博之の全集の解題 (『筑摩全集4』五三五頁) などで詳しく指摘されている。

冬の追分へ

多くの建築学生にとって、大学を卒業するためには論文と設計の両方に取り組むことが通例となっている。論文によって自身の関心あるテーマを追究し、この知見を踏まえて設計に取り組むことが意図されてのことか、その提出期限は通常、論文が設計に先行する。

論証(論文)と制作(設計)では、極論すれば正反対のアタマを使わねばならない。論証は、すでにあるものを網羅的に集めて整理し、ここからひとつの新たな考察を導き出す帰納的な作業であるのに対して、制作は、いままでにないものをまったく新しくつくるべく、ゼロから無限の世界を展開してゆく演繹的な作業である。この正反対の集中力を要する作業を同時にこなすことは、大変困難である。

立原の卒業要件にも論文と設計が要求されていた。その提出期限は、やはり卒論が先で、卒業設計はその三ヶ月後に設定されていた。現在と同様に、この異なる仕上げ作業を別々に、それぞれ集中して取り組めるよう配慮されていたことがわかる。

立原は、一九三六（昭和一一）年の一二月一八日に卒業論文を提出する。つまり、卒業設計を本格的に構想しはじめるのは、これ以降である。立原の卒業設計の構想は、いつどのようにして具体的に練られていったのだろうか。

一九三七（昭和一二）年の一月三一日から二月五日にかけて立原は、卒業設計の下見を兼ねて、はじめて追分の雪景色を訪ねている。その行きがけの汽車の中からは、建築学科の同級生・柴岡亥佐雄に旅情を実況中継したような手紙をしたためていた。書簡には、「汽車の中で考へた卒業設計のことちよつとここに書いておかうかしら、何かのしるしに――。こんなことを考へたときもあつたと[14]」と言ってスケッチを添えている。行きの汽車のなかで、すでに卒業設計の案が練られていたことがわかる。これが、書簡集にはじめて出てくる卒業設計に関しての記述である。

ところで、この柴岡宛の手紙は、概して暗い。「おそらく、いま、僕は何かを失つてゐる。大切なものだ」といった陰鬱な空気を漂わせつつも、追分に近づくと、「峠にかかつてトンネルを幾つも出たり入つたりするうちに風景はすつかりかはり、あまりにもたやすく僕の心は奪はれた！」と気分を変えている[15]。

さらに、この行きの汽車のなかでは、高校時代からの友人であった田中一三と生田勉にも、柴岡宛のものと同様の手紙を送っていた。

田中への手紙では「僕は　なにもわからない。失つたものをいふまへに、求めてゐるもの、飢ゑてゐるものが何であつたかさへ……しかし、たしかに失つた！」という道中の心境が、

(14)『筑摩全集5』一九三七（昭和一二）年一月三一日［日］柴岡亥佐雄宛書簡、三一六頁

(15) 同右、三一五―三一六頁

浅間山の雪景色が見えると「僕の心は、はじめて見る雪景色に、全く奪はれつくした。なんの戒心もなく！」と書く。[16]

生田には、「『蕭條(しょうじょう)とした感じ』といふ気分が僕に　はじめて親しく理解される」と、そのもの寂しさを吐露したが、やはり峠に差し掛かってトンネルをいくつか抜けると「そして風景はすつかりかはつた、僕の心はもう奪はれてゐる！」となっている。[17]

このときの追分訪問は、卒業設計の下見としていっただけではなく、その直前にこじらせたらしい穏やかでない気持ちを癒すためのものでもあったようだ。高校時代からの付き合いのある三人の親友にほぼ同じ内容の手紙を送るほど、その心情の暗さは尋常ではない。

この三人への手紙の書き出しは共通して、「早春の田園」のものめずらしい風景のなかを走るところからはじまっている。ここでも「田園」が立原の心情を代弁していた。追分の風景はいつでも立原にとっての心の支えとなるものだった。

追分に着いてからの様子は、小場晴夫や杉浦明平、猪野謙二、生田勉などに宛てた手紙からうかがい知れる。二月三日には、同じく卒業設計に取り組む小場に「すこし風邪心地だ。いま日なたで、コッテージを考へてゐる。小美術館ひとつ、こしらへた。エスキースを　をへたら、かへるつもり。あしたあたり？」[18]と進捗を報告している。帰りの期日は決まっていなかったようだ。宿にこもってエスキースを進めていたらしい。この日はだいぶ作業がはかどっている様子だ。

小場は後に、この時の立原の追分行きについて、「若き日の彼自身の生活であるとさへ言へる追分への計画は彼の東京のアチック[19]で纏められても充分であつたらう。然るに彼は追分

(16)『筑摩全集5』一九三七（昭和一二）年一月三一日［日］田中一三宛書簡、三一六―三一八頁
(17)『筑摩全集5』一九三七（昭和一二）年一月三一日［日］生田勉宛書簡、三一九―三二〇頁
(18)『筑摩全集5』一九三七（昭和一二）年二月三日［水］小場晴夫宛書簡、三二〇頁
(19)「屋根裏部屋」を表す英語＝立原の実家の自室のこと

に滞在して数多いエスキスを描きノートを埋めた。彼のとつた此の態度こそ厳粛な芸術家の正統の道であらう[20]」と想い起こしている。

立原は、よく知る夏の追分だけでなく、厳しい冬の美しさをも目に焼き付けて、その土地の気候と風景に対する実感をより具体的に深めようとしていたにちがいない。自室で夢想するだけではなく、はるばる現地に出向いて実物を目の前にしながら多くのスケッチに取り組んだのだった。

二月四日には、滞在中の堀辰雄と炬燵で談笑したり、卒業設計の住宅について案を考えたりして過ごした[21]。生まれてはじめてスキー板を穿いてひとときはしゃぎつつ、五日、傷心が癒えきらぬまま疲れきって家路につく。

このときの立原の暗さは何に由来するものなのか。親しい友人みなに手紙を送りつつも、その傷心の理由はいずれ話すが今は言えない、といった物言いに留まっている。恋多き立原のことであるから、失恋を被っての暗さだったとも考えられる。しかし、これまでも立原は恋煩いであれば、文学の肥やしのごとくにさらけ出すことが多かった。

立原が追分に向かった一月三一日のことを、生田勉が「立原、記念祭の『未成年』同人を厭いて、朝十一時上野発にて追分に向う」と日記に残していた[22]。記念祭とは、旧制一高の自治寮誕生記念祭のことで、毎年二月に行われるものだった。

『未成年』は、立原が大学生になってから、一高時代からの文芸仲間であった猪野謙二や杉浦明平、田中一三、寺田透らとともにつくった同人誌である。このうちの寺田とは、前年一九三六(昭和一一)年の夏に、文学志向の対立から絶交していた。また、この頃の『未成年』は、その継続が経済的にも困難な状況に陥っていた。

(20) 小場晴夫「建築家としての立原道造」、長谷川泉監修、宮本則子編『国文学解釈と鑑賞別冊 立原道造』(至文堂、二〇〇一年五月)二八二頁

(21) 『筑摩全集5』一九三七(昭和一二)年二月四日[木]猪野謙二宛書簡、三三二頁参照。

(22) 前掲『杳かなる日の—生田勉青春日記一九三一〜一九四〇』二四五頁

さらに、立原が追分滞在中の二月三日、生田は日記に「あの記念祭の二日の間、それは夢の如く去って行った。そして二日新聞を見ると恐るべきファッショ内閣が何時の間にか出来上がっていた」と書く。[23]

一九三七（昭和一二）年は、内務省が言論の取締り強化方針を指示した年だった。盧溝橋事件も勃発してしまった。この時の立原の暗さは、『未成年』の同人間での不和に加えて、軍靴の足音が大きくなってゆく世相への憂鬱感をも反映したものだったのかもしれない。

冬の追分を目指したのは、目の前の課題に集中することで、そんな暗い煩いを払拭しようとの決意の表れであるかのようだった。ともかく、立原はこの下見をきっかけとして、一九三七年の一月末頃に本格的に卒業設計を構想しはじめた。

ところで、卒業設計の提出日は、一九三七（昭和一二）年の三月一一日であったことがわかっている。[24] 立原は、この日までにどのようなスケジュールで提出図面を仕上げるかを、「卒業設計ノート」」に書き残していた。そこには日割りで仕上げるべき図面が列記されている。このノートによれば、作業開始日は「一九金」、つまり、二月一九日であった。終了日は、提出前夜の三月一〇日である。つまり、立原が製図に没頭した期間は、提出直前の三週間程であった。

このスケジュールで示されているのは清書する提出図面の製図工程であり、それ以前の案を詰めたり、これを下描きしたりした期間は含まれていない。前述のとおり、冬の追分に行ったときに立原は卒業設計の構想を本格化した。つまり、冬の追分から戻ってきた二月五日から二週間ほどの間に、立原は一気に案を煮詰め、清書できる状態にまで固めたというこ

（23）同右、二四七頁
（24）『筑摩全集5』年譜、七〇八頁参照。

とである。

なにかに取り組むときの立原の集中力は凄まじい。その集中力の凄まじさは、卒業設計が終わったあとに、「築地から　川をながめながら、銀座に出たら、たくさんの人がお祭りのやうに　ひら〳〵と　色のついた着物を着て歩いてゐた。僕は長いこと　僕が製図板の上に　出来上つて行く僕のコロニイばかりに生きてゐて、こんな町があることを忘れてゐたのに気がついた[25]」と送った田中一三への手紙にもよく表れている。

立原が卒業設計に集中した期間は、冬の追分滞在以降の案の検討から提出図面の作成までを含めて、ひと月半ほどであった。しかし、追分に芸術家村をつくろうとした着想そのものは、決して短期間に煮詰められたものではない。立原は、浅間山麓を訪れるたびに、そこへの憧憬を募らせ続けていた。その一方で、異国の芸術家村が紹介された『白樺』を愛読し、追分の文学者たちに刺激を受け、その憧憬の念を詩にうたい続けていた。

立原が積んだ文学の研鑽は、そのまま卒業設計を構想する礎となっていたのである。これらは、大学時代全期間を通じて行われていたのだから、その構想の準備は一九三四（昭和九）年の追分初訪より続けられていたともいえる。とくに、「無題［浅間山麓の小学校］」鳥瞰図は、浅間山麓をはじめて建築の敷地として選び、ここへの憧憬の念を存分に描き表した作品という意味で、卒業設計の習作であったともいえる。

卒業設計は、学生時代に習得した知識・技能を総括する課題であるばかりではない。建築を志す者が、社会的な制約なしに自由に自己の建築観を表現できる、最初で最後といっていいチャンスでもある。浅間山麓を創作の原風景とし続けた立原が、自己の建築観を表現する最良の機会である卒業設計の舞台に浅間山麓を選んだ。立原は、小学校の習作を経て、

（25）『筑摩全集5』一九三七（昭和一二）年三月一六日［火］田中香積宛書簡、三二七頁

ここにもう一度建築を構想したいとの想いを強くしていたにちがいない。

芸術家コロニイの小学校

立原の卒業設計では、コロニイの住人、来客が豊かに暮らせるように、駅前に「商店のほか旅館、郵便局、消防署、コロニイ管理所」を設けていた。また、芸術家の活動に寄与すべく、美術館、音楽堂、図書館といった文化施設も計画されている。そして、芸術家らの小住宅集落の中心には、コミュニティの核となる「ロッヂ」が置かれるなど、そこで暮らす芸術家が日常生活に事欠くことのないような施設がしっかりと計画されていた。都会からの物資の供給ルートも、交通の便もしっかり整えられていた。

しかし、何かが足りない。これだけ充実した生活環境を整えながらも、なぜか学校だけは計画されていなかったのだ。

芸術家がここで本格的に暮らせば、やがて、家庭を持ち、子どもが生まれる者もでてくるはずだ。しかし、この計画では、小住宅に住む芸術家たちが家族をこしらえて、その子供たちがどのように暮らしていくのか、といったところまでは想定されていなかったようだ。

しかし、立原が卒業設計でつくったコミュニティは、単身者だけのものでもなかった。前述の卒業設計の説明には、もうひとつ、「小住宅・Cottage・説明」が付されていた。ここには、「小住宅は住む者が独身であるときには厨房を欠いてゐる。これはロッヂにて食事が常に用意されてゐるからである[26]」と、独身者の場合についての記述があるのだ。だが、独身でなくなったときのこと、家族が増えた後のことには一切言及されていない。

この「住む者が独身であるときには」の物言いには、そうでないもの（＝家族のいる者）もこ

(26)『筑摩全集4』二七六頁

こに住んでいることをたしかに想起はさせる。しかし、これは、すでに家族がいる者といったニュアンスは感じさせるものの、ここで芸術家同士で結婚して新たな家庭を築く者がそのうちにでてくるであろうことまでは想定されていただろうか。

しかし、第三章で論じたとおり、立原は、すでにこの地に学校を設計していたのだった。卒業設計の前年に、中山道沿いの追分近くに「無題［浅間山麓の小学校］」を設計していた。この小学校は、信濃追分駅から真北へ向かう道路と中山道との交差点に面した場所に計画されていた。ここは、駅前からも、中心街である追分宿からも交通の便の良いところだ。すでに計画済みであった「無題［浅間山麓の小学校］」は、卒業設計の構想の一部として考えられていたのではないだろうか。

それでも、このコロニイが芸術家たちとその家族が永続的に暮らしてゆく場であったとは、やはり思えない。小学校を卒業した子供たちがやがて成長し、青年になれば、このコロニイを去って都会へと学びにいくことになるであろう。その際に住む場所、頼る場所はどこだろうか。

あるいは、芸術家たちの本拠地は、実は都会にあるのかもしれない。物資、通信、交通などの都会との関係は、実は都会に残してきた家族との繋がりを保つためのものだったのかもしれない。このコロニイは、都会の家族との関係を保ちながらも、一時期を創作に専念する芸術家たちのアトリエのようなものだったとも考えられる。

敷地をめぐって ― 大江宏と立原道造

立原の卒業設計の敷地は、浅間山麓の信濃追分一帯が想定された広大なものであった。その大枠については、先に示した通り、信濃追分駅を中心とした駅前公共空間と、分散して配置された芸術家・文芸家のための小さな集落とによって構成された計画であった。

原図が散逸しているために、集落や施設が具体的にどの位置に計画されていたのかを特定することは難しい。立原の卒業設計については、これ以上の解明は無理なのだろうか。半ば諦めていた矢先、意外な事実に出会った。

この敷地に関して、建築家の大江宏が驚くべき証言をしていたのだった。

あれは、だいたいは追分のぼくのところの土地を仮想の敷地にしているんだけれどもね。[27]

これは、六五歳の大江が、編集者の宮内嘉久（一九二六―二〇〇九）との対談の中で発した言葉である。仮想とはいえ、大江は、立原の卒業設計に敷地を提供していたのである。

これまで、立原と大江とを関係付けて論じられることはほとんどなかった。ましてや、卒業設計を通じて二人に接点があるなどとは、思いもよらない事実である。しかし、実はこの両者には深いつながりがあったのだ。

立原の代表作ともいえる卒業設計の構想には、戦後の代表的な建築家・大江宏が密接に関わっていたのだった。そしてなにより、そのことが晩年の大江宏自身の口から語られていたのである。立原と大江宏との関係をここで改めて見直す必要がありそうだ。

（27）大江宏―宮内嘉久対談「小対話篇 ある青春―建築的風景一九三〇年代」、『風声』第八号（一九七九年一一月）二四頁

大江宏の半生

そもそも大江宏とは誰か。

大江宏は、日光東照宮の修繕や明治神宮の造営を手掛けた建築家・大江新太郎（一八七五―一九三五）を父に持って生まれた。幼少期には、日光東照宮の参道沿いにある安養院に過ごし、父の仕事を間近に見つつ、日光の大自然と建築群を脳裏に焼きつけた。

小学校から高校までを成蹊学園に学んだ後、一九三五（昭和一〇）年に東京帝国大学建築学科に入学する。同級生には、丹下健三や、のちに建築評論家となる浜口隆一らがいた。そして、一級上に、立原道造がいた。入学後ほどなくして父・新太郎が逝去してしまう。

当時の建築意匠教育は、純粋なモダニズムを志向する風潮にあった。日本の正統な伝統様式こそが建築であると身に染みていた大江は、そのギャップに戸惑いながらも、モダニズム建築の粋を徹底的に吸収する。

卒業後は、日本の建築構造学の草分けであった佐野利器（一八八〇―一九五六）や、国会議事堂の設計を統括した官庁営繕畑の建築家・大熊喜邦（一八七七―一九五二）など、父・新太郎を良く知る先輩らの世話により、文部省に入る。文部省では、一九四〇年に実施を控える紀元二千六百年記念行事の一環として建設予定だった国史館の計画に従事したが、戦局悪化に伴う資材・予算の不足によりとん挫してしまう。その他、文部省で神武天皇の聖跡記念碑の計画等も細々と行っていた。

やがて、この不遇を見かねた父・新太郎の優れた仕事ぶりを知る三菱地所の建築家・藤村朗の誘いを受けて、一九四一（昭和一六）年、三菱地所へ転職する。三菱では、荻窪の三菱銀行社員寮や平壌の大同江の河畔に建つ三菱製鋼迎賓館等の設計に従事した。この時期には、本業の傍ら、その後の大江建築の原点として注目されている中宮寺の御厨子も手掛けた。

戦争終結の直後の一九四六(昭和二一)年には周囲の反対を振り切って三菱を辞し、二人の弟とともに事務所を構え、木造のプレハブ住宅を手掛けたりもした。一九四八(昭和二三)年に法政工業専門学校(一九五〇年、法政大学工学部に昇格)創設に伴って専任教員となり、一九五三(昭和二八)年には法政大学大学院(五三年館)の校舎の設計によって、学生以来の宿願であった、純粋なモダニズム建築の日本での実現を果たす。

以降は、プロフェッサー・アーキテクトとして活躍し、生来の日本建築への素養と、世界旅行をして感銘を受けたイスラム、プレロマネスク建築への憧憬といった、異なる様式に根源的な共通性を見出してこれをバランスよく「混在併存」させた独自の作風を貫き、香川県文化会館(一九六五)、普連土学園(一九六八)、角館町樺細工伝承館(一九七八)、国立能楽堂(一九八三)等をはじめとするモダニズムのトレンドに迎合しない秀作を残している。[28]

とくに、同級生であった丹下健三らが、ブルーノ・タウトの評価を引き継ぐように桂離宮の構成にモダニズムの粋を見出し、これを抽象化することで日本の伝統を近代建築のモチーフに押し上げてゆくのに対し、大江は、自身のふるさとでもある日光東照宮や、その意匠のルーツである桃山文化に育まれた厳格な書院を引き継ぐ野物と華美な化粧の併存にこそ、顧みるべき日本の正統性と独創性があるという姿勢を貫いた。

大江宏は、独自の文化の築かれた日本で普遍性を旨とする近代建築をいかにして受容するべきかを追究しつつも、しかしその出自ゆえに血肉となっていた伝統への確かな見識を持った、稀有な建築家だった。

同時期の建築家たちは皆、同じように日本らしい近代建築とはなにかを考えていた。その

(28)『別冊新建築一九八四年 日本現代建築家シリーズ⑧ 大江宏』(新建築社、一九八四年六月)および大江宏『歴史意匠論』(大江宏の会、一九八四年一〇月)を参照。

旗手として華々しく活躍したのは、大江の同級生・丹下健三だった。大江は、丹下を横目に、これとは異なる道を歩むべきことを意識せずにはいられない。大江は、恵まれた環境に置かれたがゆえのさまざまな葛藤を抱きながら、独自の建築を目指した建築家だった。

とくに、丹下と互いを意識し合って対比的な道を歩んだ、という点は、立原に通ずるところがある。

建築を離れたところで

立原道造の人生は二四年と短いものであった。しかし、その詩から多くを感受して青春を送り、そして建築を志すに至ったという建築家諸氏も少なくない。同世代の生田勉や丹下健三などの立原を直接知る建築家も、その晩年まで立原に浴びせられた光芒を慈しみ、後進へと語り継いでいる。

そして、丹下と同級だった大江宏も、その晩年に、大学時代のことを尋ねられれば必ずと言っていいほどに、立原との思い出を語っていたのだった。

たとえば、一九八四年に行われた大江の法政大学での最終講義では、ファシズムの建築が台頭し始めた卒業前後の頃、立原道造と、そして二人の師である岸田日出刀とともに本郷の喫茶店で、「モニュメンタリテート」の是非を議論した思い出が語られている。(29)

また、最終講義録が収められた『歴史意匠論』の巻末に、「ぼくのところの土地」の話から五年ぶりに再び宮内嘉久と行った対談が掲載されている。ここでも大江は立原に触れていた。「そう、立原（道造）とは、建築を離れたところでずいぶん話したほうだね(30)」と大江は振り返っている。

(29) 前掲『歴史意匠論』二八頁に以下のように記されている。「卒業前後の頃だったかと思いますが、本郷の喫茶店で、今こそモニュメンタリテートを鮮明にすべきだと言うような説を、立原道造からさへも聞かされたことがあるくらいで、その時、岸田（日出刀）先生も一緒におられて、岸田先生は、ベルリンのオリンピック会場もそう高くは評価しておられなかったが、まあまああれもよかろう、というあたりのところだったと思います。私にはどうかこう一つのわだかまりというか、しっくりこないものが残って。」

(30) 前掲『歴史意匠論』一六九頁。さらに、これに続いて「いまも覚えているのは、ぼくがヘッセの《クヌルプ》を読んでおもしろかったという話を立原にしたら、半年くらい経ってこちらが忘れたころ、『大江さん、あれはいいね』ということを彼が言って、ね。いまでもよく覚えている。」と大江は語る。
なお、立原は一九三八（昭和一三）年の一〇月半ば頃に手記「［火山灰まで］」のなかに随想「風立ちぬ」の下書きを書いているが、このなかに「＊僕はこの休息の意味と彷徨とをクヌルプの場合についてかんがへようと、だれよりも先に僕に約束する。」（『筑摩全集3』三二一頁）と記している。この一文を下書きした時期は、大江と追分で出会った夏から一年後であった。おそらく、この半年前頃に、大江からヘルマン・ヘッセの小説『クヌルプ』のことを聞いて、これを読んだのだろう。流浪の芸術家の田園生活と生き様が描かれたこの小説に感動し、そして堀辰雄の「風立ちぬ」を批評する際の引き合いに出そうとしたものと考えられる。だとすれば、大江は、立原の文学にも貢献したこ

また、唯一の作品集といっていい『別冊新建築一九八四年 日本現代建築家シリーズ⑧ 大江宏』の巻末でも「立原はうちのクラスと両方付き合っていましたね。一クラス三〇人でしたけど、上下のつき合いがわりあいありましたね。製図室は一室で一年、二年、三年、みんな一緒ですからね[31]」と、製図室での交流を想い起こしていた。学生時代を振り返る際には、立原の存在を欠かさない。

大江にとって、自身の生き様を模索する時期に出会った立原は、晩年になっても忘れることのできない印象深い存在だった。それは、前章で触れた丹下にとっての立原の存在の大きさに匹敵するほどであった。丹下と立原が対比的だった一方で、大江と立原は共感するところがあった、という相関が垣間見えるのも興味深い。

どこから見たか

ところで、「追分のぼくのところの土地」というのは、一体どこなのだろうか。

これは、後に、大江宏が手掛ける自身と仲間のための「追分の山荘」(一九六一―一九六二)が建つ土地のことであった。

ここは南北に長い一ヘクタール超の広大な土地である。しなの鉄道線の信濃追分駅から南西に八〇〇メートルほどのところに位置している。

大江宏の子息で建築家の大江新によれば、いずれも後に建築家となる大江宏・透(一九一五―一九五七)・修(一九一七―一九六六)の三兄弟により、父・大江新太郎が亡くなった一九三五(昭和一〇)年に、新太郎の残した遺産の処分に伴って購入されたもののとのことだ。ただし、土地の名義人は惣領の宏であった。

とになる。大江が印象深く覚えているのも、立原の文学に幾分か貢献したことに由来するものかもしれない。

(31) 前掲『別冊新建築一九八四年 日本現代建築家シリーズ⑧ 大江宏』一八七頁

はじめは、積極的な性格の二男・透が、にぎやかな軽井沢の方に購入しようと提案していたが、宏が、より広い土地が得られるからと透を説得し、のどかな追分の方で土地を求めることを決めたという。追分の土地購入に際しては、浅間山麓の旧追分宿に存する旅館・油屋の店主より土地を紹介されたとのことだった。宏は、以前から油屋によく泊まっていた。そういえば、立原も油屋を常宿としていた。

大江新からの聞き取りによれば、この土地には、購入直後にそれぞれ八坪そこその家屋が五軒点在して建てられた。近所からここは「五軒別荘」と呼ばれていたという。この五軒の家は、宏・透・修のいずれの手にもよらず、地元大工の手によるものであった。この時、宏はまだ大学一年生であり、透と修はまだ建築を学び始めていなかった。

このうち三軒は他人に貸して、土地の維持費の足しとしていたという。残りの二軒は、大江家の人々が自由に使えるものとしてとっておかれた。

一九四五（昭和二〇）年の春から夏にかけて、空襲を避けるべく、宏の家族は追分に疎開した。その際は、この二軒のうちの北側のひとつに過ごしていたという。透は戦後すぐに体調を崩してしまい、遂に使うことはなかった。修は、時折遊びに来ていたという。もう一軒の家には、ミロのヴィーナスを日本に紹介したことで知られる美術史家・沢木四方吉（よもきち）（一八八六―一九三〇）の未亡人だった宏の叔母・みね子が疎開していた。

新によれば、建てられてから疎開までの間にこの二軒がどのように使われていたかは不明だという。しかし、これらが建った次の夏（一九三六年）には、宏はすでに油屋に泊まることなくここを使い始めていただろう、とのことである。

戦後しばらくして、新たに、一家が過ごすための母屋（一九六一年竣工）と、事務所々員や学生らが過ごすための寮（一九六二年竣工）がそれぞれ宏によって設計された。このふたつの建築は、今もそこに現存している。五軒別荘はこれらの建築の際に取り壊され、一軒のみが現存している。

この土地は、いまでは、うっそうと生い茂った樹林に囲まれているが、もともとは低い若木の向こうに浅間山がはっきりと見えていたという。『新建築』一九六三年三月号に掲載された写真では、母屋の南側全景の背後にそびえる浅間山の特徴的な形態が大きく写し出されている（図5−2）。

この山の姿を見てふと思い出すのは、立原による「無題［浅間山麓の小学校］」鳥瞰図の構図だ。「小学校」鳥瞰図に描かれた、「へ」の字と「M」の字の連なりが高い視点から望まれた浅間山の形状は、ちょうどこの敷地付近から見える山の姿に酷似している。ひょっとすると立原は、この付近から「小学校」の絵を描いたのではないだろうか。

「小学校」の絵が描かれたのが一九三五（昭和一〇）年の春頃であり、大江宏らが追分の土地を購入したのも一九三五年であった。大江新太郎が亡くなったのは六月で、大江家の土地の取得は一〇月だった。つまり、「小学校」の絵は、大江家の土地購入以前に描かれたものであり、大江家の土地に遊びに行った時に描かれたというわけではないようだ。

しかし、逆を言えば、大江家の土地探しの時点では、すでに立原は「小学校」のこの図を描き終えていたということだ。春頃に描かれた「小学校」の絵は、前年に初めて見た浅間山の姿を想い起こしながら、東京で描かれたものだと考えられる。この絵の構図で浅間山を描くためには、この構図での浅間山の姿を具体的に想像できなければならない。そのためには、この視点からの姿を目に焼き付けておく必要がある。

図5-2　大江宏「追分の山荘」母屋（『新建築』1963年10月号155頁）

路傍の自然をうたった立原は、浅間山麓のあちこちを歩いていた。どのあたりから山の雄大な姿が望めるかもよく知っていたはずだ。大江が土地検分に訪れる以前に、山の姿がはっきりと望めるこの土地のあたりを歩き回ったことがあったのではないだろうか。

追分での夏の回想にとらわれながら

大江宏は、立原とは大学入学以降の付き合いであったが、先の宮内嘉久との対談によれば、その関係は、「本郷で会うというよりは、追分で会うほうが多かった」[32]ものであったらしい。対談では、「ぼくは成蹊時分から追分にはよく行っていたんだけど、大学に入ってから立原を知って、よく油屋で一緒になった」[33]とも述懐されている。

大江は立原よりも一歳年上であるが、旧制成蹊高校尋常科(中学に相当)に正規に四年通った後、同高等科には一年卒業を伸ばして四年在籍、さらに一年浪人した。一方の立原は、五年が修業年限であった旧制府立三中を一年飛び級して四年で卒業の後、旧制一高を正規の三年で修了し、東大へとストレートで進学した。つまり、立原は大江よりも二年急ぎ足で大学に入り、学年は大江よりもひとつ上となったのだった。

立原が追分を初訪したのは一九三四(昭和九)年の夏だが、この年の春には、大江は成蹊高校をすでに卒業していた。つまり、成蹊時分から追分に行っていたという大江は、立原よりも前に追分に何度か訪れていたということである。

立原は、一九三五(昭和一〇)年には、七月九日〜一四日、七月二五日〜八月一九日、八月二七日〜九月二一日と三度にわたって追分を訪問している。この夏は、立原の浅間山麓での村ぐらしが、人生で最も盛り上がった時期であったといってよい。東京に戻ったあと、「し

(32) 前掲『風声』二四頁
(33) (32)に同じ

ばしば夏の回想にとらわれながら、放心したような日々を過ごす[34]」ほどに、都会からの逃避行を楽しんだのであった。

この時期二度目の追分滞在中である八月九日に、大学の同級生・小場晴夫に宛てた手紙に「さういへば、この村に、大江さんの子供が来てゐるよ。宏つて建築の人と、その弟二人、みんなシヤンな人たちだよ[35]」との記述がある。

ここでいう「大江さん」とは、宏の父・大江新太郎のことである。大江新太郎は、一九二〇（大正九）年一一月～一九三三（昭和八）年六月までの間、東京帝国大学建築学科で非常勤講師として「庭園学」の授業を受け持っていた[36]。立原の入学は一九三四年なので、大江新太郎の授業は受けていなかったはずであるが、しかし、その存在については聞き及んでいたにちがいない。

「シヤンな人たち」とその端正な風貌を記していることから、立原は、宏と二人の弟、透・修に、一九三五（昭和一〇）年の八月に会っていたことがわかる。大江三兄弟は、この時期に追分を訪れていたのだった。このときに、土地の取得を検討していたにちがいない。

宏のことをわざわざ「大江さんの子供」と説明し、「宏って建築の人」などと他人行儀に紹介しているところをみると、立原はこの時に大江とはじめて親しく話をしたのかもしれない。つまり、立原と大江宏の交流は、このときにはじまったのだと考えられる。

また、三度目の追分滞在中、立原が九月一五日に小場に宛てた手紙には、「昨日、大江宏君が　東京に帰つて行つた[37]」という一行が、前後の文脈とはやや無関係に挿入されている。つまり、大江宏は、少なくとも、八月九日～九月一四日までの一ヶ月余を追分で過ごしていた。おそらく、前述の対談を踏まえれば、大江の宿泊先は立原と同じく油屋だったはずだ。「昨

(34)　『角川全集第六巻』六一二頁

(35)　『筑摩全集5』一九三五（昭和一〇）年八月九日［金］小場晴夫宛書簡、一五四頁

(36)　前掲『東京大学百年史 部局史三 工学部』一三五－一三六頁参照。

(37)　『筑摩全集5』一九三五（昭和一〇）年九月五日［日］小場晴夫宛書簡、一七二頁

日」と具体的な帰京日が示されていることから、立原は大江を見送ったものと思われる。ふと思い出したようにつぶやく「帰つて行つた」との言い回しには、どこか祭りの後のような寂しささえ感じられる。

八月九日の手紙ではまだよそよそしかった大江と立原の関係も、ひと夏を非日常的な田園風景のもとにともに過ごして親密となっていたことがうかがえる。

ところで、宍戸實(まこと)によれば、追分村一帯は、立原がはじめて訪れた頃にはすでに避暑地となっており、「軽井沢と違ってぜいたくな別荘地ではなく、学生が勉学のために廃業した旧旅籠に下宿して夏を過ごしていた」地であったという。[38] とくに、立原が常宿としていた油屋は、追分宿の旧脇本陣としての由来を持つ由緒正しき名宿だった。

大江新が宏より聞かされた話でも、当時の帝大生には、高等文官試験（現在の国家公務員I種試験の前身）のために、油屋にこもって勉強したものが多くいたという。試験勉強に来ていた学生のなかには、東京帝国大学の文科系に進んだ大江の成蹊時代からの学友たちもいたことだろう。油屋で彼らとの旧交を温めるうちに、同じ宿にいた文科系の友人の多い立原とも知己を得て、次第に親交を深めたということもあるいはあったかもしれない。

敷地の検分

前述のように、一九三五（昭和一〇）年の夏、大江三兄弟は、追分の土地購入のために、一ヶ月にわたって追分に滞在した。その間、立原は、一時帰京するも、ほぼ同じ時期を追分で過ごしていた。互いに油屋を拠点としていたので、そこで親しい間柄になっていったのだった。

(38) 宍戸實『軽井沢別荘史』（住まいの図書館出版局、一九八七年六月）一八九頁

大江家の追分の山荘の土地は、油屋の宿主より紹介されたものであった。前年より油屋を常宿としていた立原も、当然この店主とは親しかったはずだ。大江らの追分訪問以前に、この土地付近から眺めたと思しき「小学校」の絵を描いていた立原である。「小学校」を描く際には、この構図にあるような浅間山の山なみがくっきりとみえる場所を求めて、信濃追分駅の周辺や、その南に位置するこの大江の土地のあたりを歩きまわり、土地勘を心得ていたにちがいない。

油屋の店主が大江に土地を紹介する際、立原も、たまたま同じ宿に泊まっていた。これを聞きつけて、そのあたりならばよく知っている、とでも言って、大江の土地検分にも同行していたかもしれない。そしてこれを通じて大江との親交を深めた立原は、やがてここを敷地とした卒業設計を構想するようになった、という可能性も考えられはしないだろうか。

翌年（一九三六年）の夏にも、立原は追分に長期間滞在している。一方の大江家の土地には、小家屋が建ち並び、ここで避暑ができる態勢が整っていた。前年に親しくなった大江が「五軒別荘」を建てたことを、立原も知っていたはずだ。この夏に、立原は大江の山荘にも遊びに行っていたかもしれない。

いずれにしても、冬の追分行きを小場が讃えたように、実感をもって仕事をする立原が、一度も足を運んだことのない場所を敷地としたとは考えにくい。とすれば、「あれは、だいたいは追分のぼくのところの土地」という大江の発言から、立原は、少なくとも一度は大江が購入した敷地に足を運んでいたはずだ。そして、その時期は、大江と親しくなった一九三五年夏から卒業設計の構想をする一九三七年一月末までの間の頃だったと推測される。

ぶるぶると震え出す

追分での一夏の交流をきっかけに、大江と立原のあいだにはそれ以降も親密な交流がつづいた。東京でも二人は、学内よりも、大学の外でよく行動を共にする付き合いだったようだ。ある時は、絵画を共に見に行った。この時を大江は、「東京ではたまに絵の展覧会を一緒に見に行ったりしてね。立原は好きな絵にぶつかると、その前でぶるぶると震え出すんだ、よく」と振り返っている。[39] 美しいものを目の前にしたときに、立原は震える癖があったようだ。何度も絵を共に見に行った大江は、立原のこんな癖を知っていた。二人の親密さがよくわかるエピソードである。

ところで、立原と大江が追分で出会った一九三五（昭和一〇）年の夏、油屋には、今井春枝（本名：山根治枝）という女性がやってくる。彼女は、立原道造が追分で恋をした女性のひとりだった。今井が立原の泊まる油屋にやってくる直前、立原は、「彼女のことを宿のひとから、世にも美しい女性で、その声は鶯のさえずるようだ」と聞かされていた。[40]

今井は、油屋に来た日の夕刻、東大生だという男性六名程と食事を共にし、そこでめいめいが自己紹介をしあった。この中に、立原以外にもう一人、建築学生がいた。「建築科のOさん」という人だったと今井は振り返る。[41] これは大江宏のことにちがいない。

今井は、後になって、この東大生の中の一人から、立原が自己紹介の時ガタガタと震えていた、ということを聞かされたとも語っている。好きな絵の前で震え出す立原は、美女を目の前にして、震え出したのだった。

なお、今井は、大江宏と同じ日に帰京していたらしい。[42] ことによったら、大江と今井は、同じ汽車で帰っていたのかもしれない。とすれば、立原が震えていたことを今井に聞かせ

（39）前掲『風声』二四頁

（40）『角川全集第六巻』年譜、六一一頁

（41）山根治枝「信濃追分の立原さん」『角川全集第一巻 月報一』（一九七一年九月）三頁参照。

（42）『角川全集第六巻』年譜、六一一頁参照。

たのは、この時の大江だったとも考えられる。

大江は、今井を囲んだ油屋の食堂で、美しいものの前で震える立原を初めて見て、その癖を印象深く記憶していたのではないか。ともに絵を見に出かけ、好きな絵の前でぶるぶると震える立原を見るたびに、大江は、立原が今井の美しさに震えた追分の晩餐を想い起こしていたのかもしれない。

大江と立原は、建築を離れたところでよく付き合っていたが、建築についてもよく語り合っていた。先に、立原と本郷の喫茶店で「モニュメンタリテート」の是非を議論した大江の思い出について触れたが、実は、「追分のぼくのところの土地」について語った宮内嘉久との対談でも、大江はこのエピソードに触れて次のように述べていた。

いまでもよく覚えてるのは、ぼくが三年で、立原が石本事務所に就職していたときだから、一九三七年のたしか夏だよ。本郷の喫茶店で立原と話をしていたとき、彼は突然、どうもシンメトリーで、軸線のすっと通ったデザインのほうがいい、と言い出したんだ。ぼくはわりあい帝国ホテルのように曲折したプランが好きで、立原ももともとはそうだった。（中略）ともかく、その立原がいきなりシンメトリーなんて言い出したからぼくは驚いたね。なぜいいんだって聞いたら、そのほうが潔くて英雄的じゃないかって言うのね、立原が。一つの時代の曲がり角ですよ、それは。いま振り返ってみるとね。[43]

前章では、立原がフランク・ロイド・ライトにシンパシーを抱いていたはず、との趣旨を

（43）前掲『風声』二一四―二一五頁

図面表現から検証したが、大江のこの発言からも、やはり立原がライトを好んでいたことがわかる。生田勉が、「ライトはほとんどみんなわからなかった[44]」と言っていた時代に、立原と大江は、数少ないライトをわかっていた人だった。

「立原もともとはそうだった」との述懐からは、ともにライトを好んだ共感を、大江が嬉しく思っていたようにさえ感じられる。しかし、やがて立原が、「シンメトリーで、軸線のすっと通ったデザイン」をもった記念碑性の強い建築がいいと言い出すあたりには大江は共感できず、不快感を顕わにしていた。

二章でも指摘したように、立原が取り組んだ「アパアトメントハウス」や「サナトリウム」などの初期の設計課題には、グロピウスやアールトなどの先人の名作事例をよく勉強し、モダニズム建築の勘所をしっかりと吸収しようとしたかのような跡が見られた。その一方で、風景をうたう詩人としての半身を持つ立原は、必ずしも都市を敷地としなくてよい課題では、田園風景に溶け込んだ、風景の一部としての建築を構想した。

大江は先に述べた法政大学五三年館で、スイス学生会館と見紛うモダニズム建築を日本の風土で再現しつつ、これによってその限界をも感得して、やがて日本の伝統建築とイスラムやプレロマネスクの様式を巧みに「混在併存」させた建築を手掛けていく。

立原は戦前に活躍し、大江は戦後に活躍した。二人の活躍した時期は異なっていた。しかし、両者には、モダニズム建築を熱心に吸収・消化する一方で、これから脱却し、時勢にあらがうような表現に向かっていった点が共通していた。二人には、建築の在り方に対する共通の意識があったのだ。

こうした、意識的に時勢とは無関係な方向を目指す姿勢も、二人を親密にさせた要因のひ

(44) 前掲『建築の一九三〇年代―系譜と脈絡』四三頁

とつだったにちがいない。先の大江の不快感は、その立原が、互いに共感しあったものとは対極の意識へとぶれはじめていたことへの違和感だったのかもしれない。

しかし、不思議なことに、これだけの親交がありながら、立原と大江の交わした書簡は一通も見つかっていない。

大江宏はあまり手紙を他人に宛てることの多い人物ではなかった、と子息・大江新はいう。筆まめな立原とは対照的だ。思えば、全集に所収された立原の書簡の宛先は、立原の問いかけにこたえて返事をまめに出してくれそうな人物ばかりであったようにも思える。そんな事情から、学外で行動を共にすることも少なくなかった二人であったが、手紙のやりとりはほとんど行われなかったのかもしれない。しかし、まったく手紙をやりとりしなかったのでは会う約束もとりつけられないので、いくらかのやり取りはあったはずだ。

そのあたりを大江新に尋ねたところ、やりとりをした手紙があったとしても、立原と親交のあった時期に宏が住んでいた小石川原町の家もろとも空襲により灰燼と帰してしまったことだろう、とのことであった。大江宏は、一九四二（昭和一七）年に世田谷区に自邸を建て、実家である小石川原町の家を出た。その後、戦火に巻かれる直前まで、実家には母が住んでいたが、おそらく、宏の青年期までの持ち物の多くは新居に持ち出されず、小石川原町の家に残されたままだっただろう、とのことであった。

夢の継承

立原道造が追分に芸術家村を構想してから二十余年の後、大江宏は、「あれは、だいたいは追分のぼくのところ」と言ったその土地に、自身とその仲間たちのための山荘を設計した。
「追分の山荘」は、Y字路と崖とにはさまれた広大な敷地に建っている（図5－3）。「追分の山荘」は、ひとつの建物ではない。これは、図中の黒く塗った母屋と寮の二棟を合わせた呼称である。

母屋（図5－2）は、自身と家族が過ごすための小さな平屋の建築だ。一方、その向かい側の寮（図5－4）は、大江の家族のためのものではない。学生と合宿をしたり、事務所の所員と社員旅行で利用することを目的としてつくられた。

寮は、二〇人程が泊まれる北側の宿泊スペースと、皆で議論したり会食を楽しんだりすることのできる南側の集会スペースから成っている。母屋が比較的平らな地面に建てられている一方、向かいの寮は、南東側に向って緩やかに下る斜面地に建っている。そのため、寮の南側に配された集会スペースは、ピロティによって一層分持ち上げられている。細い木造の柱が建ち並ぶこのピロティ部分が、寮の外観を印象深く特徴付けている。

大江宏のもとでこの寮の設計を担当した金子泰造によれば、大江宏には、片方が接地していて、もう片方が持ち上がり、その中央部分からアプローチするというこの構成が、はじめから意識されていたという。そのために、勾配のあるこの場所に建てることにしたとのことだ。また、大江宏には、個人の敷地にありながら、この寮を自分や家族のためのプライベートな建物とする気持ちははじめから全くなかったという。

ところで、立原が遺した卒業設計のスケッチに「Lodge and Cottages」というものがある（図5－5）。立原の卒業設計は、「小住宅総戸約千を以て算ふ」[45]とされるほどに、壮大な計画であった。この「Lodge and Cottages」は、広大な「芸術家コロニイ」を形成するひとつの集落を

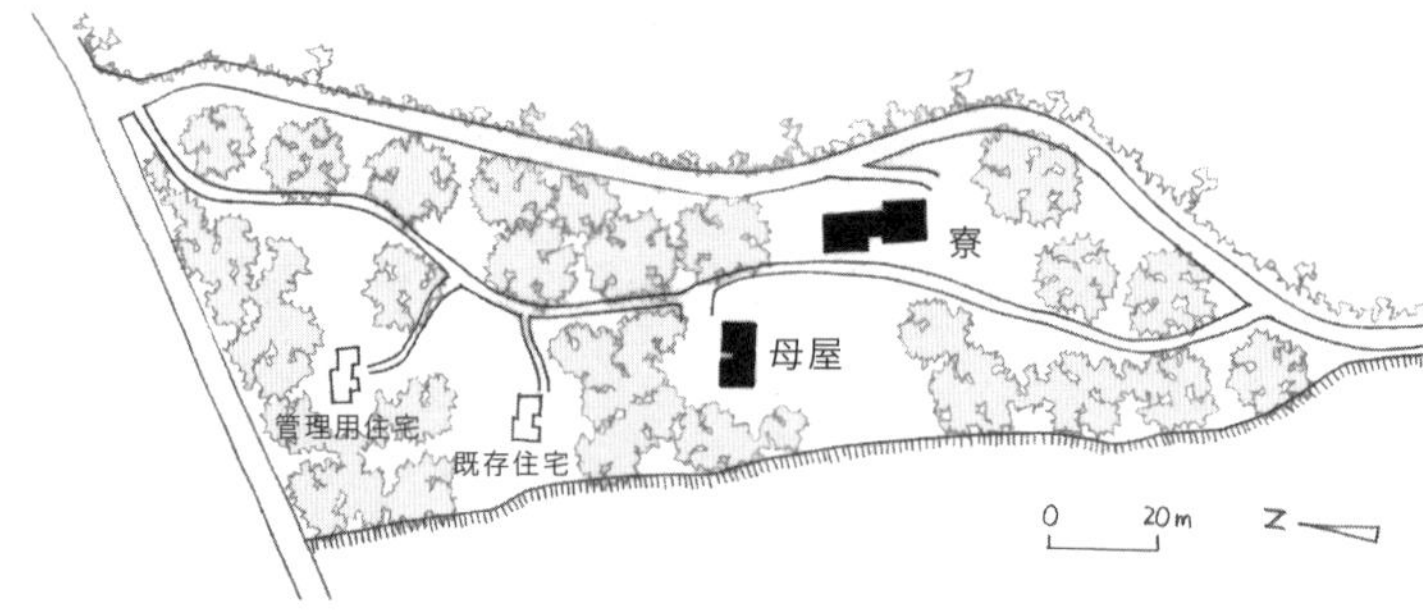

図5-3　追分の山荘の敷地図

（45）『筑摩全集4』「「浅間山麓に位する芸術家コロニイの建築群」付言」二七六頁

描いたものだと考えられる。

　集落は、芸術家らの交流の場となる中央のロッジと、その周囲に点在する複数の小さなアトリエ兼用住宅によって構成されている。立原は、この「Lodge and Cottages」で集落の姿を検討し、提出図面ではこれを斜投象（アクソノメトリック図）によって洛中洛外図屛風のように清書した。

　立原の卒業設計は、追分全域を対象としたものだった。大江宏が「あれは、だいたい

図5-4　大江宏「追分の山荘」寮棟

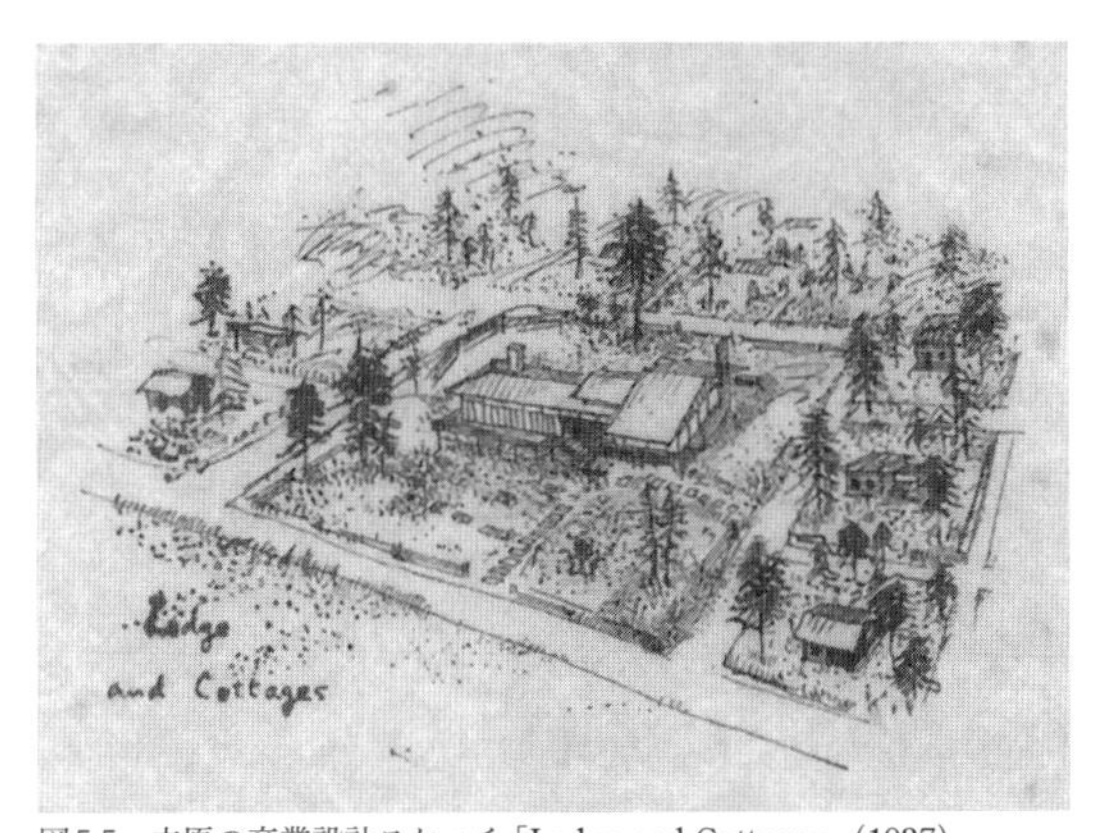

図5-5　立原の卒業設計スケッチ「Lodge and Cottages」(1937)

は追分のぼくのところ」といったのは、その敷地の大きさを鑑みれば、この「Lodge and Cottages」に示された一集落のことだったと考えられる。

この集落の中心に位置するロッジの形に着目したい。ピロティで持ち上げられた棟と、それに直交する煙突のある寄棟屋根の棟により、この建物は構成されている。二つの棟の接続部分には屋根だけがかかった部分があり、ここがロッジの入口だと思われる。

これは、大江宏の「追分の山荘」寮の構成にそっくりではないか。

大江の寮も、異なる機能を持つ二つの棟を接続して構成されていた。そしてまた、その二つの棟の接続部分に入口が設けられていた。しかも、皆が集える集落の中心的な施設だという点も、両者は共通している。これはもはや、単なる偶然だとは思えない。

晩年に立原との思い出をしばしば語った大江は、立原の卒業設計の内容も当然よく知っていただろう。小場晴夫によれば、東大では、卒業設計はすべて大学に保管されていた。翌年には自分も目指すこととなる辰野賞に輝いた先輩の作品として、大学二年次の頃にはすでに立原の卒業設計を見ていたかもしれない。なにより、自身の山荘の敷地を舞台としたものであったのなら、なおさらよくその内容を知っていたことだろう。大江宏の「追分の山荘」寮は、立原のこの卒業設計へのオマージュだったのではないだろうか。

古稀を迎え、大学の定年を間近に控えた大江宏は、大学の広報誌『法政』に「追分の冬」という短いエッセイを書いている。追分の山荘で味わった冬景色への感動を綴った、七〇〇字ほどの文章だ。この短いエッセイは次のような書き出しで始まっている。

今では上野駅から信濃追分まで二時間半もかからない。当時はその倍以上もかかった上に、列車は二時間に一本くらいしかなかった。当時というのは四、五十年も前の話であるが、私は学生の頃からよく追分へ行った。宿は旧追分宿の油屋旅館で、大学で一期上の立原道造も常連の一人だった。その後土地を求めて家を建て、何とか遣り繰りをつけては季節を問わず追分へ行った。(46)

建築を学び始めてから半世紀の後、大江の振り返る忘れられない青春の一幕は、追分での立原との交わりだった。この文章では、そのあと、冬の追分で正月を過ごした近況とともに、自身の山荘から見える、都会では味わえない冬枯れた田園風景の美しさがとうとうと綴られる。そして、文章は次のように締めくくられる。

建築家としてより詩人として知られる立原道造の卒業制作「芸術家のコロニー」はこの地を想定してのプロジェクトであった。(47)

ここでも大江宏は再び、立原道造の卒業設計が自身の山荘の建つ敷地を想定したものだったことを語っていたのだった。宮内との対談でその事実に触れてから、すでに五年の時が経っていた。「追分の山荘」を愛する大江にとって、この事実がいかに忘れられない、大切な記憶であったかが推し量れる。

ところで、「追分の山荘」寮には、大江が奉職した法政大学の大江ゼミを中心とした建築学

(46)　雑誌『法政』一九八四年一月号、四頁
(47)　同右、五頁

科の学生たちが毎年合宿をしていた。バーベキューをして、ほろ酔いのなか、卒業論文についての議論を交わした。議論には、現役の学生だけでなく卒業生らも加わり、侃々諤々と夜明けまで意見を闘わせていた。

寮ができて三年が経った一九六五年の追分の山荘ゼミの際に撮られた写真を見てみよう(図5-6)。ここには、大江宏のゼミの学生、卒業生の他に、当時法政大学で講師をしていた建築家・宮脇檀(一九三六―一九九八)も写っている。宮脇の夫人は、大江ゼミの卒業生だった。左端で微笑むのが大江宏だ。そして、その三人となりには、立原の親友であった柴岡亥佐雄の妻・治子の姿がある。

柴岡治子は、宮脇夫人・後藤照代と懇意にしていた。後藤照代の母は、当時、婦人画報社で『モダンリビング』の編集長を務めていた。その縁で、インテリアデザイナーでもあった柴岡治子と親しくなったとのことである。この時、柴岡治子を追分の山荘に誘ったのも後藤照代だったという。(48)

立原道造は、盛岡滞在中の一九三八(昭和一三)年、柴岡亥佐雄と治子の連名に宛てて手紙を書いていた。(49)また、そのひと月前、追分滞在中に柴岡に宛てて小場と共に書いた手紙には「奥様によろしく」とあった。(50)つまり、立原は生前、すでに柴岡の妻となっていた治子の存在をよく知っていた。

さらに、共通の友が柴岡に「追分では御夫婦が相当ひとりものの立原を困らしたらしいね」(51)と書いていた。この「御夫婦」は新婚の柴岡夫妻のことであると思われる。つまり、立原は追分で治子に会っていたのである。

大江宏は柴岡亥佐雄の一学年後輩だった。大江と柴岡にどれほどの交流があったかは明ら

図5-6　追分の山荘ゼミ(1965年)
左端が大江宏、大江から右へ2人目の女性が後藤照代(宮脇夫人)、その右隣りが柴岡治子。後列右から4人目が宮脇檀。

かでないが[52]、二人には、立原道造という共通の友人がいた。その柴岡の夫人がこの山荘にやってきたのである。

追分は、大江にとっても柴岡治子にとっても、立原道造との思い出の詰まった場所であった。一九三五（昭和一〇）年、大江は追分で立原と出会い、そしてこの土地を取得した。それからちょうど三〇年後、大江は思いがけなく立原をよく知る人物とこの地で会うこととなったのだった。大江と柴岡治子は、嬉しさと懐かしさから、立原のことを語り合ったにちがいない。

大江は、立原への想いに共感してくれる人の来訪を大いに喜んだはずだ。そしてきっと、立原の卒業設計についても話が及んだことだろう。そのとき大江は「だいたいは追分のぼくのところの土地を仮想の敷地にしているんだけれどもね」と、柴岡治子にも打ち明けていたかもしれない。

「追分の山荘」寮は、大江個人のためのものではないが、しかし、大江ゼミの学生のためだけのものでもなかった。ここには、実にさまざまな建築家たちが集い、東京の喧騒を離れてじっくりと議論を闘わせたいときによく利用されていた。一九六三年の夏には、日本武道館のコンペに向けて、大江宏や、大江事務所のスタッフ、そして宮脇などが集い、膝を交えてここで原案を煮詰めている。事務所の所員もここをたびたび使っていた。

また、この寮は、主である大江宏抜きに使われることもあった。法政大学の同僚だった建築史家・村松貞次郎（一九二四―一九九七）がここでゼミをやり、同じく同僚だった構法学者・建築家の山田水城（一九二八―二〇〇八）も使ったこともある[53]。学外では、親しくしていた建築家で早稲田大学の教授だった吉阪隆正（一九一七―一九八〇）が、ここで晩年にゼミを行ったこ

(48)　追分の山荘での合宿についての記述は、「追分の山荘」寮の設計担当でもあった金子泰造、立原の親友・猪野峻の子息の猪野忍ら大江宏ゼミ卒業生からの聞き取りに基づく。

(49)　『筑摩全集5』一九三八（昭和一三）年九月二六日［月］柴岡亥佐雄・治子宛書簡、四四〇頁

(50)　『筑摩全集5』一九三八（昭和一三）年八月二九日［月］柴岡亥佐雄宛書簡、四二四頁

(51)　『筑摩全集5』一九三八（昭和一三）年一一月二八日［月］柴岡亥佐雄宛書簡の前半（建築学科の同期生・波江貞夫の筆）、四八〇頁。立原は長崎紀行の途中、舞鶴で波江宅に一泊した。この手紙はその際に、波江と共に書いて柴岡に送ったものである。

(52)　立原は、大江と追分ではじめて会った夏、柴岡に「よる大江さんに会ひ学校のことなどきききました。」（『筑摩全集5』一九三五年九月一四日［土］柴岡亥佐雄宛書簡、一七〇頁）と宛てている。柴岡は、八月一六日〜一九日に追分を訪れ、立原と過ごしていた。大江は前述のとおり、少なくとも八月九日〜九月一四日まで追分に滞在していた。つまり、柴岡の滞在中は大江も追分にいたのだった。ふたりはこの夏、立原を通じて追分で親しくなったものと考えられる。

(53)　大江新からの聞き取りによる。

ともあるという[54]。

大江は、立原が卒業設計を計画したこの土地で、立原と語り合った青春の日々を想いながら、ここに山荘を実現させた。そしてその山荘は、前述の金子の回想の通り、決して大江個人が使うプライベートなものではなく、建築家をはじめとする芸術家らを集めて、文化的な活動が行えるように設えられた、開かれた場所だった。

大江宏の「追分の山荘」は、さながら立原道造の「芸術家コロニイの建築群」のその一集落が、まさにその場所に、その想いを継いで実現されたものだったのである。

無音の境地を求めて

立原道造は一九一四（大正三）年に生まれ、一九三九（昭和一四）年に歿した。立原の生きた時代は、第一次世界大戦終結から第二次世界大戦勃発までの戦間期（一九一八—一九三九年）とほぼ重なる。

立原が建築に多くのエネルギーを割いていた時期は、一九三四（昭和九）年の三月から一九三八（昭和一三）年の八月までである。つまり、東京帝国大学建築学科に入学してから、卒業後に勤めた石本喜久治の設計事務所を休職するまでのわずか四年半のみであった。

立原は、小学生の頃、関東大震災に遭って家を失い、中学を卒業する頃に昭和恐慌による大不況に見舞われ、高校に上がった年には南満州鉄道爆破の報を聞き、大学卒業の頃には盧溝橋事件が発生、日中戦争が本格化した。その最期の頃、立原は世界大戦へと向かう空気の変化を感じつつも、しかし、最悪の戦時下を経験することなく亡くなってしまった。

立原道造が建築を学んだ当時の日本建築界は、立原の一学年後輩であった建築評論家・浜

(54) 前掲『軽井沢別荘史』二四三頁参照。

口隆一によれば、「近代主義・自由主義あるいは社会主義的な傾向と、右傾した思想に結びつく浪漫主義的・復古主義的、あるいは国家主義さらには軍国主義な傾向との間を大揺れに揺れていた。若い学生の場合、一層その振幅は大きかったといえるかも知れない」[55]という状況だった。

そして、浜口は、先の当時の日本建築界の状況を踏まえて、それに敏感にならざるを得なかった立原の卒業設計を次のように評していた。

そういう難しい時代を反映してか、あるいは詩人的に韜晦(とうかい)してか、信州浅間高原を舞台とする牧歌的な「芸術家村」だった。しかし今、あらためてみると充分、明日に通じうる聡明な選択といえるかもしれない。[56]

ここで浜口が指摘する「詩人的に韜晦してか」の部分が実に興味深い。浜口は、立原の卒業設計がただ無邪気に追分への郷愁が表現されたものとは全く考えていない。立原が、激動の社会情勢を鑑みつつも、これに対して思うところがありながら、しかし、その本心は図面のなかにつつみ隠して明言を避けているとみている。

最晩年の立原は、事実、芳賀檀らの日本浪曼派に急接近し、ナチスの建築に魅せられる等、時代の趨勢に呼応した動きをたしかに見せてはいた。

立原の親友だった杉浦明平は、日中戦争が収拾不能となって太平洋戦争へと突き進む頃の日本浪曼派の文学について、「日本の侵略と奪略と殺戮とを謳歌し、それを神聖化して弱いインテリヂエンスと良心とを麻痺」させる、「ヒツトラーと日本軍閥の悪虐さをたたえた」も

(55)　浜口隆一「建築学科の頃」、前掲『杳かなる日の──生田勉青春日記 一九三一〜一九四〇』二〇一頁

(56)　前掲「建築学科の頃」二〇一頁

のであり、「人類が数千年に亘つて営々ときずき上げて来た文化的遺産、それをば彼ら浪漫主義者が銀座のバーで飲んだくれるためのはした金と引換に、たたきこわすことが、彼らのいわゆる『世紀の祝祭』であつた」と、終戦直後に痛烈に批判した[57]。

杉浦をはじめとする立原の仲間たちは、プロレタリア文学にも乗じず、政治主義には一切無関心であった立原が追分や下町の風景に抒情をのせて無邪気に優しくうたった詩に、突如として、「批判精神の喪失と、催淫剤的興奮を基礎」とした「穢ならしいもの[58]」がまじりこんでしまったことに驚きを隠せなかった。杉浦は、そんな立原が日本浪曼派に近寄っていったことを、「ちょうど闇夜の野路をたどつている人間が、『どぶ』や水溜りに邂逅し、或は肥だめに一大邂逅するように、立原の場合には正にその肥だめに邂逅したのである[59]」とまで言うほどに嫌悪していた。

それでも、「立原は決して本当に肥甕の中へ落ちたのではない。彼が落ちる前に、神々は彼の才能を惜しんで、天国へ彼を召上げたもうたのである[60]」と、立原が夭折によって救われたかのように書き、立原への親愛の情が失われていないことを示していた。

一九三八(昭和一三)年、日中戦争激化の最中、立原は、一級下の丹下健三に手紙をしたためた。これは、立原から丹下へのただ一度の手紙だった。そのなかには、長い文のあとで次のように記された箇所がある。

ゆふべ武漢三鎮の陥落の公報のあつたとき、僕は新日本を編輯する若い評論家たちと一しよにゐました。宮城まへまで行きました。提灯を持つた大ぜいの人たちの万歳にまざつて僕らも万歳を言ひました。しかし、どこか僕にはそれが不自然だつたのです。

(57) 杉浦明平「立原道造における進歩性と反動性」(『南北』復刊号[再録])、前掲『国文学解釈と鑑賞別冊 立原道造』二九四頁
(58) (57)に同じ
(59) 同右、二九五頁
(60) (59)に同じ

僕の大陸の規模の情熱にふさはしくない不自然さが僕が消極面におしやるのを感じてゐました。[61]

丹下の手紙にあった「武漢三鎮の陥落」は、武漢作戦の勝利を指している。武漢作戦は、日中戦争の最大規模の衝突で、日本では、この戦力のために国家総動員法を制定するほどの激戦であった。

建築家の磯崎新は、この手紙の次の部分に注目している。

僕ら共同体といふものの力への、全身での身の任せきりがなくては、一歩の前進もならない……今日の歴史から自分をだけまもる孤高のヒューマニズムを信じるならば、それは必要もないことだけれど、歴史はこんなに弱く惨落したときの僕にさへ、今は一歩の前進を要求します。[62]

この手紙を磯崎は、「丹下健三を日本浪曼派へと引き入れるためのオルグの文章だった」[63]と推理している。そして、日本浪曼派に傾倒した立原が生きながらえて戦中の五年間に建築家としての活動を続けたら、「なまぐさい国家的像の表象と取り組むことになっただろう」[64]と考える。

事実、この頃、丹下は日本浪曼派を魅力的に感じるようになっていた。晩年の丹下は、影響を受けた文学者はだれか、と建築史家・藤森照信に問われて、次のように答えている。

(61)『筑摩全集5』一九三八（昭和一三）年一〇月二八日［金］丹下健三宛書簡、四六七頁

(62) 同右、四六八頁

(63) 磯崎新「立原道造と建築」、前掲『国文学解釈と鑑賞別冊 立原道造』三四二頁

(64)（63）に同じ

その時期、日本浪曼派が出てきて、保田与重郎が書いているものに魅力を感じるようになったのです。（中略）

いまは何も覚えていないんですけれども、保田さんはおそらく理屈じゃなくて、戦争を男のロマンとして描き出しているような感じで私は受け止めましたね。当時は、心酔するというほどではないんですけれども、何か自分の気持ちを開いてくれる人だという感じはしました。(65)

立原のオルグは概ね成功した、といってもいいかもしれない。若き丹下はやがて、浪漫の求めに応じるがまま「大東亜建設忠霊神域計画」を描き、大東亜共栄圏の昂揚に寄与することとなる。

これに対して、文学の同志として長く立原と親しく付き合い、戦後は平和のための教育に尽くした猪野謙二は、立原が「長崎ノート」の中で「コギトたちのあまりにつめたく、愛情のグルンド(66)のない文学者の観念を否定すること。コギト的なものからの超克」に思い至り、「犀星の愛あるところ」への回帰を訴えている部分を引き、立原がたとえ戦中を生きたとしても、決して戦争詩人にはならなかっただろうと述べている。(67)

さらに猪野は、立原は、友人たちが日本浪曼派に対してやり切れない思いを抱いていたことを良くわかったうえで、「僕はずるいんだからなんていって、ちょっと困ったような笑いかたをしていた(68)」ことを思い出している。立原には、自らを客観視しつつも、しかしそうしなければならない想いがあったのだろう。

（65） 丹下健三「コンペの時代（わが回想、失われた昭和一〇年代）」『建築雑誌』第一〇〇巻一二二九号（日本建築学会、一九八五年一月）二五頁

（66） 基礎を意味するドイツ語

（67） 前掲『僕にとっての同時代文学』二四頁参照。

（68） 同右、一二頁

評論家・立花隆と建築史家・鈴木博之との対談にも注目したい。対談で立花は、卒業設計で計画された小住宅が、住み手を芸術家に限定しながらも、住み手によって自由に住宅を仕上げることができる余地を残したことに関して、「コロニイはこう作ってここに誰を住まわすみたいなことになると、ナチスの発想みたいで一種のファシズム的な感じだけれども。全然彼は違うんですねえ[69]」と評する。

卒業設計の付言のなかで立原が「小住宅はまた住む者の気分的個性に従つて、各戸が自由な立体図を持たねばならない。ここに描いた二、三の立面図は単に一人の建築家が自己の気分個性に従つて　基本平面・基本断面に与へたものにすぎない[70]」と述べているように、その具体的な計画は、住み手である芸術家に「放任」されたものであった。

そして、この付言は、次のように締めくくられていた。

この極端な放任は最悪の場合　混乱と無秩序の醜態にまで至ることが予想せられる。しかし今このコロニイにあつては住む者が何より先に選ばれたる芸術家であらねばならない。従つて彼はまた優れた趣味と気分感情とよき個性とを持つであらう。そしてまた互に共感と友情はこのコロニイに住む者同士あひだに、常に保たれねばならない。かくて……この極端な放任は　却て最善の場合、調和と諧調・・・のみが予想され得る。[71]

立原のつくったコロニイは、決してファシズム的に理性によって徹底的に統制された場所＝ディストピアではない。むしろ、ふつうの人間だったらば無秩序になってしまうかもしれない、というほどの極端な放任がいまこそ望まれるといわんばかりに、芸術家各自が、

(69)　立花隆・鈴木博之「立原道造の建築と文学」、前掲『国文学解釈と鑑賞別冊　立原道造』、三一七頁

(70)　『筑摩全集4』二七五—二七六頁

(71)　『筑摩全集4』二七六頁

自らの暮らしを自らの手で自由につくり上げることを最大限に後押しするべく、最低限の土台を提示したにすぎないものだった。

また、丹下への立原の手紙は、「丹下健三を日本浪曼派へと引き入れるためのオルグの文章だった」と捉えられるばかりではない。立花は、この手紙だけではなく、「彼の書いていたもの全体から見ると、そういう（著者注：日本浪曼派的な）物に対して完全にアンチな人[72]」だったと述べている。

立花と鈴木の対談では、立原が石本事務所で担当した「某病院計画案」の日の丸が高らかにひるがえった図面を描かされた立原が、そのファシズム的な仕事に嫌気がさしていったことが休職の理由のひとつであったとも推察されていた。「某病院計画案」は、帝国海軍のための病院の計画だった。白木屋を手がけ、大きな建物を次々と手掛けていて好況であった石本事務所が、業務拡大のために軍の仕事にも着手したことが、心身ともに疲弊し、「平和に戦ひつつ而も実りを目ざし[74]」たいと願っていた立原には耐えられなかったのかもしれない。

上記の丹下宛手紙のなかでは、「しかしどこか僕にはそれが不自然だつた」とも述べていた。立原のほんとうの想いは、立花のいう「アンチ」の側であり、政治的にも文化的にもひとつの暗黒に向かおうとしている状況に対して、違和感を覚えていたことがうかがえる。

もうひとつ、立原が「武漢三鎮の陥落」を喜ばねばならなかった理由がある。

武漢三鎮のひとつ漢口のあたりには、立原の三中時代の親友であり、猪野謙二の弟であった猪野峻がこの時に出征していたのである。猪野峻は、一九三七（昭和一二）年の一二月に臨

（72）前掲「立原道造の建築と文学」三二一頁
（73）立原の下描きでは、旗には日の丸ではなく、錨のマークが描かれていた（『筑摩全集5』、一九三七（昭和一二）年四―五月頃（推定）奥好宣宛書簡、三三二頁）。
（74）『筑摩全集3』「［長崎紀行］」一六二頁

時招集され、一九三八（昭和一三）年八月には歩兵第六七連隊に配属される。この連隊は、第一五師団に属していた[75]。

第一五師団は、中国の日本占領地の治安維持を担当していたとされるので、武漢作戦には直接かかわってはいなかったと思われる。武漢作戦は一九三八年八月に勃発し一〇月に決着がついている。峻が配属された八月はまさに勃発の頃であり、その逗留中には戦は熾烈を極めていたはずだ。戦場のただなかである漢口にいたとなれば、これにいつ巻き込まれてもおかしくない状況に身を置いていたということになる。

そんな状況を、立原はおそらく東京にいた峻の兄・謙二からも聞かされていたはずだ。立原にとって「武漢三鎮の陥落」は、日中戦争の重大局面での勝利ではなく、親友の身の安全がひとまず確保された、ということをも意味していたのではないか。そうであれば、これを素直に喜ばない理由はない。しかし、立原以外の皇居前の群衆や「新日本」の連中にとっては、「武漢三鎮の陥落」は戦の勝利でしかない。立原の万歳と、それ以外の万歳とは、まったく意味が異なっている。それが立原の感じた「しかしどこか僕にはそれが不自然だつた」ことの真意ではないだろうか。

しかし、その想いを他人に気付かれて弾圧の危険をおかすわけにはいかない。とすれば、この万歳は、戦の勝利を讃えたものと、とくに接近していた日本浪曼派の連中に思わせねばならない。それならば、これに共感する友人に手紙を書き送ってアリバイを作る必要がある。そして、その共感の相手に選んだのが丹下健三だった、と考えることもできるのではないだろうか。

さらには、立原と一高で同級生だった親友松永茂雄も、峻と同年（一九三七年）に召集され、

(75)　猪野峻博士記念事業会編『猪野峻博士の研究と思い出』（猪野峻博士記念事業会、一九八四年七月）四一頁

中国を転戦していた。また、立原が慕った画家・深沢紅子も、この時北京に従軍画家として出向いていた。松永は、武漢三鎮陥落のひと月後、上海の野戦病院にて戦死してしまう。深沢は、この年の暮、立原が入院する前日に無事に帰省した。日中戦争激化のさなかに、立原の大切な人々の多くが中国に渡っていたのだった。

戦争に行くことのできない健康状態であった立原は、しかし、戦争でないものに命を奪われる不安を、この頃には大きく抱いていた。命が失われるということがいかなることかを、安全なところにいながらにして実感せざるを得ない状況にいた。

友をなによりも大切にした立原にとって、次々と友が「戦場に招待[76]」され、「東京の友人たち　だんだんすくなくなつてゆく[77]」現実に対して、自身の弱りゆく心身がこれにどうにか耐えるためには、発する言葉を強める以外に術がなかったのではないかと思えてならない。

そのように感じていた立原の前に、立原の詩を認めていた日本浪曼派の芳賀檀が現れた。これを好機に、これに身を委ねることで、立原は強い言葉を獲得せざるを得なかった。その心境は、立原の言う「僕はずるいんだから」という言葉に表れている。立原は、表向きは時勢に乗じつつ、しかしその真意は抗っていたのにちがいない。

立原が卒業設計の主旨説明として書いた「[芸術家コロニイ計画の説明]」では、「優れた芸術家が集まって　そこに一つのコロニイをつくり、この世の凡てのわづらひから高く遠く生活する[78]」と述べられていた。ここでいわれる「この世の凡てのわづらひから高く遠い生活」にも、立原の世相への抗いが見て取れる。

数々の立原の詩に曲をつけた音楽家の柴田南雄（一九一六―一九九六）は、立原との面会はかなわなかったが、立原の存在に大きな関心を持ち、これを追うように一九三六年頃より追

（76）『筑摩全集5』一九三八（昭和一三）年一〇月六日［木］小場晴夫宛書簡、四五一頁
（77）（76）に同じ
（78）前掲『立原道造と小場晴夫―大学時代の友として―』一〇二―一〇三頁

分を訪れるようになったという。[79] そんな柴田は、「その頃の東京は、表面は活気を増しつつあったが、経済や言論の統制は日々にきびしく精神生活の荒廃は目に見えて進行しつつあった。そんな日々、あの彼方の高原に帰っていきさえすればそこに安らぎがあり、ささやかな思索の時を取りかえすことができる」[80] と当時の状況を述懐する。ほぼ同じ時期に追分に向かっていた立原も、このような状況を共有していたはずだ。東京のこのような状況も、立原を浅間山麓へと誘う理由のひとつであったと考えられる。

こうした現実社会との闘争は、詩人としてではなく、建築家の立原道造として、「小学校」にはじまり卒業設計に至る浅間山麓を舞台とする幾つかの建築作品を通して、間接的に主張されていた。立原道造が「詩人的に韜晦（とうかい）して」描いた透視図には、浅間山麓を背景とする田園志向が色濃く表出されていた。

追分への郷愁を油屋と共に焼失した立原であったが、しかし、追分への未練は捨てきれなかった。新たな故郷を探して出かけた盛岡でも、追分でそうしていたように人知れぬ叢を探す。しかし、その叢は、「小径に面してゐるので　人が通るたびに　みんな　見えてしまふ　そして　人がずゐぶんたくさん通る　追分の叢のやうなわけにはいかないのだ」[81] と、つい心は追分へと飛んでしまう。そして、追分がまるで自分を惑わせるものであるかのように思って、「追分で　僕は　不毛の美しさといふことを知つた」[82] と自らを突き放す。

追分での思い出は美しく、その風景は、これよりも美しいものを求めて最期の旅に出る立原のなかにも、それまでの最高だったものとして色濃く残っている。しかし、都会に近い追分では、軍靴の足音が響いてきてしまう。無音の境地を求めて盛岡まで行ったのに、東京の友が追ってきて、その残響を聞かせ、煩わせる。どこまでいっても逃げられないのか

（79）『角川全集月報五』四―六頁
（80）同右、五頁
（81）『筑摩全集3』「［盛岡紀行］」九四頁
（82）（81）に同じ

と思いつつ、軍国主義と無縁の異国情緒に浸るべく長崎を目指すも、もはや肉体の方がもたなかった。

体力の限界を迎えた立原は、東京から距離的に遠いところへはもう行けないと悟り、そうであれば追分にやはり浸りたいと、どこかで思っていたはずだ。かつて追分に構想した芸術家コロニイさえほんとうにあれば、そこで「この世の凡てのわづらひから高く遠く生活する」ことができたのに…と。しかし、再び追分の地を踏むことは叶わなかった。

立原が建築に託した想いは、ファシズムに同調したイメージや、日本浪曼派の悲壮的な絶望感に寄った廃墟のイメージを持つばかりではない。むしろ、荒廃しつつある世相に対するアンチとしての、別天地のイメージを訴えたものだったのではないか。「極端な放任」による芸術家コロニイは、ウィリアム・モリスが『ユートピアだより』に描いてみせたような未来の世界、もしくは陶淵明が『桃花源記』に示した桃源郷に通ずる、現実社会への諦念が込められた理想郷だったのではないだろうか。

「夢よりも美しい」(83)とまでに愛した浅間山の麓・信濃追分に、立原は都会から失われたありのままの田園の姿を求めていた。それと同時にこの地は、都会では失われつつある思想的な自由すらも得られる場所として、立原に夢をみさせた。立原が「浅間山麓に　夢みた　ひとつの建築的幻想」は、追分で出会った、多くに共感した友・大江宏が手に入れた実在の土地を主な敷地として、その具体的な姿を示したのだった。

そして、立原の卒業設計から二五年の後、大江は立原の想いを継承するかのように「追分の山荘」をつくったのである。

(83)『角川全集第四巻』二一〇頁

「追分の山荘」は、立原が卒業設計に添えた言葉をよく表した建築だった。「追分の山荘」は、都会の「わづらひ」から「高く遠く」解き放たれるかのごとく「気候の美しい土地」に溶け込み、そして「低い地上の生活に　かゞやかしい文化の光を投げかけやうとする」芸術家・建築家たちの創作・教育の場としてつくられた、ふたりの夢の結晶なのである。

立原の卒業設計に託された夢は、まさに立原道造が想定していたその敷地で、想いを共有・継承する友の手によって密かに実現されていたのだった。

終章

夢のひとひら

浅間山麓のその後

東京に生まれ育った立原道造は、浅間山麓の信州追分を第二の故郷と見定めてこれを愛した。追分は、軽井沢のように賑やかなリゾートではなく、静かな思索に向いた場所だった。同じ浅間山麓でも、追分と軽井沢では全く性格が異なるところだった。

現在の浅間山麓の地域は、東から軽井沢エリア、中軽井沢エリア、追分エリアに大別できる。軽井沢エリアは、北陸新幹線の停まる軽井沢駅を中心とした商業エリアだ。一九七三年、駅の南側に「軽井沢プリンスホテル」（設計：黒川紀章）が竣工し、その九年後には「軽井沢プリンスホテル新館（現・ザ・プリンス軽井沢）」（設計：清家清、一九八二）がさらに南側にできる（図6−1）。これらに伴ってスキー場、テニスコート、ゴルフ場が次々に整備されて、一大レジャースポットとなった。

さらには、巨大なアウトレットモール「軽井沢・プリンスショッピングプラザ」が一九九五年にできて以降、都心からの買い物客が前面の道路に長蛇の列をなす光景が日常となった（図6−2）。道沿いにはおしゃれな飲食店も多く併設されていて、休日の昼飯時などは大変な混雑ぶりである。このあたりは、もはや「田園」ではなく「都市」である、と言っていいくらいに開発の行き届いたリゾート地だ。

駅の北側には、歴史ある教会、古くからの商店街、そして高級別荘群の数々が建ち並ぶ旧軽井沢が広がっている。外国人宣教師らが開拓した古き良き軽井沢の面影を残しながら、新しい商業施設が加わっていて、独特の賑わいを醸し出している。南側が車のスケールによるレジャースポットであるのに対して、こちらは徒歩スケールのそれといったところである。

中軽井沢（旧・沓掛）エリアには、ペイネ美術館や軽井沢高原文庫などのある塩沢湖畔の芸

図6-1　ザ・プリンス軽井沢（旧・軽井沢プリンスホテル新館）（清家清、1982）

図6-2　軽井沢・プリンスショッピングプラザ（レストラン棟：柳澤孝彦、2004／ニューイースト：池原義郎、2004）

術文化公園「軽井沢タリアセン（旧・塩沢レイク・ランド）」をはじめ、セゾン現代美術館（設計：菊竹清訓、一九六二）、田崎美術館（設計：原広司、一九八六）、軽井沢千住博美術館（設計：西沢立衛、二〇一一）などの美術館・博物館が多く集まっている。軽井沢高原文庫の前庭には、磯崎新の設計による、製図板を模した立原道造の詩碑がある（図6-3）。ペイネ美術館は、アントニン・レーモンドが自身のアトリエ・別荘として設計した「夏の家」を移築したもので、ここは建築愛好者必見のスポットである（図6-4）。

ところで、建築史家の藤森照信が、立原が別所沼のほとりに計画していた自邸「ヒアシンスハウス」の外形は、この「夏の家」の一部をモチーフとしたものではないか、と指摘している[1]。

レーモンドの「夏の家」は一九三三（昭和八）年に竣工している。つまり、立原が追分を初訪した一九三四年にはすでにあったので、立原はこれを見ていた可能性がある。しかし、筆まめであったはずの立原がレーモンドについて書き残したものは見当たらない。なお、一九三五（昭和一〇）年、同じくレーモンドによる「聖ポール教会（軽井沢聖パウロカトリック教会）」が、旧軽井沢に竣工する（図6-5）。この年の夏も、立原は浅間山麓に滞在していた。また、立原の宿泊地は追分であったが、交友のために軽井沢エリアにも行っていた。その際、著名な建築家のこの新作についてもきっと見ていたにちがいない。そのついでに、近くにレーモンドのアトリエがあることを知って、「夏の家」も見ていたかもしれない。

そして、追分のエリアは、かつての文人たちが創作・思索の拠点とした旅館・油屋を中心に、堀辰雄の記念館や追分宿郷土館があり、古き良き郷土の文化を味わえるエリアとなっている。今では道路がきれいに舗装され、建物が建て替わるなど、立原が過ごした頃の姿

図6-3　立原道造詩碑（磯崎新、1993）

図6-4　レーモンド夏の家（現・ペイネ美術館）（アントニン・レーモンド、1933）

（1）　藤森照信『藤森照信の原・現代住宅再見3』（TOTO出版、二〇〇二年一二月）一八四―一八五頁

を完全に留めているわけではない。しかし、軽井沢のように大掛かりな開発は行われておらず、その街並みからは、当時の面影を感じ取ることができる。エリアの拠点である油屋も、すでに旅館としての営業を終えているが、既存建物の一階がギャラリー、店舗、イベント会場の集まるスペースに改修され、文化の発信拠点「信濃追分文化磁場 油や」として活用されている（図6－6）。

油屋は、一九三七（昭和一二）年の一一月一九日に、隣家の火災に巻き込まれて全焼した。火災時にたまたまこの部屋にいた立原は、愛用のネクタイをはじめ、愛読書の多くを焼失しながらも、二階の窓から助け出されて九死に一生を得る。翌年、油屋は道を挟んで向かいの敷地に再建された。現在の油屋はこのときに再建されたものである。立原は、この再建後の油屋には、新築されたその年だけ泊まっていた（その翌年に没してしまった）。なお、油屋は旅館ではなくなったが、二階の客室が修復、改装されており、今でもここで素泊まりのみ可能である。

油屋より南に下ると、しなの鉄道の信濃追分駅に行き当たる。この駅前には、軽井沢駅とは全く対照的に何もない。信濃追分駅から南になだらかに下る斜面には、都会的な軽井沢エリアとは趣の異なる自然風景のなかに別荘が点在している。大江宏が立原の想いを具現化した「追分の山荘」もこのあたりにある。

因みに、それぞれのエリアは、かつての中山道の宿場町である、軽井沢宿、沓掛宿、追分宿に対応する。これらの宿場町の繁栄の様子は、歌川広重と渓斎英泉の共作による浮世絵「木曽街道六十九次」としても描かれている。とりわけ、渓斎英泉による追分宿の浮世絵（図6－7）には、大胆かつ雄大に浅間山が描かれており、追分こそが、浅間山麓の名に最もふさ

図6-5　聖ポール教会（軽井沢聖パウロカトリック教会）（アントニン・レーモンド、1935）

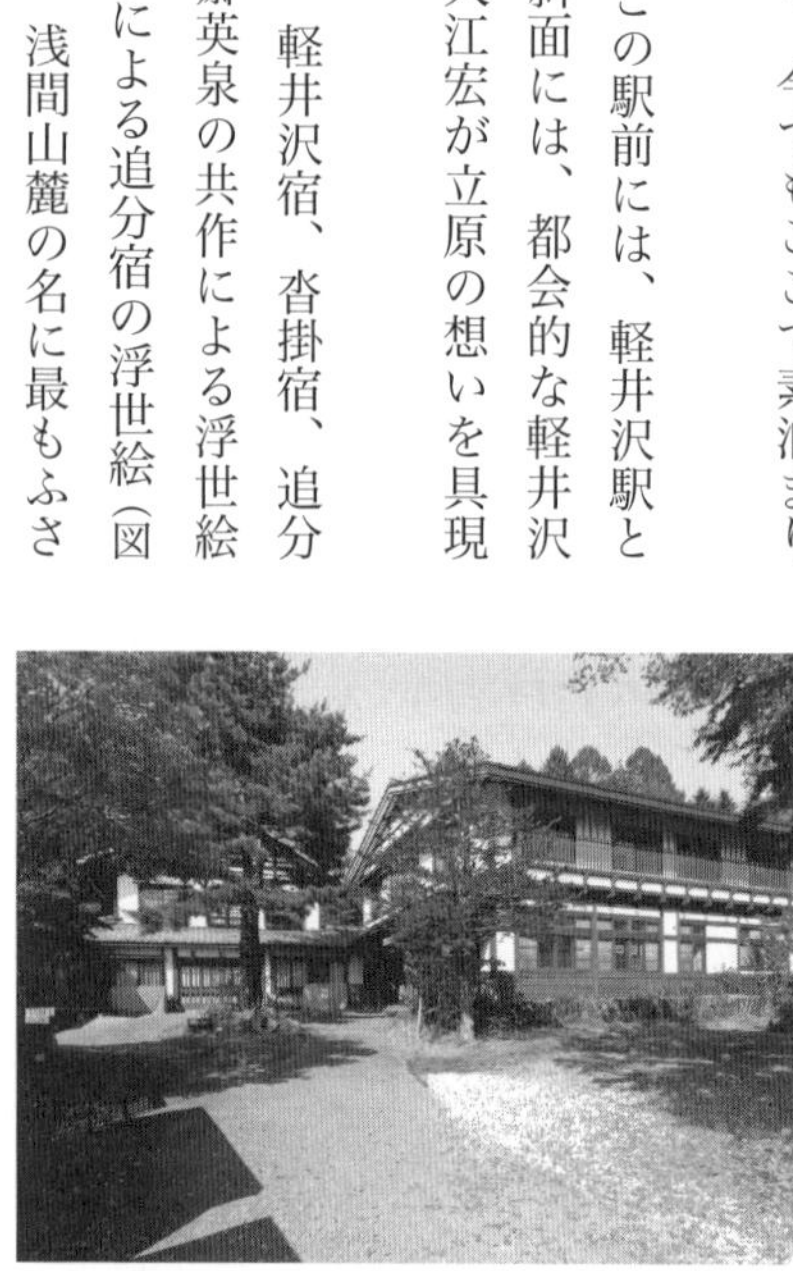

図6-6　改修・再生された現在の「油や」

わしいことをよく表している。

浅間山麓と黒姫山麓

ところで、筆者が立原道造に着目しようと思ったきっかけはふたつある。ひとつは、序に示した通りの顛末だ。もうひとつは、東京に生まれながらも、信州の山麓を第二の故郷と見定めて、ここを頻繁に訪れた人物だったことが興味深かったからである。

私事にわたるが、筆者は、東京に生まれ育つ一方で、幼少期より、長野県北部の黒姫山麓にほぼ毎夏避暑に出かけていた。今でもここを第二の故郷のように想い続けている。この黒姫の風情と、立原が過ごした追分の風情とがなんとなく似ているような気がして、そんなことから、立原の追分への憧憬に妙な親近感を抱いたのが、立原道造に着目したもうひとつのきっかけだった（図6－8）。

黒姫山麓は、住所でいえば、長野県上水内郡信濃町というところになる。新潟県とのほぼ県境に位置し、その見どころは、北しなの鉄道（旧・JR信越本線）の黒姫駅を挟んで東側の野尻湖畔と、西側の黒姫高原に二分できる。また、すぐ北側には西武系列による開発が行き届いたリゾート地、妙高高原がある（巻末の図参照）。

黒姫山麓でのこれら三つのエリアの様相と、浅間山麓でのそれとがなんとなく重なるのである。

スキーやゴルフで賑わう妙高高原は、同じく西武系列による開発が行き届いた軽井沢駅南側の様相に通ずる。

ナウマンゾウの発掘で知られる野尻湖畔は、博物館のある湖畔という点では、中軽井沢

図6-7　木曽街道六十九次「追分宿」（左）、木曽街道六十九次「軽井沢宿」（右上）、木曽街道六十九次「沓掛宿」（右下）

エリアにある塩沢湖に相当しそうだ。しかし、湖の大きさは野尻湖の方がはるかに大きく、また周囲の状況もだいぶ異なっている。野尻湖は、どちらかというと旧軽井沢の方に縁がありそうだ。

そして、童話館や合宿所のある黒姫高原には、追分に通ずる雰囲気が感じられるのである。

旧軽井沢と野尻湖畔

旧軽井沢は、まだ木々の少なかった一八八五（明治一八）年、ここのフロンティア的風景に郷愁を重ねたアレクサンダー・クロフト・ショーをはじめとする外国人宣教師らによって、避暑地として拓かれるきっかけがつくられた。しかし、やがてダニエル・ノルマンを筆頭とする宣教師たちは、賑やかになりすぎたこの地から逃れ、野尻湖畔へと移り住み、ここに外国人別荘村（現在の「野尻湖国際村」）をつくる。カナダ人であったノルマンらにとって、豪雪地の湖畔はより強く故郷を想い起こさせる場所だった。

野尻湖畔の外国人宣教師らの別荘の多くは、ウィリアム・メレル・ヴォーリズ（一八八〇—一九六四）によって設計された[2]。ヴォーリズは、軽井沢でも数多くの別荘を設計していた[3]。

その後、野尻湖畔には、大学村や旅館、別荘などが増えてゆくが、軽井沢ほどには大規模な開発の手が加わることはなく、喧騒なき賑わいのある観光地として今に至っている。湖畔には、軽井沢プリンスホテル新館竣工の二年後（一九八四年）に、同じく清家清の設計による野尻湖プリンスホテル（現・野尻湖ホテルエルボスコ）も開業している（図6-9）。

一九三七（昭和一二）年の一二月、野尻湖畔に県営の「野尻湖ホテル」（図6-10）が落成する[4]。このホテルは、長野県出身の建築学者・十代田（そしろだ）三郎（一八九四—一九六六）によって設計された、

図6-8　野尻湖越しに望む黒姫山

（2）松原和幸「ヴォーリズが残したもの」『野尻湖フォーラム』第一四号（一九九八年一二月）http://www.nojiriko.com/forum/forum_17/00.html参照。
（3）前掲『軽井沢別荘史』一二三—一二八頁参照。
（4）信濃町誌編纂委員会編『信濃町誌』（信濃町、一九六八年一二月）年表、一三六〇頁参照。
（5）「岐路に立つクラシック・ホテル——相次ぐ休業、保存改修で生き延びる所も」『日経アーキテクチュア』六四一号（一九九九年五月三一日号）一三〇頁参照。
（6）前掲『信濃町誌』一一三七—一一三八頁参照。

茅葺屋根が印象的な湖畔のシンボルであった。[5] 一九六三年の夏には、時の皇太子殿下（今上天皇）夫妻が滞在されるほどの高級ホテルであった。[6] しかし、一九九八年に休業し、今はもうその姿を見ることはできない。

野尻湖ホテルができたこの時期には、立原はすでに大学を卒業し、石本喜久治の建築事務所での勤務を始めていた。同期には、早稲田大学出身の武基雄がいて、親しく付き合った。野尻湖ホテルの設計者である十代田は、武が入学する以前の一九二七（昭和二）年に早稲田大学の助教授となって、以降定年まで勤めている。ということは、武の恩師のひとりであったはずだ。武は、このホテルを知っていたにちがいない。そして、立原は武からこのホテルについて聞かされたことがあったはずだ。

ほぼ時を同じくして、一方の軽井沢では、同じく日本の民家と西洋の様式の両方に通ずる意匠が特徴的な万平ホテル新館（設計：久米権九郎、一九三六）が建ち、高級リゾートホテルとしての格が定まる（図6-11）。この新館は、立原が浅間山麓によく訪れていた頃に完成していたのだった。

この二つのホテルが竣工した一九三〇年代には、琵琶湖ホテル（設計：岡田信一郎、一九三四年／滋賀県）、川奈ホテル（設計：高橋貞太郎、一九三六年／静岡県）、ニューパークホテル（設計：吉田五十八＋高橋貞太郎、一九三九年／宮城県）など数多くのリゾートホテルがオープンしている。

一九三〇年代、政府は、外国人観光客を誘致し、これによって対外収支を改善しようとの国際観光政策を開始した。この政策の一環として、一九三〇年四月に鉄道省に国際観光局が設けられ、ホテルの建設資金を国が融通する仕組みがつくられた。

上記のリゾートホテルは、この資金提供を受けてつくられた国際観光ホテルであった。国

図6-9　野尻湖プリンスホテル（現・野尻湖ホテルエルボスコ）（清家清、1984）

図6-10　野尻湖ホテル（現存せず）（十代田三郎、1937）

から建設資金を受けた国際観光ホテルは全国に一四あった[7]。その他にも、万平ホテルや野尻湖ホテルを含む数多くのホテルがこの時期につくられた。

軽井沢と野尻湖は、ともに、外国人宣教師が活動の拠点とした場所であったことからも、その建設地として相応しい。とくに、野尻湖ホテルと万平ホテルは、ともに自然豊かな環境に建つ、建築家の手掛けたリゾートの拠点であり、これらふたつの土地柄の縁の深さを象徴する建築だったといえる。

野尻湖畔は、立原とその仲間の作家たちが過ごした頃の旧き良き旧軽井沢に通ずる趣をもつエリアだった。

立原道造と野尻湖

「けさ急に思ひ立つて、軽井沢の山小屋を閉めて、野尻湖に来た[8]」の書き出しではじまる、立原の師・堀辰雄が一九四〇（昭和一五）年に発表した「晩夏」には、野尻湖で過ごしたひと夏の思い出が綴られている。立原と共に追分の油屋によく泊まり、油屋焼失後には軽井沢に別荘を借りていた堀辰雄は、野尻湖へも足を延ばしていたのだった。

堀辰雄がはじめて野尻湖を訪れたのは、「晩夏」を書いた前年の夏である。一九三九（昭和一四）年の九月二五日に、堀は「こないだ野尻にちよつといつてきた　レークサイドホテルに三日ばかりゐた[9]」と、立原の弟弟子ともいえる野村英夫に宛てて書いていた。九月一四日にも野村宛の手紙があるので、堀がはじめて野尻湖に行ったのは、この間だったにちがいない。

図6-11　万平ホテル新館（現・アルプス館）（久米権九郎、1936）

（7）砂本文彦『近代日本の国際リゾート―一九三〇年代の国際観光ホテルを中心に』（青弓社、二〇〇八年一〇月）参照。

（8）堀辰雄『晩夏 堀辰雄作品集』（角川書店、一九四七年五月）二三九頁

（9）前掲『堀辰雄全集第9巻 書簡』一九三九（昭和一四）年九月二五日［火］野村英夫宛書簡、一四八頁

一九三九年は、立原が亡くなった年であった。堀が野尻湖に行ったのは、四月六日に行われた立原の告別式から五ヶ月後のことだった。告別式の翌月、鎌倉に住んでいた堀は奈良へと旅する。ここで堀は、立原が建築に開眼した法隆寺を見た。そして帰宅後、「これから立原の追悼号に一しよう懸命になる」[10]といって、『四季』の立原追悼号の編集に専念した。立原を想い続けて春を過ごした堀は、七月、軽井沢に向かった。

「晩夏」の冒頭には、「なんだか急に淋しくなつた。このまま二三日何処かへちよつと旅行に出て、それから戻つて来たら又こんな気もちも落着くだらう」[11]との記述がある。また、次の段落では、「最初は、志賀高原、戸隠山、野尻湖なんぞとまはれるだけまわつて、軽井沢ももう倦きたので、来年の夏を過ごすところを今から物色しておかうと思つた」とも書かれている[12]。

この夏、浅間山麓には、もう立原はやって来ない。この堀の淋しさは、立原を失った淋しさだったのではないだろうか。淋しくて、野尻湖へと向かった。堀は、そこにいるのが辛くなるほどに立原との思い出に溢れすぎた浅間山麓の風景を、「もう倦きた」と少々強がりつつ、立原を亡くした淋しさを落ち着けるべく野尻湖へと向かっていったのにちがいない。

なお、堀は二度野尻湖に行っている。一度目は、立原の没年の夏に、妻・多恵子と共に訪れた。そして、翌年、今度はひとりで野尻湖に行き、前年の滞在を想い起こしながら、野尻湖を目の前にして、堀は「晩夏」を書いたのだった[13]。淋しさをごまかすかのように「来年の夏を過ごすところを今から物色しておこう」と思って野尻湖に出かけていた堀は、その「来年（＝一九四〇年）の夏」、ほんとうに野尻湖にもう一度出かけたのだった。

立原の身近で野尻湖に関心を寄せていた人物は堀だけではない。立原とともに『四季』で

(10) 前掲『堀辰雄全集第9巻 書簡』一九三九（昭和一四）年五月二三日［火］野村英夫宛書簡、一四五頁
(11) 前掲『晩夏 堀辰雄作品集』二四〇頁
(12) (11) に同じ
(13) 前掲『晩夏 堀辰雄作品集』三一一頁参照。

活動した津村信夫も、堀が訪れたちょうどその頃に、野尻湖を舞台とした小説「みづうみ」を書いていた。[14] 作中の、秋の夕暮れの冷たい湖水に主人公が足を浸す場面は印象的である。津村は、長野北部の戸隠によく通い、このあたりを原風景とした文学作品を多く遺したことで知られる作家だった。戸隠は、野尻湖のすぐとなりの村である。

追分油屋が焼失した翌年（堀が「晩夏」を書いた二年前）の夏、立原は、恋人・水戸部アサイを伴って、軽井沢の室生犀星の別荘を訪れた。室生は、その日の夕方、おみやげを携えて立原が戸隠の津村信夫のもとへと向かったことを回想している。[15] もしかしたら、立原もこの時に、戸隠からほど近い野尻湖へも足を延ばしていたかもしれない。

そのさらに二年前には、立原はすで戸隠を訪れたいとの想いを募らせていた。一高同期の友人・松永茂雄とその弟・龍樹が、立原の追分と同様に、戸隠を心の故郷としていたことに、立原は関心を持っていた。

一九三六年の夏、追分に滞在中の立原は、松永龍樹に「とほく戸隠に鳥のやうに泊つてゐる友だちに――。追分よりも美しい雲と太陽をあこがれて、きつと訪ねて行かうとおもつてゐます[16]」と宛てていた。その翌週、同じく追分から、今度は兄の茂雄に「はるかなる戸隠の空あこがれながらくらす。（中略）資生堂にて戸隠の風景写真の展覧会を見て、いよいよかの空の誘ひしきりなるものがございます[17]」と書き送っていた。

戸隠への一通りでない憧れを持っていた立原が、そのすぐ近くの野尻湖について何も知らなかったとは思えない。

堀も津村も、立原が歿した直後に野尻湖についての文章を書いている。二人は、立原が元気だった頃にも、すでに野尻湖畔の魅力について知っていたにちがいない。二人と話す機

(14) 津村信夫『津村信夫全集第二巻』（角川書店、一九七四年一一月）三七八―三九八頁所収（初出：「三田文学」昭和一九年八月）。解題では「執筆時期は昭和十五年ころか」と推定されている（五五七頁）。

(15) 前掲『我が愛する詩人の伝記』一一五―一一六頁参照。ただし、立原が戸隠へ行ったという記録は見あたらない。

(16) 『筑摩全集5』一九三六（昭和一一）年八月一日［土］松永龍樹宛書簡、二五一頁

(17) 『筑摩全集5』一九三六（昭和一一）年八月九日［日］松永茂雄宛書簡、二五二―二五三頁

会を多く持った立原も、野尻湖の話をいずれかから聞かされたことがきっとあったはずだ。

黒姫山麓に位する文芸家コロニイ

野尻湖とは線路を挟んで対峙する、駅の西側の黒姫高原は、追分に対応した文化的特色を持っている。追分が、室生犀星、堀辰雄、立原道造らの詩人に愛された地であったように、黒姫高原も、文学者たちに愛された地であった。

黒姫駅前は、古くは、北国街道の宿場町・柏原宿であった。駅名も、一九九六年に黒姫駅と変わる以前は柏原駅といった。北国街道は、追分で中山道と別れて善光寺方面へ続き、ここを通って、日本海側の直江津に至る。つまり、追分からずっと辿っていった先に、この宿場町はあった（図6-12）。

柏原は、俳人の小林一茶（一七六三―一八二八）の生誕、終焉の地としても知られる。黒姫駅から東に向かって一〇分ほど歩くと、かつての北国街道（現・国道一八号）に出る。この旧街道沿いには、小林一茶の旧宅が史跡となって今もそこにある。また、その北にある一茶の墓のそばには、「一茶記念館」もある。「一茶記念館」は、長野県内で多くの作品を手掛けた建築家・宮本忠長（一九二七―二〇一六）の設計で二〇〇三年に建て直されて話題になった（図6-13）。

黒姫を代表する現代の作家に岡野薫子（一九二九―）がいる。岡野は、一茶の「おらが春」に子どもの頃から親しみ、後にこの地に仕事の場として山荘を建て、ここから多くの作品を生み出している。また、岡野の師でもある作家・坪田譲治（一八九〇―一九八二）が戦時中の疎開先とした地でもあった。坪田は、戦後、野尻にあった疎開の家を信濃町に寄付した。

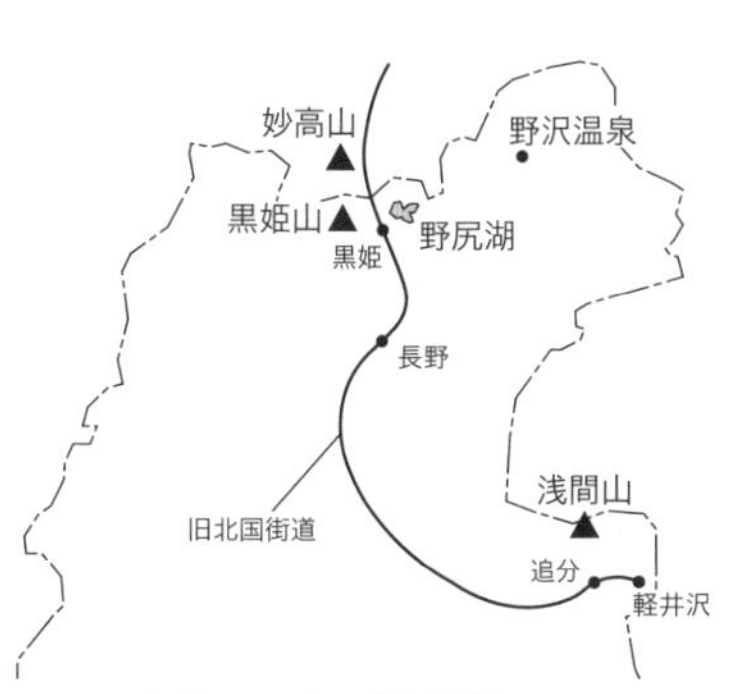

図6-12　軽井沢と黒姫の位置関係

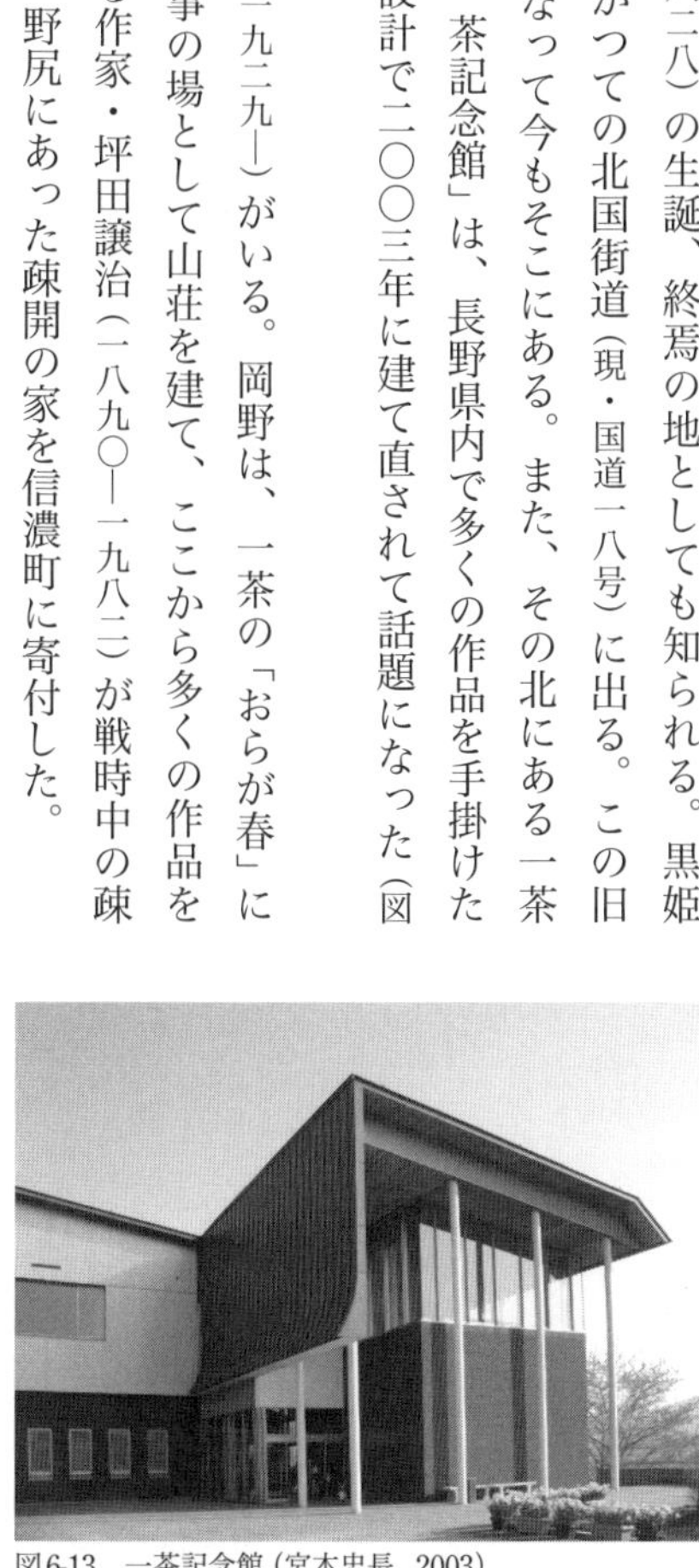
図6-13　一茶記念館（宮本忠長、2003）

東京でオリンピックが催された一九六四年、信濃町長・松木重一郎は、寄付の見返りとして、特別価格の大安値で坪田に代替地の提供を提案した。この代替地は、野尻湖とは黒姫駅をはさんで反対側の、新潟へと向かう県道沿いの静かな山麓であった。地名は「山桑」という。当時の信濃町では、大正末期から続く外国人宣教師たちの野尻湖畔の別荘地「野尻湖国際村」に対抗して、邦人を呼び込むための別荘村計画が画策されていた。その一環として、野尻湖北部には邦人学者たちの別荘地「野尻高原大学村」が開発されていた。坪田への代替地の提案も、坪田の知名度を借りてその門下、知人らの童話作家を呼んで別荘村をつくり、町おこしとしたいとの意図があってのことだったようである。三〇〇坪の土地が二〇戸分用意され、二年以内に建築との条件がつけられていた[18]。

しかし、坪田はこの提案に関心を示さなかった。結局これらの土地は童話作家や童画家らに譲られることとなった。一九六〇年代後半より、赤羽末吉、いわさきちひろ、木川秀雄、山本まつ子、吉崎正巳らの画家、いぬいとみこや岡野薫子などの作家、坪田の後輩にあたる詩人で文学研究者の原子朗といった、童話に関わる作家・画家たちを中心とした一七軒からなる文芸家コロニイが形成された。コロニイのメンバーの誘いを受けて、筆者の祖父母もその一角を譲り受けていた。

コロニイの正式な名称は「黒姫山荘」である。「黒姫山荘」のために「山荘前」というバス停をつくろうか、と町長から提案されるほどに、町にとってのひとつの特徴的なコミュニティがここに形成されていたのだった[19](しかし、「黒姫山荘」の住人らは、積極的には便利さを求めなかったため、バス停は結局つくられなかった)。

「黒姫山荘」は、黒姫駅から車で二〇分ほど北上したあたりの山裾に、今もある。町長の

(18) 岡野薫子『黒姫山つづれ暦』(新潮社、一九八五年六月)四七―五五二五参照。

(19) 同右、六六―六七参照。

別荘地開発の意向を受けて開発されたものではあったが、しかし、ここを譲り受けた作家らはこの場所を愛し、互いに親交を深め、そして数多くの名作を生み出した。結果として、「黒姫山荘」は、文芸家たちが都会の喧騒を離れて創作に打ち込むことのできる理想郷となったのだった（図6－14）。

ふたたび話題を駅前に戻そう。黒姫駅前には、一茶の旧家のある国道に繋がる一本道があるのみである。かつてそこは賑やかな商店街だったが、今では古くからある旅館とそば屋と本屋などがわずかに残るのみだ。駅前をすぐ左に曲がって、踏切を渡り、雲龍寺を横目に田畑の続く道をずっと進んでいくと、徐々に緑が深くなってゆく。さらに進んで、ペンション街を通り過ぎると、やがて「やまびこ」というお土産屋さんにたどり着く。「やまびこ」は、分かれ道の角にある。ここを左に行けば黒姫高原だ。ここを右にほんの少し進むと、かつての名宿「ふふはり亭」がみえる。これを通り過ぎて沢を越えれば、そこが文芸家たちのコロニイ「黒姫山荘」である。

「やまびこ」を左（黒姫高原方面）に登ると、温泉宿「あすなろ」（設計：奥村まこと）がある。コロニイの人々はここで先代宿主自らが掘った池に泳ぐニジマスの料理を堪能した。さらに木々の間を縫うように登りつめると、ひやりとさわやかな風がそよぐ、のどかな高原が広がっている。ここは、夏は牧場、秋はコスモス園、冬はスキー場となる、このエリアきっての観光スポットである。高原の奥には、「黒姫童話館」が建っている。

「黒姫童話館」は、オフシーズンのスキー場を童話の森として盛り上げるべく、信濃町立の文学館として一九九一年に開業した。日本を愛したドイツの児童文学作家ミヒャエル・エンデや、坪田の弟子の松谷みよ子の作品などを収蔵・展示している。「黒姫山荘」にあったい

図6-14　コロニイの代表的風景である岡野薫子山荘（自身の設計による）

わさきちひろの山荘（設計：奥村まこと、一九六六）もここに移築されており、その全容が見学可能だ。この山荘を通して、コロニイの初期の暮らしぶりを垣間見ることができる（図6‐15）。

ところで、立原道造が理想とした「芸術家コロニイ」は、都会から物資を調達していた。ここで自給自足の生活をしようというものではなかった。その意味で、リルケやフォーゲラーの過ごした北ドイツの芸術家村ヴォルプスヴェーデや、武者小路実篤らが開いた「新しき村」とは異なる性質の理想郷だった。

都会に暮らしながら、豊かな自然のなかに創作の場を構えた作家・画家たちの「黒姫山荘」は、まさに、立原が夢に見た「芸術家コロニイ」の具体的な姿そのものである。

立原の「芸術家コロニイ」は、「あれはだいたい追分の僕のところ」と告白した大江宏によって、「追分の山荘」として、その一部が再現されていたことは前章ですでに述べた。立原と親しく付き合い、その卒業設計をよく知っていた友人・大江宏によって、立原の想いを継承するかのように、立原が計画したその土地で建築が具現化されていたのだった。

その一方で、立原の夢みた卒業設計「浅間山麓に位する芸術家コロニイの建築群」の構想は、実は、同じ信州において「黒姫山麓に位する文芸家コロニイ」として、立原の直接的な影響を受けてはいない後世の童話作家・画家らによって、その一部が実現されていたのだった。

図6-15　いわさきちひろ山荘（移築後）

夢みたものは　ひとつの幸福
ねがつたものは　ひとつの愛
山なみのあちらにも　しづかな村がある
明るい日曜日の　青い空がある

＊＊＊

夢みたものは　ひとつの愛
ねがつたものは　ひとつの幸福
それらはすべてここに　ある　と[20]

立原道造の抱いた田園志向は、決して独りよがりの特殊なものではなかった。創作を志し、自然を愛する者ならば誰もがいつもどこかで理想とした世界観だったのである。

(20)　立原道造「夢みたものは……」より抜粋（『筑摩全集１』頁）

あとがき

バブルがはじけた後の東京に育った筆者には、物質的な豊かさに対する渇望がない。生まれながらに十分に満たされていた。育った都市の環境も、すでに飽和的に整えられていた。

立原道造の生きた一九三〇年代の都会ぐらしは、一体どのようなものだったのだろうか。今からおよそ八〇年前のことである。さらにその八〇年前は、ペリーが浦賀に来航し、長きにわたって続いていた暮らしに大きな変化が訪れようとしていた頃だった。

つまり、立原道造の生きた時代は、社会状況が大きく変化してから八〇年の歳月を経て、新しい暮らしが十分に浸透した頃だったのではないか。しかし、その社会状況も、戦争によってふたたび大きな変化を強いられることとなる。そして、その変化から八〇年を経て、不足のない暮らしが当たり前のように送れる社会に、筆者は生きている。

このように考えていくと、筆者の生きている現在と立原道造の生きていた時代には、なにか共通するものがあるような気がしてくるのである。同時に、似たような時代に、筆者と同じく都会に暮らしながらも山麓での避暑を好んだ立原道造その人に対しても、どこか親近感が湧いてくるのだった。

やがて、一九三〇年代という時代を敏感に感じとりながら、詩人・建築家として駆け抜けた立原道造の生き様には、筆者の生きている時代について考えるヒントがあるのではないかと思うようになった。立原道造の抱いた〝田園的建築観〟は、都会が十分に成熟し、サステイナブルやエコロジーが叫ばれる現代にこそ見直されるべきものではないか、との思いが高じた。一方で、十分に語り尽くされた立原道造を今更取り上げて、彼の価値観を改めて論じようなどということは、見当違いなことかもしれないとの不安もあった。

本書を一通り書き終えた頃、知人がとある新聞記事を筆者に見せてくれた。その記事は、建築史家の故鈴木博之氏がおよそ三〇年前に書かれた「英国にみる住居の理想像」というものであった（朝日新聞一九八七年九月二二日夕刊）。その年の秋に開催される『ブリティッシュ・スタイル一七〇〇年』展を紹介した小さい評論である。見出しには「追い続ける田園、村的性格」「時代に流されず信条を守る」とある。

立原道造の時代に流されない建築観を「田園」という言葉で語ろうと努めていた筆者は、この見出しにドキリとした。

鈴木氏は、日本では都市はマネーゲームの戦場としか思われていないと前置きし、それに対して、「自分の手で触れ得ないものは、信じない」英国人たちの描く住宅計画には、決して合理や新しさを求めるのではない「田園、村的な性格」を帯びた住居観が表れていると説く。「彼らは田園的性格のことを自然的要素などと言いかえないし、村的性格のことをコミュニティと一般化したりもしない」ともいう。

翻って、日本の政治家や都市計画家たちが、「庭つき一戸建て住居にしがみつくべきではない、中高層化による住居の集合のメリットを考えよ、新しいアーバン・ライフは快適でスマートだ」と吹聴して、国民の住居観を合理的なものに変えようと躍起になっている現状を憂いている。そして鈴木氏は、「知的に都市を読み解くことや、物理的指標として環境を整備することよりも、縁側で西瓜（すいか）を食べたい、庭で子どもを遊ばせたいと願うことの方が、より根源的な住居の問題であろう」と主張する。

この記事は、筆者が本書に通底させている問題意識を、そのままに言い表してくれていた。鈴木氏は、筆者が必死に読んでいた筑摩書房版『立原道造全集』の、立原による建築図面の解題者である。記事を知ったのは、鈴木氏が亡くなってちょうど二年が過ぎた頃のことだった。全集を読み込んで書き上げた本書の主張に対して、その解題者から、今こそ立原道造を取り上げ、「田園」の観点から建築を語るべし、と励ましていただいているかのようだった。この記事は、筆者の主張は見当違いなのではないかとの不安を拭ってくれる、大変心強い援護射撃となったのだった。


本書は、筆者が二〇一二年に法政大学に提出した博士論文をもとに、その後の知見を大幅に加えて、読みやすいものとなるよう全面的に書き改めたものである。立原道造に関する研究は、筆者が法政大学大学院の修士課程に上がった頃からはじめたものである。気づけば一〇年以上も彼に向き合っていたのだった。

歴史系研究室の所属ではなかった筆者が最初に取り組んだのは、立原道造の描いた建築図面を読み込む作業だった。短い活動期間にも関わらず、実に数多くの建築図面やスケッチを描いた立原の活力の旺盛さには舌を巻いた。なかでも、透視図の豊かな表現に心惹かれた。図学に関心があったことから、立原の透視図の描かれ方を分析してみようと思い立った。そして、博士論文では、立原による透視図の特徴を数値的に把握し、これを解析して、そこに込められた思想を抽出しようと試みた。

透視図から見えてくる彼の思想は、戦後の焼け野原に都市をつくりあげてゆく同時代の建築家たちとは異なり、もともとそこにあった風景を大切にし、ありのままの自然を愛でるような、田園を志向した建築観だった。

しかし、ただ透視図を淡々と分析しているだけでは、どうして立原が田園的な建築観を抱くようになったのかがよくわからない。博士論文を書籍にまとめる過程で、だんだんと、もっと立原の人間性に迫らなければ、と思うようになった。改めて、立原の全集をじっくりと通読し直した。とくに、親しい人々に宛てた人間臭い書簡の数々や、日常の些細な出来事や感情が綴られた日記に魅力を感じて読み耽った。

そして、それらのなかに、繰り返し出てくる気になるキーワードを見つけることとなる。「セザンヌ」である。これまで、立原道造との関連の深い芸術家としてよく取り上げられるのは、フォーゲラーだった。セザンヌとの関係を論じたものは、管見の限りでは見当たらなかった。

セザンヌとの関係に気付けたのは、立原の透視図の詳細な分析を経て、そのなかでも特に印象深い、口絵に載せた小学校のスケッチに強く惹かれていたからだった。

立原道造は、友達が多い。彼の交友関係を追うことは、彼の人間としての魅力を理解するうえで、とても大切なことである。文学方面の交友関係については、これまでに十分に語られてきた。建築を学んだ筆者の関心は、建築方面の交友関係に向いていた。しかし、こちらも当の本人たちによって、大部分が明らかにされていた。

しかし、すべてが明らかであったわけではなかった。悶々と調べていたある日、書簡のなかに、ある身近な名前を発見する。「大江宏」である。大江宏は、筆者の母校である法政大学建築学科の礎を築いたプロフェッサー・アーキテクトだった。筆者は、大江宏と会ったことがない。しかし、自身のルーツが気になって、親しい同窓生の方々とともに、大江宏についての研究会を行っていた。

そんな矢先に、大江宏が立原道造と親しかったことを知ったのだった。関心を持って調べていた二人の人物が繋がったのである。しかも、大江と立原との関係も、これまでにほとんど論じられていない。これは、なんとしても大江宏の系脈にいる側の筆者がしっかりと追究しておかねばなるまい、などと妙な使命感に燃えたのだった。

透視図を中心として研究を進めたことで、結果として、これまでに語られることのなかった立原道造の魅力の数々を掘り起こすことができたように思う。

本書ができ上がるまでには、実に数多くの方々に多大なご協力をいただいた。

法政大学および大学院では、恩師・安藤直見教授をはじめ、陣内秀信教授、富永譲教授（当時）、渡邉眞理教授、高村雅彦教授、故永瀬克己教授（当時）、坂本一成客員教授（当時）から数多くのご教示をいただいた。

博士論文に対しては、『建築家・立原道造』の著者である益子昇氏からも貴重なご意見をいただいた。建築家・立原道造研究の先輩であり、ヒアシンスハウスの実施設計者でもある長岡造形大学の津村泰範准教授には、さまざまな場面で研究の便宜を図っていただいた。また、東京大学大学院の加藤道夫教授、東洋大学の内田祥士教授からも貴重なご教示を賜った。

そして、大江宏のご子息で法政大学名誉教授の大江新氏、猪野峻のご子息であり、大江宏の教え子でもある建築家・猪野忍氏からも沢山のご教示をいただいた。大江氏には、「追分の山荘」を見学させて頂く機会もいただいた。この山荘を見学していなければ、立原の卒業設計との関連は思いもよらなかっただろう。猪野氏は、所蔵されている立原の未発表パステル画「荷車」を、本書で初公開することにもご快諾くださった。このパステル画との対比によって、本書の主題である小学校のスケッチについての考察を一層深めることができた。

また、猪野謙二のご令嬢である島本菊子氏より猪野謙二の遺した貴重な立原関連資料の数々を拝見させていただいた。法政大学大学院博士課程の石井翔大氏からも、鋭いご意見を数多く頂戴した。先述の鈴木博之氏の記事を見つけてくれたのも石井氏だった。「追分の山荘」に関しては、設計者であり利用者でもあった金子泰造氏から貴重なお話をうかがった。

黒姫の記述については、黒姫を代表する作家・岡野薫子氏から懇切なご教示を賜った。なお、本文中に登場する各位の氏名については、記述の客観性を保つべく、敬称を略して表記させていただいたことを改めてお断りしておく。

立原関連の図版使用に際しては、立原道造記念会の宮本則子会長にご協力をいただいた。

編集をお願いした南風舎の小川格氏は、一年半にわたって、より良い文章となるような助言を続けてくださった。小川氏の伴走なくして本書は到底仕上がらなかった。また、拙い原稿を五校に至るまでまとめ続けてくださった南風舎の大野友子氏にも、大変な労を煩わせた。本書を担当してくださった鹿島出版会の川嶋勝氏には、丁寧なアドバイスをいただいた。

各位に厚く御礼を申し上げます。そして、すでに著名な方々による優れた論考が数多くある偉大な詩人に対しての、駆け出しの建築研究者による無謀な挑戦を暖かく見守ってくださったすべての皆さまに、心からの感謝を申し上げます。

二〇一六年七月三〇日

立原道造の誕生日を祝いつつ　　種田元晴

立原道造 年譜

西暦	和暦	年齢		時代背景・主要建築作品
一九一四	大正三		七月三〇日、父貞治郎と母トメ（通称光子）の次男として東京市日本橋区橘町に生まれる（長男一郎は前年に三歳で死去）。実家は荷造り用木箱を製造する商店であった。	七月、第一次世界大戦勃発 「東京駅」（辰野金吾） 「ドミノ・システム」（ル・コルビュジエ）（フランス）
一九一五	大正四	一		「豊多摩監獄」（後藤慶二） 「建築非芸術論」（野田俊彦）
一九一六	大正五	二	四月、弟、達夫生まれる。	アインシュタイン「一般相対性理論」発表 フランク・ロイド・ライト来日 「林愛作邸（現・電通八星苑）」（F・L・ライト）
一九一七	大正六	三		「デ・ステイル」結成
一九一八	大正七	四	日本橋浜町の養徳幼稚園入園。 この年から一九二三年まで毎夏、那古海岸に避暑する。	一一月、第一次世界大戦終結 「田園都市株式会社」設立
一九一九	大正八	五	父貞治郎死去。立原家の家督を相続し、店名を「立原道造商店」と改める。	「バウハウス」ヴァイマールに開校（校長・W・グロピウス）（ドイツ） 「フリードリヒ街オフィスビル案」（ミース・ファン・デル・ローエ）（ドイツ）
一九二〇	大正九	六		国際連盟発足 「分離派建築会」結成 「涙凝れり（ある一族の納骨堂）」（石本喜久治）
一九二一	大正一〇	七	四月　日本橋区の久松尋常小学校入学。 卒業までを首席でとおす。	「平和記念東京博覧会・塔・動力館・機械館」（堀口捨己） 「明治神宮宝物殿」（大江新太郎）
一九二二	大正一一	八	四月、二年生に進級。	ソ連結成 「自由学園明日館」（F・L・ライト）
一九二三	大正一二	九	四月、三年生に進級。 九月一日、関東大震災により被災し、分家、雇い人を含めた総勢五〇名で、	九月一日、関東大震災 「丸ノ内ビルヂング」（桜井小太郎／三菱地所）

西暦	和暦	年齢	事項	社会・建築
			千葉県新川村（現・流山市の一部）の親戚豊島朋七方に疎開。新川小学校三年に転入学。 一二月、仮建築ができた橘町の自宅に戻り、仮建築の久松小学校に復学。	「帝国ホテル」（F・L・ライト） 「多摩川台住宅地（田園調布）」（田園都市株式会社） 「ストックホルム市庁舎」（R・エストベリ）（スウェーデン）
一九二四	大正一三	一〇	四月、四年生に進級。 この年から一九三三年まで、奥多摩御岳山の御岳神社の宿坊を兼ねた神官原島忠甫方にほぼ毎夏避暑する。 クレヨン画を五年生修了までにかけて数多く描く。	「同潤会」設立 「レーモンド自邸」（A・レーモンド） 「山邑邸（現・ヨドコウ迎賓館）」（F・L・ライト）
一九二五	大正一四	一一	四月、五年生に進級。 水彩画を小学校卒業までにかけて数多く描く。	治安維持法、普通選挙法公布 「歌舞伎座」（岡田信一郎） 「安田講堂」（内田祥三＋岸田日出刀） 「東京中央電信局」（山田守／逓信省営繕課）
一九二六	大正一五	一二	四月、六年生に進級。関西修学旅行に参加。 この年の夏は御岳に行かず、那古海岸で過ごす。	「紫烟荘」（堀口捨己） 「バウハウス校舎（デッサウ）」（W・グロピウス）（ドイツ）
一九二七	昭和二	一三	三月、久松尋常小学校を卒業。官立で唯一の七年生高校・東京高等学校尋常科（東京大学教養学部附属中等教育学校の前身）を受験するも失敗。 四月、東京府立第三中学校（現・東京都立両国高等学校・付属中学校）に入学。同校は、敬愛する芥川龍之介、後に兄事する堀辰雄、東大建築の指導教官となる岸田日出刀、石本建築事務所の先輩となる海老原一郎らが卒業していた。天文学に関心をもつようになる。博物部、音楽部、談話部、雑誌部、絵画部に所属。クラスの首位が任命される風紀委員を卒業まで四年連続で務める。 四月から翌年にかけてクレヨン画を多く描く。また、この年から一九三一年までの間、パステル画を数多く描く。	金融恐慌／芥川龍之介自死 「東京朝日新聞社」（石本喜久治／竹中工務店） 「代官山アパートメントハウス」「青山アパートメントハウス」（同潤会） 「ヴァイセンホーフ・ジードルンク」（ミース、コルビュジエ、グロピウス他）（ドイツ） 「国際連盟会館」設計競技案（ル・コルビュジエ、H・マイヤー他）（フランス）
一九二八	昭和三	一四	三中の国語教師橘宗利の指導で短歌をはじめる。 四月、二年生に進級。 夏、御岳で避暑する。 翌年三月までの間に水彩画を数多く描く。	山東出兵／済南事件／アムステルダムオリンピック 「聴竹居」（藤井厚二） 「近代建築国際会議（CIAM）」結成 「ストックホルム市立図書館」（G・アスプルンド）（スウェーデン）

西暦	和暦	年齢		時代背景・主要建築作品
一九二九	昭和四	一五	三月下旬、新川村で静養する。 四月、三年生に進級。一学期は休学し、引き続き新川村で静養。 夏、御岳で避暑。 八月、茨城県霞ケ浦飛行場でドイツ飛行船ツェッペリン号を見学。 一〇月、自宅の本建築が完成。天体観測に耽る。 一二月、第二学期終業式において、学友会大会での絵画部員としての活躍が表彰され、銀賞を受賞。 大学進学を希望し、家業を弟が継ぐことが決まる。	ニューヨーク市場株価暴落、世界大恐慌へ 「東京市政調査会館（現・日比谷公会堂）」（佐藤功一） 「三井本館」（トローブリッジ&リヴィングストン事務所） 「バルセロナ万博ドイツ・パヴィリオン」（ミース・ファン・デル・ローエ）（スペイン）
一九三〇	昭和五	一六	四月、四年生に進級。 六月、名古屋、伊勢、鳥羽、奈良、京都に修学旅行。 四月頃から夏にかけて、しきりに映画をみてまわる。 夏は御岳に行かず、自宅で受験勉強。 六月二五日、パステル画「荷車」を制作と推定。	ロンドン海軍軍縮会議 「震災記念堂（現・東京都慰霊堂）」（伊東忠太） 「小菅監獄」（蒲原重雄／司法省営繕課） 「トゥーゲントハット邸」（ミース・ファン・デル・ローエ）（チェコ）
一九三一	昭和六	一七	三月、府立三中を四年で修了。 四月、第一高等学校理科甲類に入学。同級生には理科に生田勉、奥好宣、松永茂雄、文科に猪野謙二、江頭彦造、国友則房、田中一三、寺田透らがいた。一級上には理科に柴岡亥佐雄、文科に杉浦明平がいた。全寮制のため西寮五番に入るも、翌年秋以降は自宅からの通学とする。 五月、近藤武夫を講師に迎えた「一高短歌会」で短歌を発表。 六月以降、口語自由律短歌を盛んに発表する。 七月下旬から八月上旬、御岳で避暑。 秋頃、堀辰雄の面識を得て、以降兄事する。	満州事変／大凶作 「森五商店東京支店（現・近三ビル）」（村野藤吾） 「白木屋」（石本喜久治） 「東京株式取引所」（横河工務所） 「東京中央郵便局」（吉田鉄郎／逓信省営繕課） 「サヴォア邸」（ル・コルビュジエ）（フランス） 「エンパイア・ステート・ビル」（シュリーブ、ラム&ハーモン）（アメリカ） 「ヒルヴェルスム市庁舎」（W・M・デュドク）（オランダ）
一九三二	昭和七	一八	二月、西寮五番同室の三人とともに同人誌『こかげ』を創刊。 三月末から四月初めにかけて、川端康成「伊豆の踊子」を読んで感動し、寮友と二人でこれをなぞる徒歩旅行に出る。 四月、二年生に進級。この夏は東京で読書に耽る。短歌から詩へと関心を移し、詩を多く試作する。	上海事変／満洲国建国／五・一五事件／『コギト』創刊／ロサンゼルスオリンピック 「服部時計店（現・和光）」（渡辺仁） 「東京工業大学水力実験棟」（谷口吉郎） 「スイス学生会館」（ル・コルビュジエ）（フランス）

西暦	和暦	年齢	事項	社会・建築
			九月、寮を出て自宅通学となる。下旬、御岳に小旅行。 一〇月、伊香保で軍事教練。	
一九三三	昭和八	一九	春頃、堀辰雄を訪問し、創作上の忠告を受ける。 四月、三年生に進級。 五月頃、手づくり詩集『日曜日』制作と推定。 七月中旬、御岳に行く。八月に一時帰京をするも、九月上旬まで滞在と推定。 この夏、手づくり詩集『散歩詩集』制作と推定。 一〇月下旬、日光で軍事教練。	ヒトラー政権成立／日本、国際連盟を脱退／第一次『四季』創刊／ブルーノ・タウト来日 「夏の家（現・ペイネ美術館）」（A・レーモンド） 「パイミオのサナトリウム」（A・アールト）（フィンランド）
一九三四	昭和九	二〇	三月、第一高等学校を卒業。 四月、東京帝国大学工学部建築学科に入学。同級生に小場晴夫、柴岡亥佐雄がいた。翌年、一級下に丹下健三、大江宏、浜口隆一らが入学。一高の同級生・生田勉は農学部に進学の後に建築学科に転科し、一級下となった。 この頃、実家の二階から三階（屋根裏部屋）へ自室を移し室内装飾に凝る。 五月一一日、模写課題「PARTHENON/ST.MARY'S CHURCH」提出。 六月、猪野謙二、江頭彦造、沢西健と同人誌『偽画』創刊。 同月一一日、模写課題「STYLE LOUIS XVI」提出。 七月七日、模写課題「東京・某氏邸・設計図」提出。 同月九、一〇、一二、一六、一七日、「ブルーノ・タウト教授・連続公演」を聴講。 同月二二日、沢西健と軽井沢を初訪。つるや旅館に堀を訪ねるも不在。堀の友人・阿比留信に町を案内され、室生犀星の別荘を訪問。神津牧場、岩村田をめぐって、追分の民宿若菜屋に宿泊。八月中旬より油屋に移り、二一日まで滞在。同月二一日、追分を発ち、木曾を経て、愛知県渥美郡福江町折立（現・田原市折立町）に杉浦明平を訪ね、二三日帰京。 一〇月、第二次『四季』創刊。堀辰雄、丸山薫、三好達治、津村信夫とともに編集同人となる。 同月、建築図面「温泉旅館」を作成。	ワシントン海軍軍縮条約破棄 「築地本願寺」伊東忠太 「明治生命館」岡田信一郎 「軍人会館（現・九段会館）」川元良一 「琵琶湖ホテル」（岡田信一郎＋岡田捷五郎） 「四谷第五小学校（現・吉本興業東京本部）」（東京市） 「吉川邸」（堀口捨己） 「江戸川アパートメントハウス」（同潤会） 「マツダビル（共同建物）」（佐藤功一） 「ドイツ文化研究所」（村野藤吾）

西暦	和暦	年齢		時代背景・主要建築作品
一九三四	昭和九	二〇	同月頃、模写課題「住宅詳細　模写」提出。 一二月三日、設計課題「小住宅」提出。	
一九三五	昭和一〇	二一	四月、二年生に進級。 五月、前年度の設計課題「小住宅」により辰野賞（銅賞）受賞。同月、江頭彦造、伊田大助（稲田大）、猪野謙二、香取太郎（高尾亮一）、国友則房、黒戸有司（兼井連）、杉浦明平、竹村猛、田中一三、寺田透とともに同人誌『未成年』創刊。 同月一四日、設計課題「アパアトメントハウス」提出。 同月頃、建築図面「無題［浅間山麓の小学校］」制作。 七月九日〜一四日、追分へ行き、一時帰京。二一日、富士見高原サナトリウムに堀辰雄を見舞い、志賀高原上林温泉に三好達治を訪ねた後、ふたたび追分へ。この頃、追分滞在中の大江宏と親しくなる。八月一六日、柴岡亥佐雄が来る。 八月一九日、柴岡とともに追分を発ち、松原湖に深沢紅子を訪ね、富士見に堀辰雄を見舞って帰京。 同月二五、二六日頃、富士見に二泊し追分へ。九月一四日、大江宏が帰京。 九月二一日、追分を発ち、名古屋で生田勉に会って帰京。 一〇月、設計課題「サナトリウム」提出。	天皇機関説排除／『日本浪曼派』創刊 「土浦自邸」（土浦亀城） 「京都朝日会館」（石川純一郎／竹中工務店） 「十合デパート」（村野藤吾） 「聖ポール教会」（A・レーモンド） 「ヴィープリ市立図書館」（A・アールト）（フィンランド→ロシア）
一九三六	昭和一一	二二	二月七日、設計課題「体育館　水泳及び氷滑場」提出。 四月、三年生に進級。 同月二五日、設計課題「即日設計・ガソリンスタンド」提出。 五月、設計課題「即日設計・銀座四丁目街角に建つ地下鉄入口」提出。 同月二九日、前年度のデパートの設計課題により辰野賞（銅賞）受賞。 六月二七日、設計課題「即日設計　課題〝住宅の門〟」提出。 同月、設計課題「貸割工場」提出。 七月七日、設計課題「図書館」提出。 同月九日、追分に行き、ひと月余滞在。	二・二六事件／日本工作文化連盟発結成／ベルリンオリンピック 「帝国議会議事堂（現・国会議事堂）」（大蔵省臨時議院建築局） 「日向別邸」（B・タウト） 「万平ホテル新館」（久米権九郎） 「川奈ホテル」（高橋貞太郎） 「カサ・デル・ファッショ」（G・テラーニ）（イタリア） 「落水荘（カウフマン邸）」（F・L・ライト）（アメリカ）

西暦	和暦	年齢	事項	社会・建築
			八月二五日、一旦帰京し、尾鷲に旅行。大阪、京都、奈良をめぐって九月二日、名古屋の生田勉宅へ滞在。渥美の杉浦明平を訪ね、九月七日帰京。 九月一三日、ふたたび追分に行く。油屋には泊まらず、室生犀星の山荘に泊まる。 九月二六日、設計課題「即日設計　XIIオリンピック装飾塔」提出。 一〇月二四日、設計課題「新橋駅試案」提出。 同日、奈良、京都へ。新旧の建築をみてまわり、三〇日、帰京。 一〇～一一月頃、設計課題「或る果実店」提出。 同月二二日、堀辰雄との共訳でシュトルム短編集『林檎みのる頃』刊行。 一二月一八日、卒業論文「方法論」提出。 一二月三一日、小場晴夫と増上寺、京橋、浅草をめぐりながら年越しをする。 この年、堀辰雄の山荘案と推定される「SOMMERHAUS Ⅰ」を制作。 この年、未発表の建築評論「建築衛生学と建築装飾意匠に就ての小さい感想」執筆。	
一九三七	昭和一二	二三	一月三一日、卒業設計の準備を兼ねて冬の追分を訪ねる。油屋に滞在し、二月四日帰京。 三月一一日、卒業設計「浅間山麓に位する芸術家コロニイの建築群」提出。同作により三度目の辰野賞（銅賞）受賞。 三月二九日、阿比留信（豊田泉太郎）の山荘設計のため、軽井沢に一泊する。 三月、東京帝国大学工学部建築学科を卒業。 四月、石本喜久治建築事務所に入所。同期入所の武基雄と親しくなる。 同月、建築図面「某病院計画案」を制作。 同月一二日、風信子叢書第一詩集『萱草に寄す』を自費出版。 六月頃、豊田氏山荘の建築図面を制作。 七月一九日以降、大森馬込の室生犀星邸に留守番するようになる。 八月一日、軽井沢に行く。同月五日から八日にかけて追分油屋に滞在。 この夏、徴兵検査を受けて丙種不合格となる。 八月二八日から三〇日の週末に追分へ小旅行。	盧溝橋事件／日独伊防共協定 「東京逓信病院」（山田守／逓信省営繕課） 「東京帝室博物館」（渡辺仁） 「宇部市渡辺翁記念会館」（村野藤吾） 「ニュー・トーキョー」（大倉土木） 「聴禽寮」（堀口捨己） 「野尻湖ホテル」（十代田三郎） 「パリ万国博覧会日本館」（坂倉準三）（フランス）

西暦	和暦	年齢		時代背景・主要建築作品
一九三七	昭和一二	二三	九月四日から休暇を取って数日追分に滞在。 一〇月、肋膜炎で発熱。一一月末まで自宅で静養。 一一月一五日、予後を養うために追分油屋に滞在。一九日、油屋炎上、九死に一生を得る。軽井沢の藤屋に移り、二二日帰京。 同月二〇日、風信子叢書第二詩集『暁と夕の詩』を自費出版。 一二月、浦和・別所沼のほとりに「ヒアシンスハウス」を計画。 この年頃、石本喜久治山荘の建築図面を制作。	
一九三八	昭和一三	二四	一月頃、デンマークやスウェーデンなど北欧の建築雑誌を予約購読する。 二月上旬、風邪や左頬の瘤除去の手術のため、十日ほど事務所を休む。 三月、微熱に悩みながら勤務を続ける。 四月上旬頃から石本事務所のタイピスト水戸部アサイと愛し合うようになる。 四月一七日、目黒雅叙園で催された堀辰雄の結婚披露宴に出席。 五月六日、「秋元邸」の建築図面を制作。 同月一五日、水戸部を伴って軽井沢の堀辰雄山荘を訪ねるも、留守のため日帰りで帰京。 五～六月、石本喜久治自邸の設計図に深く関わる。 この年、「ティーハウス」、「下関市庁舎」の建築図面を制作。 六月五日、水戸部と共に浅間山麓へ日帰りする。 七月二一日、石本事務所を休職。 同月二七日から八月九日まで大森の室生犀星邸で留守番を兼ねて静養。 同月一一日から九月六日まで新築された追分油屋に転地。水戸部を友人、知人らに紹介する。 九月一五日から一〇月二〇日にかけて盛岡方面へ旅行。栖岡、山形、上ノ山温泉、仙台、石巻を経て、一九日に盛岡着。盛岡郊外愛宕山下の深沢紅子の父の山荘に過ごす。一九日、結核による痔瘻の悪化のため盛岡を発ち、翌朝帰京。	国家総動員法公布／武漢作戦・広東作戦／東京オリンピック中止決定 「第一生命館（現・DNタワー21）」（渡辺仁＋松本與作） 「東京女子大学講堂・礼拝堂」（A・レーモンド） 「山川邸」（堀口捨己） 「強羅ホテル」（土浦亀城） 「大連市公会堂コンペ」（一等：前川國男） 「タリアセン・ウエスト」（F・L・ライト）（アメリカ）

西暦	和暦	年齢	事項	建築・社会の動き
			一〇月二七日、武漢三鎮陥落の提灯行列に参加し、皇居前で万歳唱和。翌日、丹下健三に手紙を宛ててこれについて書く。 一一月一二日、本郷三丁目の明治製菓で催された猪野謙二の結婚披露宴に出席。 一一月二四日から一二月一四日にかけて長崎方面へ旅行。奈良、京都、舞鶴、松江、出雲、下関、などを経て一二月二日に博多着。さらに柳川、佐賀を訪れた後、四日に長崎着。市内の武基雄の生家で過ごす。五日、大浦天主堂近くの下宿を検分に出かけるも体調を崩し、武の父の医院に入院。多量の血痰と高熱が続いたため、一三日に長崎を発ち、一四日帰京。 同月一五日、東大病院で診察を受け、絶対安静を命じられる。 同月二六日、中野区江古田の東京市療養所に入院。病状はきわめて重篤だった。 二九日から二週間ほどは水戸部アサイが泊まり込みで付き添う。	
一九三九	昭和一四		一月、知人、友人の見舞いが相つぐ。月半ばより水戸部アサイは週末のみの見舞いとなった。 二月一三日、病床にあるなか、前年の業績に対して第一回中原中也賞受賞。 三月二九日未明、病状急変し、咽喉にからまった痰をどうすることもできず、肉親にも看取られずに永眠（満二四歳八ヶ月）。	九月、第二次世界大戦勃発 「若狭邸」（堀口捨己） 「大阪中央郵便局」（吉田鉄郎／逓信省営繕課） 「MICHELANGELO頌—Le Corbusier論への序説として」（丹下健三） 「マレイア邸」（A・アールト）（フィンランド） 「ジョンソン・ワックス本社」（F・L・ライト）（アメリカ）

年譜作成にあたっては、以下の文献を参照した。

- 『立原道造全集5』年譜（中村稔編）筑摩書房、六三一—七三四頁
- 『立原道造全集第六巻』年譜（鈴木亨編）角川書店、五七三—六五五頁
- 「近代建築史年表—日本と西欧の比較」（川嶋勝編）、『近代建築の系譜　日本と西欧の空間表現を読む』（大川三雄＋川向正人＋初田亨＋吉田鋼市、彰国社、一九九七年六月）二五七—二六三頁
- 「近代住宅年表1930-1945」（小能林宏城・宮瀬睦夫編）、『建築』一九六四年一一月号　No.51（青銅社）、四三—四八頁
- 益子昇『建築家・立原道造』（南洋堂出版、一九九二年一二月）一一〇—一一四頁

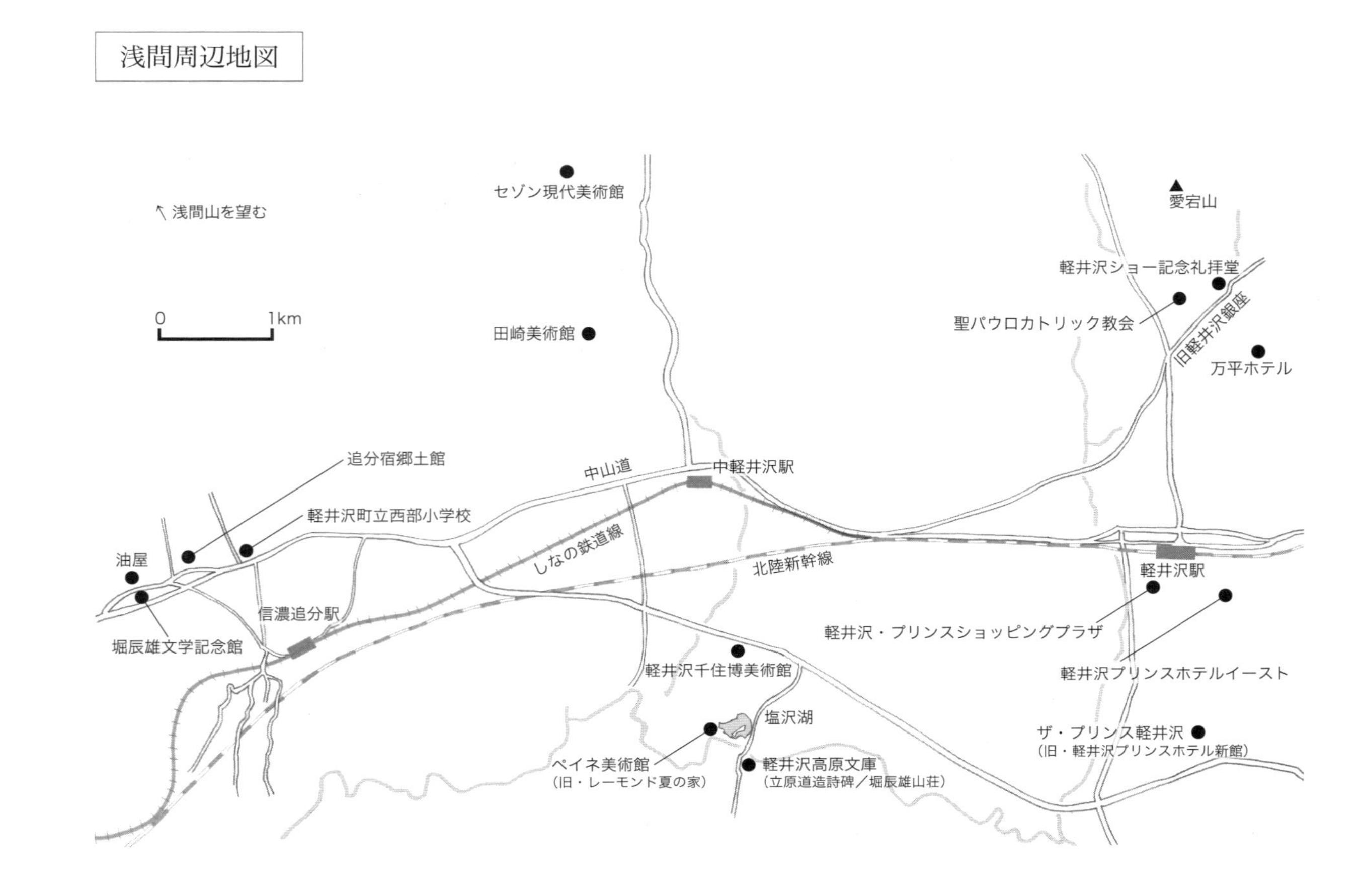
浅間周辺地図
↖浅間山を望む
0
1km
セゾン現代美術館
田崎美術館
愛宕山
軽井沢ショー記念礼拝堂
聖パウロカトリック教会
旧軽井沢銀座
万平ホテル
追分宿郷土館
軽井沢町立西部小学校
中山道
中軽井沢駅
油屋
しなの鉄道線
北陸新幹線
信濃追分駅
堀辰雄文学記念館
軽井沢駅
軽井沢・プリンスショッピングプラザ
軽井沢千住博美術館
軽井沢プリンスホテルイースト
塩沢湖
ザ・プリンス軽井沢
(旧・軽井沢プリンスホテル新館)
ペイネ美術館
(旧・レーモンド夏の家)
軽井沢高原文庫
(立原道造詩碑／堀辰雄山荘)

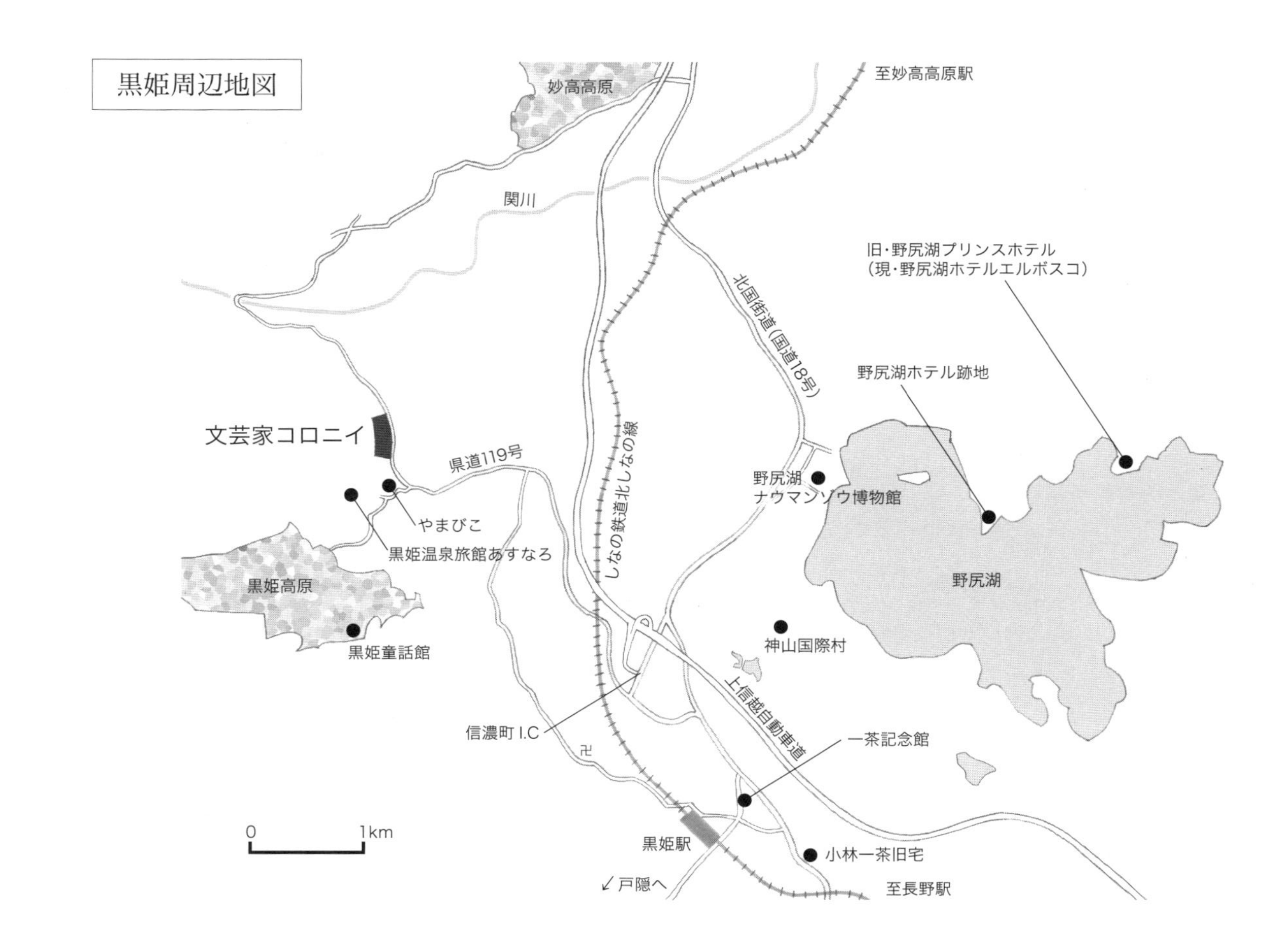
黒姫周辺地図
妙高高原
至妙高高原駅
関川
旧・野尻湖プリンスホテル
(現・野尻湖ホテルエルボスコ)
北国街道(国道18号)
野尻湖ホテル跡地
文芸家コロニイ
県道119号
しなの鉄道北しなの線
野尻湖
ナウマンゾウ博物館
やまびこ
黒姫温泉旅館あすなろ
黒姫高原
野尻湖
黒姫童話館
神山国際村
上信越自動車道
信濃町 I.C
一茶記念館
0
1km
黒姫駅
小林一茶旧宅
↙戸隠へ
至長野駅

参考文献（本文中で引用したものの他、執筆にあたって参考としたものも含む、登場順）

立原道造『立原道造全集1』（筑摩書房、二〇〇六年一一月）
立原道造『立原道造全集2』（筑摩書房、二〇〇七年一二月）
立原道造『立原道造全集3』（筑摩書房、二〇〇七年三月）
立原道造『立原道造全集4』（筑摩書房、二〇〇九年三月）
立原道造『立原道造全集5』（筑摩書房、二〇一〇年九月）
立原道造『立原道造全集第一巻』（角川書店、一九七一年六月）
立原道造『立原道造全集第二巻』（角川書店、一九七二年八月）
立原道造『立原道造全集第三巻』（角川書店、一九七一年八月）
立原道造『立原道造全集第四巻』（角川書店、一九七二年一月）
立原道造『立原道造全集第五巻』（角川書店、一九七三年二月）
立原道造『立原道造全集第六巻』（角川書店、一九七三年七月）
立原道造記念館研究資料室編『ふるさとの夜に寄す―開館記念特別展』（立原道造記念館、一九九七年三月）
立原道造記念館研究資料室編『立原道造と生田勉―建築へのメッセージ―』（立原道造記念館、一九九八年三月）
立原道造記念館研究資料室編『立原道造の"SOMMERHAUS"―浅間山麓で育まれた作品世界―』（立原道造記念館、一九九八年七月）
立原道造記念館研究資料室編『『優しき歌』の世界　立原道造と水戸部アサイ』（立原道造記念館、一九九九年三月）
立原道造記念館研究資料室編『立原道造・建築家への志向』（立原道造記念館、一九九九年七月）
宮本則子編『立原道造と小場晴夫―大学時代の友として―』（立原道造記念館、二〇〇一年一〇月）
宮本則子編『立原道造と杉浦明平―往復書簡を中心として―』（立原道造記念館、二〇〇二年三月）
長谷川泉監修、宮本則子編『国文学解釈と鑑賞別冊 立原道造』（至文堂、二〇〇一年五月）
小場晴夫・武基雄・生田勉「若くして逝つた立原道造君を偲ぶ」、『新建築』一九四〇年四月号（新建築社）
『現代詩読本‐4立原道造』（思潮社、一九七八年一一月）
『現代詩手帖』二〇一四年一〇月号【特集】立原道造 生誕百年（思潮社、二〇一四年一〇月）
日本建築学会編『建築論事典』（彰国社、二〇〇八年九月）
奥野健男『文学における原風景―原っぱ・洞窟の幻想』（集英社、一九八九年二月）
小川和佑『立原道造・愛の手紙』（毎日新聞社、一九七八年五月）
小川和佑『立原道造の世界』（講談社、一九七八年一〇月）
小川和佑『立原道造研究』（審美社、一九六九年五月）
田中美知子「立原家の原郷・流山」、山田俊幸編『論集立原道造』（風信社、一九八三年一月）一三一―一七九頁
宮崎駿『スタジオジブリ絵コンテ全集19風立ちぬ』（徳間書店、二〇一三年七月）
一高自治寮立寮百年記念委員会編『第一高等学校自治寮六十年史』（一高同窓会、一九九四年四月）
川端康成『伊豆の踊子』（新潮文庫）（新潮社、二〇〇三年五月）
猪野謙二『僕にとっての同時代文学』（筑摩書房、一九九一年一一月）

猪野謙二「立原道造をめぐって⑵」、『国語通信』一九八五年九月号（筑摩書房）
松永茂雄・松永龍樹著、和泉あき編『戦争・文学・愛―学徒兵兄弟の遺稿』（三省堂、一九六八年一一月）
復刻版『四季』七月号 立原道造追悼号（四季社、一九三九年五月）
大河原春雄『建築行政三十年』（相模書房、一九六九年五月）
大江宏『大江宏＝歴史意匠論』（大江宏の会、一九八四年一〇月）
東京大学百年史編集委員会編『東京大学百年史 部局史三 工学部』（東京大学、一九八六年一二月）
生田勉『杳かなる日の―生田勉青春日記 一九三一〜一九四〇』（麥書房、一九八三年七月）
津村泰範「昭和建築伏流史」、『住宅特集』一九九六年一一月号（新建築社）
中村真一郎編『立原道造研究』（思潮社、一九七一年一二月）
磯崎新編『建築の一九三〇年代―系譜と脈絡』（鹿島出版会、一九七八年五月）
石本建築事務所編『50年のあゆみ』（石本建築事務所、一九七七）
石本建築事務所編『50年の軌跡』（石本建築事務所、一九七七）
森仁史監修、分離派建築会『分離派建築会宣言と作品』（ゆまに書房、二〇〇九年五月）
杉浦明平編『立原道造詩集』（岩波書店、一九八八年三月）
彰国社編『彰国社創立五十年』（彰国社、一九八二年六月）
神保光太郎編『立原道造詩集』（白鳳社、一九七七年六月）
丹下健三『一本の鉛筆から』（日本経済新聞社、一九八五年八月）
田代俊一郎『立原道造への旅』（書肆侃侃房、二〇〇八年一二月）
佐藤実『立原道造ノート』（教育出版センター、一九七九年七月）
佐藤実『立原道造―豊穣の美との際会』（教育出版センター、一九八八年一一月）
田中清光『立原道造の生涯と作品』（麥書房、一九九七年四月）
津村泰範「『某病院建築案』について」、日本建築学会大会学術講演梗概集F-2（日本建築学会、二〇一〇年七月）五六三―五六四頁
E・パノフスキー、浅野徹・阿天坊耀・塚田孝雄・永澤峻・福部信敏訳『イコノロジー研究―ルネサンス美術における人文主義の諸テーマ』（美術出版社、一九七一年五月）
E・パノフスキー、木田元監訳『象徴形式としての遠近法』（哲学書房、二〇〇三年四月）
岸田日出刀・佐野利器・大熊喜邦「弔辭（故名譽員 松井清足君）」、『建築雑誌』第六三巻（七四〇号）（日本建築学会、一九四八年五月）
松井清足『割貸工場の経営管理に就て』（工政会、一九二四年）
鈴木了二「建築-非建築の荒野で立原道造論」、『みすず』第五六七号（みすず書房、二〇〇八年一二月）八―二二頁
鈴木了二『寝そべる建築』（みすず書房、二〇一四年六月）
磯崎新「建築家、立原道造［改］」、『立原道造記念館』第五〇号（立原道造記念館、二〇〇九年九月）一―六頁
藤森照信・増田彰久『看板建築』（三省堂、一九九九年七月）
東秀紀「お前よ、美しあれと声がする――立原道造と戦後の建築家たちをめぐって」、『建築文化』第三五二号（一九七六年二月）一一一―一一三頁
東秀紀「すい星のように消えた詩人立原道造」、『科学朝日』一九八三年

七月号（朝日新聞社）
浅野光行「立原道造と家」、『住宅金融月報』第四九四号（住宅普及協会、一九九三年三月）二四―三一頁
永峰富一「夢の継承」、『新建築住宅特集』二〇〇五年三月号（新建築社）一四三―一四七頁
「ヒアシンスハウス」、『住宅建築』二〇〇五年三月号（建築資料研究社）二〇―二九頁
黒田正巳『空間を描く遠近法』（彰国社、一九九二年二月）
加藤道夫『ル・コルビュジエ―建築図が語る空間と時間』（丸善、二〇一一年四月）
土方明司・江尻潔監修『画家の詩、詩人の絵―絵は詩のごとく、詩は絵のごとく』（青幻舎、二〇一五年一〇月）
松本仁助・岡道男訳『アリストテレース詩学／ホラーティウス詩論』（岩波書店、一九九七年一月）
宇佐美斉『立原道造』（筑摩書房、一九八二年九月）
大森郁之助『立原道造論』（桜楓社、一九七六年五月）
郷原宏『立原道造―抒情の逆説―』（花神社、一九八〇年五月）
須藤松雄『立原道造の自然―追分を中心として』（明治書院、一九七八年四月）
須藤松雄『立原道造風景』（笠間書院、一九七八年七月）
『ユリイカ』通巻六〇九号（「特集＊セザンヌにはどう視えているか」（二〇一二年四月）
中山公男編『アート・ギャラリー　現代世界の美術3　セザンヌ』（集英社、一九八六年七月）
高階秀爾監修『増補新版［カラー版］西洋美術史』（美術出版社、二〇〇二年一二月）
キャサリン・ディーン、浅野春男訳『セザンヌ』（西村書店、一九九四年七月）
ゴッドフリート・ベーム、岩城見一＋實渊洋次訳『ポール・セザンヌ《サント・ヴィクトワール山》』（三元社、二〇〇七年一二月）
コーリン・ロウ、伊東豊雄＋松永安光訳『マニエリスムと近代建築』（彰国社、一九八一年一〇月）
ライナー・マリア・リルケ、大山定一訳『セザンヌ―書簡による近代画論』（人文書院、一九五四年）
リルケ、大山定一訳『マルテの手記』（新潮文庫）（新潮社、一九五三年六月）
堀辰雄『堀辰雄全集第9巻書簡』（角川書店、一九九六年五月）
杉田真珠「日本におけるセザンヌ紹介」、『成城美学美術史』第二号（成城大学、一九九四年一二月）八五―九七頁
有島生馬「画家ポール・セザンヌ」、複製版『白樺』第一巻第二号（一九一〇年五月）八―二三頁
生田勉「立原道造の建築」、『新建築』第一六巻第四号（新建築社、一九四〇年四月）
小山正孝編『立原道造詩集』（弥生書房、一九六七年二月）
佐藤春夫『田園の憂鬱』（新潮文庫）（新潮社、一九五一年八月）
佐藤春夫『都会の憂鬱』（福武書店、一九八三年五月）
加藤秀俊「日本の田園文化論の系譜」、『田園文化』（熊本県、一九九〇年一一月）
國中治『三好達治と立原道造―感受性の森―』（至文堂、二〇〇五年一二月）

E・ハワード、長素連訳『明日の田園都市』（鹿島出版会、一九六八年七月）
内田青藏編『住宅建築文献集成 第一巻、西村伊作『楽しき住家』『田園小住家』（柏書房、二〇〇九年一二月）
彰国社編『堀口捨己の「日本」』（彰国社、一九九六年八月）
市川秀和「室生犀星における〝終の住まいと庭〟」、『室生犀星研究』三二号（室生犀星学会、二〇〇九年一一月）五〇九六—五一〇七頁
室生犀星『我が愛する詩人の伝記』（中央公論社、一九五八年一二月）
「会告 第一六回建築展覧会出品募集（南方建築展覧会）」、『建築雑誌』第五六巻（六八七号）（建築学会、一九四二年六月）一—三頁
堀口捨己『堀口捨己作品：家と庭の空間構成』（鹿島研究所出版会、一九七四年一月）
谷川正己『フランク・ロイド・ライト』（鹿島出版会、一九六五年六月）
フランク・ロイド・ライト・エドガー・カウフマン&ベン・レーバン編、谷川正己・谷川睦子訳『フランク・ロイド・ライト／建築の理念』（エーディーエー・エディタ・トーキョー、一九七六年九月）
Edgar J. Kaufmann, Jr., *FALLINGWATER* (Abbeville Press, 1986)
池田武邦『大地に立つ』（ビオシティ、一九九八年一二月）
丹下健三・藤森照信『丹下健三』（新建築社、二〇〇二年一一月）
ローランド・ハーゲンバーグ『職業は建築家 君たちが知っておくべきこと』（柏書房、二〇〇四年一一月）
栗田勇編『現代日本建築家全集10 丹下健三』（三一書房、一九七〇年一〇月）
丹下健三「コンペの時代（わが回想、失われた昭和10年代）」、『建築雑誌』第一〇〇巻（一二二九号）（日本建築学会、一九八五年一月）二一—二五頁
前川國男「第16回建築學會展覧會競技設計審査評」、『建築雑誌』第五六巻（六九三号）（建築学会、一九四二年一二年）九六〇—九六二頁
川添登『建築家・人と作品・下』（井上書院、一九六八年六月）
丹下健三『日本列島の将来像』（講談社、一九六六年五月）
丹下健三「焼け野原から情報都市まで駆け抜けて」、『建築雑誌』第一〇一巻（一二四二号）（日本建築学会、一九八六年一月）
丹下憲孝『七十二時間、集中しなさい—父・丹下健三から教わったこと』（講談社、二〇一一年二月）
中真己『現代建築家の思想・丹下健三序論』（近代建築社、一九七〇年九月）
豊川斎赫「丹下健三と富士山」、『現代思想』二〇一三年一〇月号（青土社）一九〇—二〇三頁
豊川斎赫『群像としての丹下研究室—戦後日本建築・都市史のメインストリーム』（オーム社、二〇一二年五月）
豊川斎赫『丹下健三—戦後日本の構想者』（岩波書店、二〇一六年四月）
井上章一『戦時下日本の建築家—アート・キッチュ・ジャパネスク』（朝日新聞社、一九九五年七月）
植田実『真夜中の家』（住まいの図書館出版局、一九八九年七月）
佐々木宏「立原道造について(I)」、『北大季刊』4号（北海道大学、一九五三年六月）
中谷礼仁『国学・明治・建築家—近代「日本国」建築の系譜をめぐって』（波乗社、一九九三年一〇月）
中谷礼仁「聖なる炬火—ニュルンベルグと宮城まへ」、『ａｔプラス』二五号（太田出版、二〇一五年八月）

堀川勉『アテネより伊勢へ』（彰国社、一九八四年六月）
益子昇『建築家・立原道造』（南洋堂出版、一九九二年一二年）
武藤秀明『天才・立原道造の建築世界』（文芸社、二〇〇六年三月）
八束はじめ『思想としての日本近代建築』（岩波書店、二〇〇五年六月）
渡辺武信『続・渡辺武信詩集』（思潮社、二〇〇七年七月）
大城信栄『立原道造ノオト・福永武彦ノオト』（思潮社、一九六八年二月）
影山恒男「立原道造に関する覚書―〈人工〉と〈自然〉の位相」、『成城文藝』九六号（成城大学、一九八一年三月）三五―四五頁
谷川渥『廃墟の美学』（集英社、二〇〇三年三月）
名木橋忠大『立原道造の詩学』（双文社出版、二〇一二年六月）
名木橋忠大『立原道造新論』（新典社、二〇一三年一一月）
前田愛『都市空間のなかの文学』（筑摩書房、一九八二年一二月）
持田季未子『生成の詩学』（新曜社、一九八七年七月）
大江宏―宮内嘉久対談「小対話篇 ある青春―建築的風景一九三〇年代」、『風声』第八号（一九七九年一一月）
『別冊新建築一九八四年 日本現代建築家シリーズ⑧ 大江宏』（新建築社、一九八四年六月）
大江宏『建築作法』（思潮社、一九八九年九月）
ヘルマン・ヘッセ、高橋健二訳『クヌルプ』（新潮文庫）（新潮社、一九七〇年一一月）
宍戸實『軽井沢別荘史―避暑地百年の歩み』（住まいの図書館出版局、一九八七年六月）
大江宏「追分の冬」、『法政』一九八四年一月号（法政大学）四―五頁
猪野峻博士記念事業会編『猪野峻博士の研究と思い出』（猪野峻博士記念事業会、一九八四年七月）
トマス・モア、平井正穂訳『ユートピア』（岩波書店、一九五七年一月）
ウィリアム・モリス、五島茂・飯塚一郎訳『ユートピアだより』（中央公論新社、二〇〇四年五月）
松居直・蔡皋『桃源郷ものがたり』（福音館書店、二〇〇二年二月）
藤森照信「立原道造の「ヒアシンスハウス」、『藤森照信の原・現代住宅再見3』（TOTO出版、二〇〇六年九月）一七七―一九二頁
信濃町誌編纂委員会編『信濃町誌』（信濃町、一九六八年一二月）
岡本勝司「野尻湖周辺の別荘地開発にみる環境管理システム」、『環境科学年報』一七巻（信州大学、一九九五年三月）
「岐路に立つクラシック・ホテル―相次休業、保存改修で生き延びる所も」、『日経アーキテクチュア』六四一号（日経BP社、一九九九年五月）一二八―一三三頁
砂本文彦『近代日本の国際リゾート―一九三〇年代の国際観光ホテルを中心に』（青弓社、二〇〇八年一〇月）
安島博幸・大島正敬「昭和初期の国際観光政策により建設されたホテルの成立背景とその建築」日本建築学会大会学術講演梗概集E（建築計画、農村計画）（日本建築学会、一九九一年九月）九八七―九八八頁
堀辰雄『晩夏 堀辰雄作品集』（角川書店、一九四七年五月）
津村信夫『津村信夫全集第二巻』（角川書店、一九七四年一一月）
岡野薫子『黒姫山つづれ暦』（新潮社、一九八五年六月）
岡野薫子『坪田譲治ともうひとつの『びわの実学校』（平凡社、二〇一一年五月）
岡野薫子『記憶のなかの家』（時事通信社、一九九四年八月）

図版出典 （特記なきものは筆者の撮影・作図による）

口絵1　資料提供：立原道造記念会

口絵2　猪野忍氏所蔵

序　資料提供：立原道造記念会

図1-5　『新建築』第7巻第11号（1931年11月）p.395

図1-6　森仁史監修、分離派建築会『分離派建築会宣言と作品』（ゆまに書房、2009年5月）p.22

図1-7　『新建築』第5巻第1号（1929年1月）p.21

図1-8　『新建築』第10巻（1934年）p.220

図1-9　島本菊子氏所蔵（撮影：筆者）

図1-10　宍戸實『軽井沢別荘史─避暑地百年の歩み』（住まいの図書館出版局、1987年6月）p.187

図2-1　森美術館他編『ル・コルビュジエ 建築とアート、その創造の軌跡』（リミックスポイント、2007年7月）p.81

図2-2　ヘルムート・ヤコビイ選、西和夫訳『50人のアーティストたちによるワールド・パース120』（集文社、1977年10月）p.18

図2-3　栗田勇編『現代日本建築家全集 19 菊竹清訓 槇文彦』（三一書房、1971年2月）p.29

図2-4～16、18
資料提供：立原道造記念会

図2-19　複製版『白樺』第二巻第十二号（1911年12月）口絵

図2-20～33　資料提供：立原道造記念会

図2-39～41　資料提供：立原道造記念会

図2-43　『新建築』第11巻（1935年）配色図譜12

図3-1、図3-3～5、図3-8～10
資料提供：立原道造記念会

図3-11　キャサリン・ディーン、浅野春男訳『セザンヌ』（西村書店、1994年7月）p.64

図3-12　“THE COURTAULD Gallery”, http://courtauld.ac.uk/gallery/collection/impressionism-post-impressionism/paul-cezanne-mount-sainte-victoire-with-a-large-pine（2016年7月30日閲覧）

図3-13　複製版『白樺』第11巻第12号（1920年12月）p.65

図3-14　ゴッドフリート・ベーム、岩城見一＋實渕洋次訳『ポール・セザンヌ《サント・ヴィクトワール山》』（三元社、2007年12月）口絵

図3-15　コーリン・ロウ、伊東豊雄＋松永安光訳『マニエリスムと近代建築』（彰国社、1981年10月）p.209

図4-1　猪野忍氏所蔵

図4-3～9　資料提供：立原道造記念会

図4-10　堀口捨己『堀口捨己作品・家と庭の空間構成』（鹿島研究所出版会、1978年7月）p.65

図4-11　彰国社編『堀口捨己の「日本」─空間構成による美の世界』（彰国社、1997年6月）p.86

図4-12　同上、p.68

図4-13　同上、p.27

図4-14　同上、p.90

図4-15　Edgar J. Kaufmann, Jr., *FALLINGWATER* (Abbeville Press, 1986), pp. 42-43

図4-16　丹下健三・藤森照信『丹下健三』（新建築社、2002年9月）p.85

図5-1　資料提供：立原道造記念会

図5-2　撮影：新建築社写真部

図5-5　資料提供：立原道造記念会

図5-6　写真提供：猪野忍氏

図6-7　国会図書館デジタルコレクション：歌川広重・渓斎英泉『木曽街道六拾九次』

図6-7　写真提供：岡野薫子氏

マ行

ヤ行

ラ行

ワ行

サ行

タ行

ナ行

ハ行

人名索引

ア行

カ行

著者略歴

種田元晴（たねだもとはる）

一九八二年東京都生まれ。二〇〇五年法政大学工学部建築学科卒業、二〇一二年同大学院工学研究科博士後期課程修了。博士（工学）、一級建築士。東洋大学ライフデザイン学部人間環境デザイン学科助手を経て、現在、法政大学、東洋大学、桜美林大学非常勤講師。種田建築研究所勤務。専攻は建築設計、建築歴史・意匠。日本建築学会正会員、日本図学会理事。二〇一〇年、日本図学会研究奨励賞受賞。

立原道造の夢みた建築

発行　二〇一六年九月二〇日　第一刷

著者　種田元晴

発行者　坪内文生

発行所　鹿島出版会

〒一〇四—〇〇二八　東京都中央区八重洲二—五—一四

電話　〇三—六二〇二—五二〇〇

振替　〇〇一六〇—二—一八〇八八三

編集制作　南風舎

印刷　壮光舎印刷

製本　牧製本

ISBN 978-4-306-04643-6 C3052

本書の内容に関するご意見・ご感想は下記までお寄せ下さい。

URL: http://www.kajima-publishing.co.jp/

e-mail: info@kajima-publishing.co.jp